용의 꼬리를 문 생쥐 5

초판 1쇄 발행 | 2017년 3월 30일

지은이 ⓒ 303행성 2017
일러스트 ⓒ Awin 2017

교정교열 | 문보람
편집 | 나비노블
총괄 디자인 | Awin
편집 디자인 | 서유미

펴낸이 | 김혜랑
펴낸곳 | (주)메르헨미디어
등록일자 | 2016년 12월 28일
등록번호 | 제 2016-000253 호
ISBN 979-11-88079-18-6 04810
ISBN 979-11-88079-16-2 (세트)

※ 저자와의 협의 하에 인지를 생략합니다.
※ 본 작품의 모든 구성요소의 저작권은 계약에 따라 각 저작자와 나비노블에 있습니다. 저작권법에 의해 보호를 받는 저작물이므로 무단 전재 및 유포, 스캔, 공유시 법적 제재를 받습니다.
※ 이 도서의 국립중앙도서관 출판시도서목록(CIP)은 서지정보유통지원시스템 홈페이지(http://seoji.nl.go.kr)와 국가자료공동목록시스템(http://www.nl.go.kr/kolisnet)에서 이용하실 수 있습니다. (CIP제어번호 : CIP2017006214)

nabinovel@nabinovel.net
http://nabinovel.net

Content_용의 꼬리를 문 생쥐

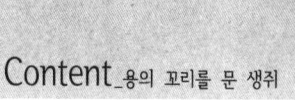

18. 폭풍 후	9
19. 축제	95
20. 모나르카궁의 일상	137
21. 느린 진전	237
외전. 백 년 하고도 수십 년 전에	317
후기	353

18. 폭풍 후

궁정에 폭풍우가 몰아쳤다.

황태후가 반란을 일으킨 것도 놀랄 만한 일이었지만 그 뒤를 따른 것은 반란을 가벼운 해프닝으로 취급해버릴 만큼 엄청난 소식이었다.

수호룡이 돌아왔다.

심지어 그 수호룡이 선황제였다.

이 귀를 의심할 법한 대사건에 황궁은 불이라도 지른 것처럼 소란스러워졌다. 궁정에 출입이 가능한 사람들은 죄다 몰려들었으며 급보를 전하기 위한 전서구며 파발마가 제국 전역을 향해 출발했다.

수호룡을 두 눈으로 직접 확인해보고 싶다는 부탁이 끊임없이 이어졌으나 젊은 황제는 그 모든 요청을 단호히 거절했다.

황태후가 사망하고 황제의 편으로 돌아선 비고레 대백작에 의해 반란군은 이내 정리되었다. 그리고 당일 늦은 오후, 궁정에서 긴급회의가 열렸다. 일정에 없던 급한 회의였지만 참석률은 오히려 평소보다 높았다. 수도를 떠나 있거나 중병을 앓는 등의 불가피한 경우를 제외하고는 참석 가능한 모든 귀족이 회의장에 발을 들였다.

회장에 들어선 귀족들은 평소처럼 편을 갈라 자리를 잡았지만 그 분위기는 여느 때와 달랐다. 황제를 지지하는 카얄룬 공작파는 기세등등한 채로 여유를 부리고 있었고 황태후를 잃은 무가(武家)들은 주눅 든 채 눈치를 살피고 있었다.

"여전히 믿어지지가 않습니다."

공작 측 귀족이 들뜬 목소리로 말했다.

"수호룡께서 제국으로 돌아오시다니요. 그릴로 백작께서는 목격도 하셨다지요? 부럽습니다."

그 말에 그릴로 백작이 멋쩍게 웃었다.

"중앙궁으로 향하시는 모습을 아주 잠깐 목도하였을 뿐입니다. 처음에는 환각이라도 보는 것인가 싶었지요."

화기애애하게 대화를 나누던 공작 측 귀족들의 시선이 건너편을, 비고레 대백작을 향하였다.

"수호룡의 목격담을 자랑할 만한 사람이라면 역시 비고레 대백작이시겠지요."

"「그」자리에 계셨으니 말입니다."

반역자로서 수호룡과 마주쳤다. 비웃는 기색이 완연한 말에도 비고레 대백작은 침묵을 지켰다. 지금은 목숨을 건진 것만으로도 감지덕지해야 할 처지인 것이다.

그때 시종장의 외침과 함께 황제가 회의장 안으로 들어섰다. 귀족들은 일제히 자리에서 일어나 젊은 황제를 향해 예를 취했다. 바로 어제만 해도 만만한 황제를 대놓고 얕보는 이들이 다수였으나 지금은 그런 기색을 찾기 힘들었다.

이카르는 딱딱하게 굳은 표정으로 자리에 앉았다. 쟁쟁한 귀족들을 맞대응해야 하는 이 자리가 언제나 버겁게 느껴졌었지만 오늘만큼은 달랐다. 수호룡의 정체가 드러나버린 현실을 되돌릴 수는 없다. 하니 지금 그가 할 수 있는 일은 솔레다토르에게 폐를 끼치지 않도록 최대한 막아서는 것이었다.

수호룡이라는 거대한 고깃덩이에 달려드는 하이에나 떼를 막아내는 것.

이카르는 천천히 입을 열었다.

"묻고 싶은 것이 많은 표정들이로군."

질문을 허하는 듯한 어조에 성급한 귀족 하나가 고개를 내밀며 말했다.

"폐하께서는 수호룡에 대해 알고 계셨습니까?"

직설적으로 던져오는 물음에 이카르가 짧게 끄덕였다.

"알고 있었다."

"하오면 어찌하여……."

"감추었느냐고 묻는 것인가."

"……예. 솔직히 말씀드려 폐하의 행동이 이해가 잘 가질 않습니다."

질문을 던진 귀족은 물론 다른 이들 또한 의아한 기색이었다. 수호룡의 존재야말로 황가가 지닐 수 있는 가장 크고 절대적인 힘이다. 황제의 권위가 바닥에 떨어지고 외척과 귀족세력이 득세하게 된 것도 모두 황족의 실수로 수호룡을 잃어버리고 말았기 때문이다.

현 황제인 이카르는 그런 수호룡을 되찾아 인정까지 받았다. 만약 그 사실을 미리 밝혔더라면 출신에 대한 뒷말이 나오지 않았음은 물론이요, 황태후의 반란 또한 일어나지 못했을 터였다. 그뿐만 아니라 어리고 힘없는 황제라고 얕보는 시선 또한 지금 이 자리에서처럼 깨끗이 사라졌을 것이었다.

밝힌다면 결코 해가 되지는 않을, 도리어 크게 득이 될 사실을 어째서 반란이 일어나는 날까지 감추었던 것일까. 대다수의 귀족들은 그 이유가 궁금했다. 가진 것도 제대로 활용치 못하는 어리석음인지 정적을 확실하게 쳐내기 위한 노림수인지.

전보다 공손해졌다곤 하나 여전히 날카로움을 잃지 않은 시선들 속에서 이카르가 입을 열었다.

"과거의 실수를 반복하지 않기 위함이다."

과거의 실수. 황가가 수호룡을 잃어버린 사건을 뜻하는 말에 몇몇의 표정이 굳어졌다. 이카르는 양손을 가볍게 깍지 끼며 말을 이었다.

"수호룡의 귀환을 공개하였더라면 분명 얻을 수 있는 것이 수없이 많았을 것이다. 그러나 그런 단기적인 이익에 눈이 멀어 수호룡을 드러내는 것보다는, 그를 감추어 보호하는 편이 황가에 장기적으로 이득이 될 것이라 판단하였다."

이카르의 대답에 한 귀족이 눈살을 약간 찌푸리며 물었다.

"보호라고 하여도, 그 말씀인즉 폐하께서 수호룡을 독차지하시겠다는 뜻이 되지 않습니까?"

"독차지라."

적자색 두 눈이 가느스름하게 비웃음을 머금는다.

"겔라오 후작. 아무래도 그대는 착각을 하고 있는 듯하군. 아니면 수호룡이 황궁에, 이 제국에 머무르는 이유를 잊어버리기라도 한 것인가?"

수호룡의 계약은 황가를, 황족을, 자신의 후손을 지키는 것이다. 황제가 다스리는 것이 제국이기에 그 보호의 영역에 제국이 포함되었을 뿐, 만일 황가가 제국을 포기한다면 수호룡 또한 그에 따라 제국을 떠나고 말 터였다.

"하오나……."

"어찌 감히 그 사실을 잊을 수 있겠습니까."

기세가 꺾인 후작을 대신하듯 또 다른 귀족이 나서 입을 열었다.

"소신들 모두 머리와 가슴에 똑똑히 새겨두고 있습니다. 위대하신 초대황제 폐하께옵서 제국의 미래를 염려하여 솔레다드 산맥의 주인에게 수호의 청을 하신 것을 어찌 한시라도 감사히 생각지 않을 수가 있겠습니까."

이카르의 말에 동의하는 척하면서 수호룡은 황제 개인이 아닌 제국을 위한 존재임을 주장하고 있다. 그리고 더 깊은 속내에서는, 수호룡의 존재를 어떻게든 이용하여 제 이득을 얻어내길 노리고 있을 것이 분명했다.

이카르는 표정이 일그러지려는 것을 애써 눌러 참았다. 억지로 묶여 있을 뿐인 솔레다토르에게 욕심을 드러내는 꼴이 기분 나쁠 정도로 거슬리게 느껴졌다.

"물론 폐하의 판단이 틀렸다고 생각지는 않습니다."

말석에 앉아 있던 귀족이 아부하듯 말했다.

"폐하께서 수호룡을 감추신 덕분에 불손한 무리를 쉽게 색출해 낼 수 있었으니 말입니다."

"맞습니다. 처음부터 수호룡의 존재를 드러내셨더라면 흉계를 속으로 감춘 채 숨어버렸을 것입니다."

이카르는 자신의 편을 들어주는 자들을 탐탁잖은 눈빛으로 쳐다보았다. 저 입들에서 비아냥거림이 흘러나오던 것이 바로 엊그제 일이었는데, 손바닥 뒤집듯 태도를 바꾸는 모습을 보고 있자니 솔레다토르가 궁정에 넌더리 내는 이유를 뼈저리게 알 것 같았다. 그는 흘러나오려는 한숨을 삼키고 입을 열었다.

"황가는 이미 한 번 수호룡을 잃은 적이 있다. 그리고 한 번 일어난 일은 두 번 일어날 수도 있는 법이지. 전처럼 황가의 실수일 수도 있고, 혹은 이곳에 모인 누군가의 실수일 수도 있는 사고가."

은근한 위협이 섞인 말이었다. 수호룡을 잃음으로써 황가의 위신은 땅에 떨어졌다. 하면 일개 귀족가문이라면 어떠하겠는가. 설사 카얄룬 공작가라 하여도 멸문을 면키 힘들 터였다. 이카르는 반박이 들어오기 전에 얼른 말을 이었다.

"물론 그렇다고 하여 수호룡을 감추어두기만 할 생각은 아니었다. 정체를 밝히지 않는다고 해서 수호룡의 존재 자체가 사라지는 것은 아니니, 안전하게 이용할 수 있지 않은가."

이카르는 부러 길게 한숨을 내쉬었다.

"……수호룡을 잃은 폐해를 오랜 시간 직접 겪었기에 가능한 한 신중하고 싶었다."

황자가 황궁에서 도망쳐 바깥을 떠돌게 된 것은 황가의, 황제의 힘이 약화된 탓이었다.

그리고 황제의 힘이 약해진 것에는 수호룡을 잃은 탓이 가장 크다. 이카르의 말에 몇몇 이들이 이해가 간다는 듯 작게 고개를 끄덕였다. 고귀한 신분으로 태어나 생명의 위협까지 당했으니 그럴 만하다 싶었던 것이다.

"하니 불가피하게 수호룡의 정체가 드러나게 되었으나 가능한 한 그를 보호하겠다는 방침은 바꾸지 않을 생각이다."

"보호하겠다는 말씀이시면 수호룡과의 접촉을 금하시겠다는 뜻이십니까?"

귀족 하나가 성급히 물어왔다. 이곳에 모인 이들의 대부분은 수호룡의 등장에 따른 득실을 머릿속으로 계산하고 있을 게 분명했다. 그리고 수호룡에게 접근할 수 없다는 것은 득이라고 하기 힘들었다.

"수호룡의 계약은 황가와 맺은 것이라곤 하나 불합리한 처사가 아니신가 합니다만."

불만이 묻어나는 목소리가 흘러나왔다.

자칫하면 황제의 힘만 키워지고 끝날 수도 있다는 생각에 몇몇의 눈빛이 차갑게 변하였다. 황가만 강해진다는 것은 그들에게 있어선 틀림없는 실(失)이다.

이카르는 그런 귀족들의 안색을 살피고 기억해두었다. 수호룡의 귀환에 기뻐하고 흥분하는 젊은 마음은 그리 오래가지 않을 터였다.

지금도 수호룡이 없었을 때가 나았을 거라 생각하는 이들이 더러 있을 것이다. 황제의 세력이 강해진다면, 그만큼 잃어야 하는 자들이 생겨날 수밖에 없으니.

'……권력을 지닌 가문일수록 더하겠지.'

이카르는 속으로 중얼거리며 상석에 자리한 귀족들을 눈으로 훑었다. 황권이 약화된 틈을 타 치고 올라온 가문들. 그들의 대부분은 솔레다토르를 반기지 않을 터였다. 수호룡이 버티고 있는 한 젊은 황제를 제 입맛대로 다루기 힘들어질 것이니.

"접촉을 금지하겠다는 것은 아니다."

마음 같아서는 완전히 막아버리고 싶었지만 그랬다간 괜한 호기심과 반감을 늘게 될 수도 있다.

"철저하게 제한을 두자는 것이지. 수호룡이 뭇 사람들과 쉬이 접촉할 수 있다는 것은 그리 반가운 일이 아니지 않은가."

드래곤이 지닌 힘은 매력적이나 동시에 위협적이기도 하다. 변덕을 부릴 수 있는, 감정을 지닌 존재였기에 더더욱 위험했다. 만에 하나 적대적인 상대에게 호감이라도 가져 도와주겠다 나선다면 속수무책 당하는 수밖에 없는 것이다.

"……그 제한의 조건은 폐하께서 정하시겠군요. 혹은 조건 자체가 폐하의 허락인 것입니까?"

자신 측의 사람에게만 수호룡과 친분을 쌓을 기회를 주려는 것은 아닌가. 그 물음에 이카르가 짧게 고개를 저었다.

"이미 말했지만 제한의 목적은 수호룡의 보호와 제국의 안전을 위함이다. 하니 조건은 단 하나, 솔레다토르께 만남을 청하여 허락받는 것으로 할 생각이다."

물론 궁정인을 귀찮아하는 솔레다토르가 뵙고자 하는 청을 받아들일 리는 없었다. 그러니 이 조건이 수락된다면 그가 번거로워질 일은 없어질 것이다.

"사람의 출입이 금해질 뿐 서신이나 선물과 같은 물건은 통과가 가능하니 성의를 보인다면 원하는 것을 얻을 수도 있겠지."

처음에는 수많은 사람들이 수호룡과의 친분을 다지고자 몰려들 것이다. 하지만 한 해 두 해 아무런 답신이 없다 보면 결국 포기할 것이고 잊힐 것이며, 솔레다토르는 계약대로 조용히 잠들 수 있게 될 것이었다.

이카르는 반대하는 자가 있느냐는 눈빛으로 좌중을 둘러보았다. 재력이 있는 고위귀족들에게 유리한 조건이다. 작게 속삭이며 의견을 나누는 모습들이 눈에 띄었지만 반대하고 나서는 사람은 없었다. 이카르는 속으로 안도의 한숨을 내쉬었다. 바로 그때였다.

"수호룡으로서는 접근의 제한에 두는 것이 옳다고 생각합니다만, 선황 폐하로서는 다르지 않겠습니까."

회의를 묵묵히 지켜만 보고 있던 카얄룬 공작이 입을 열었다. 동시에 이카르의 표정이 약간 딱딱해졌다.

"솔레다토르께서는 수호룡이심과 동시에 선황 폐하이시기도 합니다. 황위에서 물러났다고 하셔도 황가의 일원, 권리와 의무를 지니고 계시지요."

"……선황제위가 가벼운 자리는 결코 아니나 수호룡에 비할 수는 없지 않나."

"그렇다 하여 없는 것으로 치부할 수는 없지요. 폐하의 말씀대로 가벼운 자리는 결코 아니지 않습니까."

이카르는 말꼬리를 잡고 늘어지는 노귀족을 바라보았다. 저자만큼은 끝까지 입 다물어주길 바랐건만 무사히 지나가기 어려울 듯했다. 게다가 이미 카얄룬 공작파 귀족들은 노인의 말에 동의하는 표정들이었다.

"그렇다면 카얄룬 공작, 그대는 어찌하기를 바라는 건가."

일단 그가 원하는 바를 알아내야 한다. 이카르의 물음에 공작이 미소를 머금었다.

"황제 폐하의 의견에 반대코자 하는 것은 아닙니다. 그저 지금 이렇게 확정 짓기에는 이르다는 뜻이지요."

"이르다고?"

"예. 전례 없는 상황이니 접근 제한은 임시 조치로 두고 상황에 따라 조정해나가야 한다고 생각합니다."

이카르의 말에 반대하는 것은 아니나 동시에 찬성하는 것 또한 아니다. 빠져나갈 자리를 둔 중간에서 미소 짓는 노귀족의 모습에 이카르는 무심코 주먹을 꽉 쥐었다.

일단 접근 제한에 동의는 하고 있기에 공작의 말을 거절키가 힘들었다. 지금 이 자리에서 확실하게 결정 내려야만 하는 이유가, 그를 납득시킬 만한 핑계가 필요했지만…… 떠오르는 것이 없었다. 그러는 사이 공작의 의견을 거드는 목소리들이 들려왔다.

"확실히 지금 이 자리에서 결론짓는 것은 성급하다 생각됩니다."

"예. 바로 오늘 일이지 않습니까. 좀 더 상황을 지켜봐야 할 필요가 있습니다."

이카르는 한숨이 새어 나오려는 것을 억지로 삼키곤 입을 열었다.

"……그렇다면, 수호룡에 대한 접근 제한은 임시로 해두겠다. 다만 기한은 정하지 않겠다."

무기한이라는 말을 하며 카얄룬 공작의 눈치를 슬쩍 살폈으나 이번에는 방해가 들어오지 않았다. 이것으로 최소한의 방어벽은 친 셈이다.

"중앙궁과 푸른 라브르궁의 피해 상황은 보고가 되었는가?"

이카르는 조금쯤 가벼워진 마음으로 다음 안건으로 넘어갔다.

뛰는 가슴이 쉽게 가라앉질 않는다. 아리에스는 욕조 속에 웅크려 앉은 채 수면에 흔들리는 허브와 꽃잎을 바라보았다. 시중인들을 내보낸지라 욕실에는 그녀 혼자뿐이었다. 무겁게 내려앉은 침묵 속에서 작은 한숨 소리가 흘러나온다.

'……그나마 의아했던 점들은 이해가 가는데.'

솔레다토르가 거느리고 있던 드레이크, 목령, 요정들. 황위를 쉽게 내놓은 점이라거나 이카르를 돌봐온 이유며 권력에 일말 관심도 없었던 것 등등. 의문스러웠던 일들이 솔레다토르의 정체를 알고 나자 그럭저럭 이해가 갔다. 그리고 제대로 된 후궁을 들이지 않았던 것도.

'잠깐, 그럼 생쥐는 어떻게 되는 거지?'

아리에스는 숙이고 있던 고개를 번쩍 들어 올렸다.

'드래곤이 인간과 결혼할 수…… 아, 초대황후께서도 드래곤이셨지. 그럼 별문제 없나? 아이도 가질 수 있는 거지? 근데 종족 차이 때문에 일부러 생쥐를 저렇게 내버려둔 것일 수도 있잖아.'

초대황후가 인간인 초대황제와 결혼했다지만 결코 흔한 일은 아닐 터였다. 애초에 드래곤과 인간의 결합은 그 둘 외엔 알려진 바가 없기도 했다.

'……드래곤은 보통 어느 종족과 짝을 맺지? 같은 드래곤일까? 그래도 인간화가 가능하니 미적 관념은 크게 다르지 않을 거 같은데…….'

만약 솔레다토르가 인간 모습이 아닌 드래곤의 모습에, 혹은 비슷한 종족의 모습에 성적 매력을 느낀다면 어쩐다. 생쥐에겐 단단한 비늘도 긴 꼬리도 피막의 날개도 없다.

'분장 정도야 할 수 있겠지만.'

한번 시도라도 해볼까. 비늘은 징그럽겠지만 뿔이나 날개, 꼬리는 귀여워 보일 것도 같은데. 아리에스는 멍하게 중얼거리다가 두 손으로 젖은 머리를 감싸 쥐었다.

"지금은 그게 중요한 게 아냐!"

생쥐 일도 중요하긴 하지만 당장 급한 건 아니다. 선황제가, 그 인간이 난데없이 수호룡이라니.

'일단 이카에게는 유리한 일이긴 한데…… 태도는 영 아니었단 말이야.'

수호룡을 되찾은 이상 황위는 굳건해졌다. 황제 노릇을 하는 것도 전보다 훨씬 편해질 터였다. 하지만 이카르는 그것을 원하지 않는 듯한 표정이었다.

'……애초에 선황제의 정체를 밝힐 생각이 없었던 거 같으니까.

분명 알고 있는 눈치였는데 나한테도 말 안 했단 말이지.'

혹시 생쥐도 알고 있었던 걸까. 아리에스는 잡았던 머리를 놓으며 수면 위로 한숨을 푹 내쉬었다. 숨결에 닿은 장미꽃 잎이 빙글빙글 돌며 흘러간다.

'수호룡이라니…… 드래곤이라니…….'

날벼락에도 정도가 있지. 그래도 덕분에 이카르가 무사할 수 있었다. 황태후의 위협도 사라졌다. 지금 당장의 일만 놓고 보면 모든 게 잘되었다.

'그래, 목숨 건진 게 어디야.'

자칫했으면 오늘 죽었을 텐데. 이카르가 자살했다 하더라도 황태후가 자신을 살려둘 거라곤 생각지 않았다. 후환을 남겨둘 여자가 아니니까.

'……살아남았어. 일단은 그걸로 충분해.'

첨벙, 물소리를 내며 하얀 나신이 욕조를 벗어났다.

물기를 제거한 머리카락을 일부는 땋고 일부는 틀어 올린 다음 초록빛 에메랄드와 은으로 장식했다. 쌀쌀해진 날씨였지만 어깨와 쇄골에 더해 가슴 윗부분도 살짝 노출되는 드레스를 골랐다. 어차피 밖에 나가진 않을 테니까. 노출은 하되 천박해 보이지 않도록 목장식과 숄을 신중히 선택하고 화장은 밝고 생기 있어 보이도록 붉은색을 더했다.

 치장하는 것은 좋아한다.

 아리에스는 시녀가 공들여 손질 중인 자신의 손을 내려다보았다. 드레스와 보석을 고르고 아름다운 머리채와 흰 피부를 돋보이게 만드는 것은 좋아하는 일이었다. 다만 그것이 남자들의 눈요깃감이라는 사실이 싫었다.

 여자의 가장 큰 가치는 부친의 가문과 미모. 살타토르 백작가를 물려받겠노라 고집을 피운 것에는 그 사실이 마음에 들지 않은 것도 컸다. 나도 충분히 잘할 수 있는데. 옆집 자작네 멍청이와 건넛집 백작네 얼간이도 장남이랍시고 한 자리 해먹는데 왜 나는 안 된단 말인가.

여자라는 것 외에는 안 될 이유가 없으니 당당히 계승권을 요구했다. 그리고 부친은 자격을 갖추어야 한다는 조건을 걸고 허락해 주었다.

'하지만 한계는 있었어.'

여백작은 불가능하고 여황제도 불가능하다. 그 자리를 차지한 남자를 다루는 것까지가 허락된 전부였다. 불공평하게도.

그렇기에 귀족 여성으로서 더더욱 꾸미는 수밖에. 마음에 안 드는 결론이었지만 지금은 나쁘지 않았다. 지금 그녀가 공들여 치장하는 이유는 이카르 때문이었으니까.

'또 지치고 울적해져 있겠지.'

귀족들에게 시달리고 나면 항상 힘들어하는 그였다. 이번에는 솔레다토르까지 엮여 있으니 더하면 더했지 덜하지는 않을 터였다. 그런 이카르를 조금이나마 위로하기 위해 한껏 아름답게 치장했다.

'……지금은 할 수 있는 게 별로 없으니까.'

연인이라는 위치에서 다독이고 위로해주는 것 외엔 별다른 도움이 되지 못했다. 하지만 황후의 자리에 오르게 되면 달라질 것이다. 자신의 세력을 만들고 키워 죽은 황태후의 빈자리를 대신 차지하고 말 테다. 게다가 선황제의 인정이 이제는 수호룡의 인정으로 바뀌었으니 그 길은 좀 더 쉬워질 것이었다.

'이카는 수호룡의 힘을 빌릴 생각이 전혀 없겠지만.'

오히려 그 반대라면 모를까. 아리에스는 옅게 미소 지으며 자리에서 몸을 일으켰다. 가장 큰 위협이 사라져 여유가 생겼으니 좀 더 어리광을 부려도 괜찮다. 그리고 이후로도 그가 계속 예전의 모습으로 남아 있을 수 있도록 자신이 지켜줄 것이다.

"폐하께서는 귀궁하셨느냐?"

"조금 전 회의를 마치셨다고 합니다."

"곧 도착하시겠군. 피로가 쌓이셨을 테니 다과를 준비하거라. 바로 일을 시작하려 하실 듯싶으니 아직 새로운 집무실이 준비되지 않았다 말씀드리고."

솔레다토르와 관련이 되었다 하면 곧잘 무리하려 하니 적당히 쉴 수 있도록 조절을 해주어야 한다. 아리에스는 이런저런 지시를 내리며 이카르를 마중하기 위해 방을 나섰다.

"자아, 폐하. 집무실의 준비가 끝나면 밤늦게까지 바쁘실 텐데 미리 배를 채워두셔야죠."

이카르는 부드럽게 미소 짓고 있는 아리에스를 바라보며 마른침을 꼴깍 삼켰다. 그녀에게 솔레다토르의 정체를 알면서도 감추었다는 사실을 털어놓을 생각을 하자 회의 때 이상으로 긴장되었다. 자신을 믿어주지 않았다고 화내거나 혹은 실망할 텐데.

"어서요."

그는 아리에스가 이끄는 대로 다가가 차려진 테이블에 앉으며 주위 사람들을 물렸다. 둘만 남게 되자 이카르가 입을 열었다.

"그…… 솔레다토르에 대해서는……."

"말 안 해도 뻔하죠, 뭐."

찻잔에 차를 따르며 아리에스가 말했다.

"선황 폐하, 솔레다토르께서 제게 비밀로 해두라 하셨죠? 아버님은 저 안 믿으시잖아요."

"그게……."

솔직하게 말하려던 이카르의 시선이 아리에스의 눈과 마주쳤다.

알고 있으니 그냥 자신의 이야기를 사실이라고 치고 넘어가자는 눈빛. 그는 하려던 말을 삼키고 헛기침을 하며 찻잔을 만지작거렸다.

"……예, 그랬습니다."

"좀 얄밉긴 하지만 저라도 그랬을 거예요."

아리에스는 방글방글 웃으며 포크로 사과파이를 갈랐다. 생쥐도 알고 있었느냐고 캐묻고 싶었으나 눌러 참았다. 자신만 따돌림 당한 것 같지만 지금은 그런 걸 따질 때가 아니다.

"회의는 어떠셨나요."

"일단은 원하는 대로 되었습니다."

"일단은요?"

"네. 수호룡에 대한 접근을 금지했지만 일시적인 조치입니다. 예외를 바라는 자들이 잔뜩 생기겠지요."

임시 조치라 하면 언제든 바뀔 수 있다는 뜻이다. 확고히 정해진 법조차도 뚫고 나갈 구멍을 찾는 이들이 부지기수건만 임시적인 일이라 하면 두말할 필요가 있을까. 벌써부터 골머리가 아픈 듯한 이카르의 표정에 아리에스가 고개를 살짝 갸웃하며 말했다.

"확실히 그렇겠군요. 관심을 끌 만한 다른 먹잇감도 마땅히 없으니까 말이에요."

"그래서 말입니다만……."

이카르가 죄책감 어린 얼굴로 말을 이었다.

"제가, 후궁이라도 들이겠다고 하면……."

"아뇨, 그건 별로예요."

딱 잘라 말하는 아리에스의 태도에 이카르의 눈이 동그랗게 커졌다. 말로는 후궁을 들이라고 했지만 역시 내키지 않는 것일까. 그러나 이어지는 말의 내용은 예상외의 것이었다.

"지금으로선 매력적인 조건이 아니거든요."

"예?"

"황후라면 모를까, 어차피 후궁으로 들어가야 한다면 폐하보단 선황제, 솔레다토르 쪽이 훨씬 먹음직스럽잖아요?"

"……예?"

어리둥절해하는 이카르에게 아리에스가 차분히 설명해주었다.

"생각해보세요. 용혈이 옅어져 평범한 인간과 다름없는 황자와 초대황제의 아들이자 드래곤의 피를 짙게 물려받은 황족. 어느 쪽이 더 매력적이겠어요?"

"그건……."

"게다가 황위계승권도요. 선황제의 자식, 즉 황제(皇弟)는 황자보다 계승순위가 낮지만 수호룡의 자식이라면 다르죠. 그렇지 않다 하더라도 계승권은 지니고 있으니 싸워서 이기면 그만 아니겠어요? 황위쟁탈전을 벌이게 되면 용혈이 짙은 황제(皇弟)의 승리야 의심할 필요 없을 테고요."

아리에스의 말대로다.

솔레다토르만 하더라도 갑자기 나타나 황족이라 자처했음에도 용혈을 짙게 물려받았다는 이유로 쉽게 황위를 차지하지 않았던가. 수호룡의 자식이 황제가 되겠다고 나선다면 감히 방해할 자가 몇 없을 것이었다.

"하지만 솔레다토르께서 후궁 같은 걸 받아들이실 리 없잖습니까."

"그냥 아버지라고 부르시라니까요."

"아니, 그······."

"생쥐가 있잖아요."

아리에스가 어깨를 으쓱하며 말했다.

"이미 후궁이 있으니 노려봄 직하다고 생각하겠죠. 계속 거절당한 뒤라면 모를까, 지금은 황제 폐하의 후궁 자리 따위 거들떠보지도 않을걸요? 기껏해야 그저 그런 가문들이나 기웃거릴 거예요."

솔레다토르가 과거처럼 홀몸인 상태였더라면 괜한 욕심을 드러내지는 않을 터였다. 그러나 지금은 후궁을 들인 상태다. 심지어 아리에스가 어린 소녀를 좋아하신대요, 하는 소문까지 퍼뜨려놓았다. 그러니 혹시 하는 마음에 기대를 걸어보는 자들이 분명 있을 것이다.

"우리 생쥐 자리이긴 하지만 정비 자리도 비어 있는 상태고 말이에요. 선황제의 정비 자리야 큰 가치가 없지만 수호룡의 정비는 다르죠. 딸 가진 고위귀족들 대부분이 침을 줄줄 흘리고 있을걸요?"

"정말로······ 그렇겠군요."

이카르가 땅이 꺼져라 한숨을 내쉬었다. 솔레다토르의 정비 자리를 노릴 것이라니, 미처 생각지 못한 사실이었다.

"……한동안 힘들어질 것 같습니다."

"생쥐를 위해서라도 열심히 쳐내세요. 그래도 한 번쯤은 자리를 마련해보는 것도 괜찮을 텐데요."

"아버지……께서 허락하신다면요."

"솔레다토르 앞에선 말도 안 꺼내보실 거면서."

아리에스의 일침에 이카르는 웃음으로 얼버무렸다. 물론 그런 귀찮은 이야기를 꺼내 들 생각은 전혀 없었다.

"무리를 해서라도 임시가 아니라 확실히 접근을 막았어야 하는 건데, 역부족이었습니다."

"준비할 시간이 없었잖아요. 지금부터 대비를 해두세요."

"대비라고 해도……."

막막하다. 또 한숨을 내뱉을 기세인 이카르에게 사과파이를 먹여주며 아리에스가 말했다.

"공부해야죠. 수호룡에 대한 사례야 잔뜩 쌓여 있을 것 아니에요? 귀족들 상대로는 정통에 따른 관행과 통례를 들이미는 게 최고랍니다."

"아…… 그렇죠!"

귀족가문을 유지하는 가장 큰 기둥이 혈통에 따른 정통성이기에 과거를 운운하는 주장에는 대체로 약했다.

이카르는 크게 고개를 끄덕이며 아리에스를 바라보았다.

"당장 수호룡에 대한 기록을 모아야겠습니다."

"무리하진 마세요."

"그래도 최대한 빨리 대비를 해놓아야……."

"임시라고 해서 효력이 없는 건 아니니까 서두를 거 없습니다."

아리에스가 당장에 일어나려는 이카르를 눌러 앉히며 단호히 말했다.

"이거 다 드시기 전까진 못 나가세요."

"……예."

이카르는 얌전히 자리에 앉아 사과파이를 받아먹었다.

생쥐는 천근만근 무거운 눈꺼풀을 억지로 들어 올렸다. 머릿속이 몽롱하고 전신은 물먹은 솜처럼 무거웠다. 이대로 계속 잠들어 있고 싶다는 유혹이 치솟았으나 눈을 몇 번 깜박여 졸음을 몰아냈다. 맑아진 시야 속에 들어온 풍경은 익숙하면서도 낯설었다. 옮겨 간 푸른 라브르궁의 침실이 아닌, 예전에 살았던 나비궁의 침실이다.

자신이 왜 이곳에 누워 있는 걸까. 잠깐의 생각 끝에 잊혔던 기억들이 되살아났다. 푸른 라브르궁을 공격해온 병사들과 자신을 탈출시키고 뒤에 남은 두 요정, 그리고 화살을 맞은 채로 도망쳐 온 곳이 바로 나비궁이었다.

'……솔.'

생쥐는 급히 몸을 일으키다가,

"읏!"

짧은 신음성을 내뱉었다. 어깨의 상처에서 통증이 느껴진 탓이었다. 그와 거의 동시에 걱정 어린 목소리가 들려왔다.

"섣불리 움직이지 마라."

침대 옆에 앉아 있던 솔레다토르가 자리에서 일어나 생쥐가 앉을 수 있도록 도와주었다. 생쥐는 눈을 커다랗게 뜨며 자신을 부축해준 남자를 올려다보았다. 목덜미가 드러날 정도로 짧았던 머리카락이 치렁치렁하게 길어져 있다.

"……무슨 일이 있었던 건가요?"

그가 이곳에 찾아왔던 것까지는 생각이 났다. 하지만 약 기운 탓인지 자세한 기억은 나질 않았다. 요정들에 대해 이야기하다가 다시 잠들었던 것 같은데, 그때로부터 시간이 얼마나 지난 것일까. 생쥐는 주위를 두리번거렸다. 창밖이 밝은 것으로 보아 몇 시간 흐르지 않았거나 혹은 하루 이상 지나버린 듯했다.

"괜찮으세요?"

정신이 들기가 무섭게 자신을 걱정하는 생쥐의 태도에 솔레다토르가 혀를 쯧 찼다.

"다친 건 너다만."

"이 정도는 문제없습니다. 팔이 멀쩡히 붙어 있고 움직이기도 하잖아요."

생쥐는 다친 쪽 손을 주먹 쥐었다 펴 보이며 말했다. 움직일 때마다 저릿한 통증이 느껴졌지만 충분히 참을 수 있을 정도였다.

"사람들이 쳐들어왔었는데, 그리고……."

"다 해결되었으니 신경 쓸 거 없다."

솔레다토르는 상냥하게 말해주며 그녀의 옆에 앉았다.

정확히는 반란군만 처리되었을 뿐 진짜 문제는 지금부터 시작이라 할 수 있었다. 그러나 수호룡과 관련된 일에 생쥐를 끌어들일 생각은 없었다. 문득 그녀를 후궁으로 들인 이유가 떠올라 솔레다토르는 쓴웃음을 희미하게 머금었다. 그리 길지도 않은 시간 사이에 많은 것이 변하였다.

"정말로 다 해결되었어요?"

"그래. ……궁은 다시 옮겨야 할 듯싶지만."

수호룡으로서의 정체가 드러난 이상 선황제궁에 머무를 수는 없을 것이었다. 수호룡을 위한 궁은 따로 있었으니. 그 외에도 이것저것 처리해야 할 일들이 꽤 있을 터인데.

'의외로 조용하군.'

솔레다토르는 문 쪽을 힐끗 쳐다보며 속으로 중얼거렸다. 수호룡이 나타난 지 벌써 하루가 지났건만 나비궁으로 찾아오는 사람은 없었다.

'……카얄룬 공작이 손이라도 쓴 건가.'

이카르의 노력일 것이라는 선택지는 떠오르지 않았다. 그도 그럴 것이 제 자리 지키기도 버거운 어린애가 아니던가. 솔레다토르는 생쥐의 머리를 쓰다듬어주곤 몸을 일으켰다.

"먹을 걸 가져다주마."

"제가—!"

"누워 있어라."

"하지만!"

"명령이다."

 명령이라는 말에 생쥐는 혼란에 빠진 채 눈을 깜박거렸다. 후궁은 황제의, 지금은 선황제의 시중을 들어서 돈을 버는 거라고 했는데 반대로 솔레다토르가 먹을 걸 가져다주려고 하고 있다. 그러니 이렇게 보고만 있어도 되는 걸까 싶었지만 누워 있으라는 명령을 어길 수도 없었다. 생쥐는 고민 끝에 안절부절못하며 앉아 있기로 타협했다.

 솔레다토르가 방을 나서고 쪼그려 앉아 있던 생쥐는 문득 예전 일을 떠올렸다.

 '그러고 보니 처음 왔을 때도…… 솔이 먹을 걸 줬었는데.'

 주방에서 커다란 연어를 먹었었다. 그때는 그게 뭔지도 모르고서 주는 대로 덥석 맛있다고 받아먹고, 와인도 조금 마시고……. 그리고 채찍질에 다쳤을 때도 솔레다토르는 지금처럼 직접 먹을 걸 가져다주었다.

 '……엄청 오래전 일 같아.'

 궁에 들어오고 고작해야 몇 달 지나지 않았는데도 몇 년은 흐른 것처럼 느껴졌다. 반면에 십여 년의 길고 긴 빈민가 생활은 흐려질 대로 흐려져 하룻밤 짧막한 꿈인 것만 같았다. 굶주리고 헐벗고 추위에 떨며 살아남기 위해 발버둥 쳤던 그 긴 시간들이.

 그렇게 생각하자 덜컥 두려움이 치밀어 올랐다.

지금 이 시간들도 흐린 과거로 사라져버리게 될 수도 있지 않을까. 바로 어제 잃어버릴 뻔하였기에 공포는 더더욱 실감나게 다가왔다. 생쥐는 어깨의 아픔도 잊고 몸을 잔뜩 웅크렸다.

'……언니와 이카는 괜찮을까.'

복잡한 궁정사를 이해하기엔 아직 경험이 부족했지만 황태후가 이카르를 적대시한다는 사실은 어설프게나마 알고 있었다. 사람들이 공격해왔다면 그 주목적은 자신이 아닌 이카르일 것이다. 그리고 아리에스는 이카르와 함께 있었다.

'괜찮겠지, 괜찮을 거야…….'

걱정이 되어 당장이라도 뛰쳐나가고 싶어졌지만 꾹 눌러 참았다. 괜찮을 거다. 솔레다토르에게 이카르는 무척이나 중요하니까 그에게 무슨 일이 생겼다면 지금 이렇게 자신의 곁에 있어주지 못할 것이었다. 그러니 괜찮을 거라고 안심하였지만, 동시에 가슴 안쪽이 살짝 따끔거렸다. 생쥐는 모아 붙인 무릎 사이에 얼굴을 묻었다.

'나는 이카만큼 중요하지 않아.'

알고 있다. 솔레다토르에게 직접 들었으니까.

"……이카 욕심쟁이."

아리에스 언니와 결혼도 할 거면서. 욕심내면 안 된다고 생각하면서도 자꾸 욕심이 났다. 과거에 비해 훨씬 많이 가졌는데도 옛 기억이 흐려져서일까 더 많은 걸 원하게 되었다.

이렇게 욕심을 내면, 변하게 되면 솔레다토르가 싫어하게 될지도 모르는데.

'잃고 싶지 않아.'

전부 다. 그리고 가지고 싶었다. 좀 더. 조금 더, 어쩌면 훨씬 더 많이. 그의 관심과 애정을. 솔레다토르가 자신을 더 많이 좋아해 주기를.

"어떻게 하실 생각이십니까."

김이 오르는 수프를 그릇에 담으며 케이어스가 물었다. 솔레다토르는 찬장에서 절인 살구를 담은 유리병을 꺼내 들며 시큰둥하게 대답했다.

"계획은 그대로다. 좀 더 귀찮아질 뿐이야."

"조금이 아닐 텐데요."

"……조금이길 바라야지."

솔레다토르의 입술 사이에서 짧게 한숨이 새어 나왔다. 되돌아온 수호룡에게 쏟아질 관심은 어마어마할 것이다. 제국 전체는 물론이요 타국에서도 주시할 게 분명했다. 그나마 과거에는 황가에서 수호룡을 사회적으로 보호하기 위한 체계를 철저히 갖추어두었지만, 지금은 텅 빈 건물 하나 외엔 모두 사라지고 없었다. 더군다나 황가의 힘이 약해지고 애송이가 황위에 올라앉아 있으니 여러모로 피곤해질 수밖에 없는 상황이었다.

"최소한 황족이라도 처리해두시는 게 좋을 겁니다. 특히 황태후를요."

황태후라는 말에 솔레다토르의 미간이 살짝 좁아졌다.

"그 여자는 이미 죽었다."

"죽었다고요?"

"그래. 그러니까……."

솔레다토르는 어제의 일을 되새겼다. 살해당한 황태후와 그 앞에서 피에 물든 검을 쥐고 있던 이카르. 짧게 스쳐 지나갔던 그 광경이 새삼스럽게 다가왔다.

"……이카 그 녀석이."

황태후를 죽였다. 드래곤의 위압감에 사람들이 굳어 있는 사이 칼을 휘둘렀을 것이다.

솔레다토르는 기가 막힌 숨을 흘려내었다.

"나 때문인가."

혼잣말에 가까운 중얼거림에 케이어스가 짧게 고개를 끄덕였다.

"정체가 드러난 솔레다토르께 황태후가 가장 큰 위협이 되리라는 걸 파악했나 보군요. 다행입니다. 황녀가 남아 있긴 하지만 그녀 혼자서는 별문제 못 일으킬 겁니다."

황태후가 없는 지금 황녀 혼자 무언가 일을 도모하기는 힘들 터였다.

게다가 결혼으로 치워버리는 방법도 있었다. 수호룡의 보호는 직계 황족에 한한 것이기에 황녀가 공식적으로 황위계승권을 포기하고 타 가문으로 들어간다면 더는 신경 쓸 필요가 없어진다.

다만 만에 하나 이카르가 후손 없이 사망하게 된다면 로제시아 공주가 다시금 직계 황족의 자리를 되찾게 되겠지만, 수호룡이 돌아온 이상 그럴 가능성은 극히 낮았다.

"……조금 덜 귀찮아지기는 하겠군."

"의외로 도움이 되는군요."

"으음."

이카르가 도와주겠다고 짹짹거리긴 했어도 별 기대는 하지 않았었는데, 자신 때문에 황태후를 살해했다는 걸 알게 되니 기분이 조금 이상해졌다.

'설마 아직 아무도 찾아오지 않는 것도 그 녀석 때문인 건 아니겠지.'

솔레다토르는 떨떠름해하며 생쥐의 식사가 얹어진 트레이를 들어 올렸다.

톡톡, 톡톡톡.

침대 위에 웅크려 앉아 있던 생쥐가 고개를 갸웃 기울였다. 조금 전부터 무언가 창을 작게 두드리는 소리가 들려왔기 때문이다. 처음에는 새가 창가에 앉은 거겠거니 하고 신경 쓰지 않았었는데 소리는 끊이지 않고 계속해서 이어졌다. 마치 창문을 열어달라고 노크하는 것만 같았다.

"뭘까."

궁금하지만 솔레다토르가 가만히 있으라고 했는데. 생쥐는 고민 끝에 살금살금 침대를 내려갔다. 침실을 벗어나는 건 아니니까 이 정도는 괜찮지 않을까. 그렇게 핑계를 대며 창가로 다가가 늘어진 커튼을 젖혔다.

"어?"

"생쥐야!"

"문 열어, 문!"

창 너머에는 자그마한 몸집에 반투명한 날개를 가진 인간 형상의 두 생물이 파닥거리고 있었다.

마치 동화에서 튀어나온 작은 요정과 같은 모습이었다. 요정이 나오는 그림책을 읽은 적 있는 생쥐는 의아해하며 창문을 열었다. 그러자 두 요정이 파라락 날아올라 생쥐의 양 뺨에 달라붙어 재잘대기 시작했다.

"괜찮아? 안 다쳤어?"

"약 냄새 나네, 다쳤네!"

"그러게 어깨에 붕대 감았네! 다쳤잖아!"

"이건 다 검둥이 때문이야!"

"맞아, 검둥이가 느려서 그래!"

"걔도 늙었지!"

"하긴 느려질 때도 됐지!"

종알종알하는 익숙한 수다에 생쥐는 창문을 닫으며 고개를 휘휘 저었다. 작은 목소리들이었지만 가까이서 떠들어대니 귀가 따가웠다.

"……혹시 사지랑 라지예요?"

생쥐는 자신의 뺨에서 떨어져 나온 요정들을 바라보며 물었다. 끝이 가느다란, 콩알보다 작은 눈들이 활짝 웃음 짓는다.

"알아보는 거야?"

"그러게 알아보는 거야?"

"엄청 달라졌는데?"

"엄청 작아졌지!"

"말하는 게 같잖아요."
"이렇게 말하는 사람 많은데?"
"우리 동네에선 다 이러는데?"
"인간 중에는 별로 없긴 했어."
"맞아, 이 동네엔 별로 없긴 했어."
조그만 방울이 울리듯 까르르 웃어대는 요정들의 모습에 생쥐의 얼굴에도 커다란 미소가 걸렸다.

솔레다토르가 괜찮다고 말해주었지만 그래도 걱정되었는데, 둘 다 무사히 살아 있었다. 많이 변하기는 하였지만 그런 것쯤 신경 쓰지 않았다. 사실 인간 모습에서 드래곤이나 드레이크로 변하는 것에 비하면야 크게 달라진 것도 아니었으니까. 그냥 자그맣게 줄어들고 날개가 달렸을 뿐이다.

"다쳤는데 서 있지 말고 누워!"
"그래, 얌전히 누워 있어야 빨리 낫지!"
"밥도 많이 먹고."
"방에 먹을 게 하나도 없네! 가지고 올까?"
사지예, 혹은 라지예의 말에 생쥐가 아니라고 고갯짓을 했다.
"솔이 가지고 와주신댔어요."
"솔레다토르가?"
"과자도 있었으면 좋겠다!"
"지금은 엄청 클 텐데!"

생쥐는 머리통만 한 초콜릿이며 침대로 쓸 수 있는 케이크 따위를 외쳐대는 요정들의 수다 속에서 침대로 돌아갔다. 포근한 이불 속에 파고들고 얼마 안 있어 솔레다토르가 음식을 가지고 돌아왔다. 그는 얼른 일어나 앉는 생쥐 주위에서 팔랑팔랑 날아다니는 요정들을 보고 미간을 살짝 좁혔다.

"……숲으로 돌아가지 않은 건가."

"연락은 해놓았답니다~."

"다른 요정이 올 때까지만 있을 거예요."

"언제쯤 올지는 모르지만."

"맞아, 올 만한 애 없지 않아?"

"한 십 년은 걸릴걸~."

"이십 년쯤 걸릴지도~."

까르르거리는 요정들의 말에 솔레다토르가 작게 한숨을 내쉬었다. 둘의 말대로 시종으로 쓸 만한 요정족은 드물었다. 그래도 솔레다드 산맥에서 지내는 것이라면 개중 조용하고 얌전한 요정을 부리면 되었지만, 궁정에서 시녀 노릇을 해낼 만한 요정은 저 둘 외에는 찾아볼 수 없었다. 사지예와 라지예 또한 처음부터 인간사에 익숙하던 것은 아니었다. 궁정에 들일 것을 대비해 십여 년 정도 인간들 사이에서 생활하게 한 결과였기에 저 둘 정도의 요정이 나오려면 못해도 십 년은 걸릴 터였다.

"……남겠다면 말리지는 않겠지만."

솔레다토르는 손에 든 트레이를 침대 옆 탁자에 내려놓으며 말했다. 전에 비해 쓸모가 적어졌다곤 해도 생쥐 옆에 저 둘이 남아준다는 건 반가운 일이었다. 다만.

"목숨은 하나뿐이니 무모한 짓은 하지 말도록."

그의 말에 생쥐가 고개를 갸웃 기울였다. 목숨은 원래 하나이지 않던가. 생쥐의 궁금증을 눈치챈 요정 중 하나가 그녀의 어깨 위로 상처를 건드리지 않게 살짝 내려앉으며 입을 열었다.

"우린 목숨이 두 개거든."

다른 요정도 반대편 어깨에 앉아 말했다.

"정확히는 가짜 몸 하나, 진짜 몸 하나야~."

"지금처럼 작아서는 여러 가지로 불편하잖아?"

"그래서 우리 요정은 성체가 되면 인간과 비슷한 크기의 가짜 몸을 받거든~."

"어머니 숲의 축복이지. 뿅 하고 커져~."

"그러다 죽으면 원래 모습으로 돌아가고."

"지금처럼~."

양쪽에서 떠드는 소리를 가만히 듣고 있던 생쥐가 입을 열었다.

"그럼 지금이 진짜예요?"

"응~."

"이게 진짜야."

"그런데 과자는 하나도 없네?"

생쥐의 식사 쪽으로 슬쩍 다가가는 요정을 솔레다토르가 날파리 잡듯 낚아채어 옆으로 던졌다. 가차 없이 내던지는 모습에 생쥐가 깜짝 놀랐으나 사지예 혹은 라지예는 이내 공중에서 빙그르 돌아 바로 섰다. 아무렇지도 않은 그 태도에 생쥐가 안도의 한숨을 내쉬었다.

"괜찮아요?"

"응? 뭐가?"

"던져진 거요."

생쥐의 말에 요정이 까르르 웃었다.

"당연히 괜찮지. 원래 던지고 놀아~."

"튕겨나가기도 하고~."

"작아졌다고 해도 꼬마 너보단 튼튼하니 걱정할 거 없다."

솔레다토르가 수프 그릇을 들어 올리며 한마디 거들었다.

"튼튼해요?"

"그래. 약하면 금방 죽으니까."

목숨이 하나밖에 남지 않았다고 해서 요정족의 성격이 변하는 건 아니다. 비슷한 크기의 새 정도로 약했다면 요정의 숲이 반 이상 비어버리고 말 것이다. 그러니 신경 쓰지 말라면서 내미는 수프를 생쥐는 얌전히 받아먹었다.

아무런 소식 없이 하루가 더 지나고 나서야 이카르가 나비궁으로 찾아왔다. 대동한 호위기사와 시종들을 궁 밖에 둔 채 홀로 안으로 들어온 이카르는 붕대가 감긴 생쥐의 어깨를 보고 눈살을 찌푸렸다.
"많이 다친 겁니까?"
 그의 물음에 솔레다토르의 무릎 위에 앉아 있던 생쥐가 대답했다.
"별로 안 아파요."
"그렇다면 다행이지만."
 이카르는 짧게 한숨을 내쉬곤 그의 양부에게 시선을 옮겼다.
"적어도 한동안은 수호룡과 관련하여 번거로우실 일은 없을 겁니다."
 그 말에 솔레다토르가 고개를 약간 기울이며 이카르를 올려다보았다.
"꽤나 노력한 모양이로군."
"넘쳐흐르는 물을 막으려 노력은 해보았습니다만 쉽지 않더군요. 그래도 가능한 한 수습해 보이겠습니다."

"물 좀 튀는 것쯤 신경 안 쓰니 적당히 해둬라."

이카르는 대답 대신 옅게 미소 지었다.

"모나르카궁으로는 언제 옮겨 가면 되지?"

모나르카궁은 수호룡을 위한 거처다. 정체를 들킨 이상 선황제를 위한 궁에 계속 머무를 수는 없었다.

"내키지 않으신다면 옮기실 필요 없습니다."

"무리할 것 없다 했다만."

"하지만 기분 좋은 장소는…… 아니시지 않습니까."

이카르의 말에 솔레다토르가 생쥐의 머리카락을 매만지며 대답했다.

"장소 자체는 나쁘지 않아. 어쨌거나 내가 머물기 편하도록 만들어진 곳이니."

"그렇습니까?"

"억지로 묶여 있었다곤 해도 나에 대한 대우야 대체로 괜찮았지."

인간이 범접 못 할 힘을 지닌 드래곤이자 초대황제의 아들이다. 당연하게도 황족은 물론이요 모든 궁정인들의 공경을 받아왔다. 다만 그 사이사이에 제 욕심을 주체하지 못하고 겉으로 시커멓게 속을 드러낸 인간들 또한 섞여 있었다. 그들은 소수였으나 길고 긴 시간 속에서는 결코 적은 숫자로 느껴지지 않았다.

솔레다토르는 생쥐를 소파에 내려놓고 몸을 일으켰다. 앞에 선 청년을 향한 그의 눈길이 다정하고 부드러웠다.

"그러니 사서 고생은 그만하고 상황을 즐겨라."

"……즐기라고요?"

"그래. 그간 무례했던 놈들이 죄다 네 눈치를 살피고 들지 않더냐. 횡포 좀 부린다 해도 찍소리 못 할 거다."

단순히 수호룡을 되찾았기 때문만은 아니었다. 수호룡이 황가를 지킨다 하여도 황제의 명에 따르지는 않았거니와 궁정사에 관여키 싫어했기에 반란이라도 모의하지 않는 이상 귀족들이 드래곤 때문에 황제까지 두려워할 정도는 아니었다. 그러나 지금의 황제, 이카르는 달랐다.

수호룡으로 밝혀진 선황제가 어릴 때부터 돌봐오고 궁에 들어오고 나서도 감싸고돈 것으로 유명했었다. 그러니 눈치 빠른 귀족들이라면 황제가 명령이 아닌 부탁으로 드래곤의 힘을 사용할 수 있지 않겠는가 생각하고 몸조심할 것이 분명했다.

"분명 저를 대하는 게 좀 더 조심스러워지긴 했지만요……."

회의 때의 일을 떠올리며 이카르가 말했다. 예전이었더라면 그가 아무리 강하게 나가더라도 원하는 바를 이루어내기 힘들었을 것이다. 하지만 저번 회의에서는 카얄룬 공작만 제외한다면 수월하게 귀족들을 억누를 수 있었다.

"그래도 횡포 같은 건 부릴 생각 없습니다만. 딱히 그럴 이유도…… 별로 없고요."

아예 없지는 않았다.

솔레다토르와 아리에스를 지키기 위해서라면 무도한 짓이라 해도 할 각오가 되어 있었다.

"그럼 모나르카궁으로 옮겨 가실 것이라 이르겠습니다. 오랜 기간 비어 있던 궁이라 준비하는 데 시간이 좀 걸릴 텐데, 그동안 이곳에 계시는 편이 낫겠지요?"

솔레다토르가 고개를 끄덕여 대답했다. 어차피 선황제궁으로 돌아갈 수도 없는 노릇이었다.

일부가 불에 타고 핏자국도 곳곳에 남아 있는 탓에 정리하는 데 한참 걸릴 터였다.

"시중인들은 어떻게 하시겠습니까? 요정들도 저 모양이니 손이 필요할 텐데요."

이카르가 테이블 위에 놓인 과자에 앉아 있는 사지예와 라지예를 바라보며 물었다. 수호룡 근처에 궁정인이 머물게 두고 싶지는 않았지만 최소한의 일꾼은 있어야 할 터였다.

"노체가 있으니 일단은 괜찮겠지만."

"원래라면 고위귀족의 자제 중에서 시종장을 뽑는다고 알고 있습니다. 또한 모나르카궁의 관리인으로 황족을 임명해야 하는데, 로제시아 황녀는 안 되니까요."

"황녀는 어떻게 되었지?"

"공주 작위를 박탈하고 무기한 근신으로 처분하였습니다. 황족이라 그 이상의 처벌은 불가능하더군요."

보통 반란을 일으킬 경우 일가가 모두 중벌을 받게 되나 로제시아 황녀의 경우는 예외로 취급되었다. 일가인 황가에 황제 또한 포함되기 때문이었다. 그렇기에 반역에 직접적으로 가담하지 않은 그녀는 자신의 궁에 감금되는 가벼운 처분으로 끝났다.

"시종장을 뽑는다면 비고레 대백작 측의 사람으로 했으면 싶습니다만."

"비고레 대백작?"

솔레다토르가 의외라는 표정을 지으며 말을 이었다.

"황태후의 사람이 아니었던가."

"맞습니다. 제가 주웠지요."

"주웠다고? 반역자를?"

"주모자는 황태후니까요. 버리기엔 아깝지 않습니까. 게다가 대백작이 힘을 잃으면 저도 덩달아 곤란해질 것이고요."

"……그건 그렇지만."

맞는 말이다. 그러나 이카르가 그리 재빠르게 대백작을 거둘 것이라고는 생각지 못하였기에 솔레다토르는 조금 떨떠름해하면서 고개를 끄덕였다.

"황태후가 사라졌으니 공작을 최대한 견제하는 편이 낫겠지. 마음대로 해라."

"예. 시종장과 휘하 시종들을 둔다고 해도 마주치실 일은 가능한 한 없도록 할 것입니다. 그리고 궁정관리인은 적당한 황족이 없으니 일단은 제가 겸하겠습니다. 케이어스 씨와 노체 부인이 도와준다면 별문제 없을 겁니다."

실질적인 궁의 관리는 시종장의 몫이었고, 관리인은 궁의 상황에 따라 예산을 편성하고 유지보수 등의 문제에 허가를 내려주는 위치였기에 보고만 제대로 받을 수 있다면 황제가 겸하는 것도 가능했다.

"혹 필요하신 것이 있다면 연락을…… 음, 아침저녁으로 시종장을 보내겠습니다. 그편으로 전해주세요."

"그러지."

필요한 내용은 모두 전했다. 이카르는 소파에 얌전히 앉아 있는 생쥐를 바라보았다가 다시 양부에게로 시선을 돌렸다.

"그럼…… 저는 이만 가보겠습니다. 아마 궁을 옮기실 즈음에나 다시 올 수 있을 듯합니다."

"바쁜가 보군."

"한가한 게 이상한 상황이잖습니까."

즉위한 지 얼마 지나지도 않았건만 반란이 터지고 수호룡의 정체가 드러났다. 겹겹이 터진 일에 몸이 두 개라도 모자랄 지경이었다.

"적당히 해둬."

"그럴 순 없죠. 전에도 말씀드렸지만 힘닿는 데까지 노력해볼 겁니다."

용무를 마친 이카르가 떠나갔다. 열렸던 문이 닫히자 소파에 앉아 있던 생쥐가 자리에서 일어나 솔레다토르의 곁에 딱 붙어 섰다. 연녹색 두 눈이 여전히 저보다 한참 큰 사내를 말끄러미 올려다본다.

"모나르카궁이라는 곳으로 가야 하는 거예요?"

"그래. 싫으냐."

"아뇨."

생쥐는 고개를 절레절레 저으며 대답했다.

"어디든 다 좋습니다."

어디로 가든지 상관없었다. 그가 자신을 버리지만 않는다면 궁을 떠난다 해도 괜찮았다. 솔레다드 산맥이든 요정의 숲이든 먼 타국이나 또 다른 어디라도. 지금처럼 호화로운 침실이 아니어도 좋았다. 옛날처럼 허름한 마구간에 쫄쫄 굶주려야 한대도 다시 익숙해지면 그만이었다.

솔레다토르는 손을 뻗어 주인을 조금도 의심할 줄 모르는 강아지 같은 눈을 한 소녀의 머리를 쓰다듬었다.

중앙궁이 포위되고 황제가 목숨을 잃을 뻔한 대사건이 일어났음에도 궁정은 빠르게 안정되어갔다. 수호룡의 등장으로 인해 반란이 일어나기 전보다 황권이 더 강화된 덕이었다. 물론 그렇다고 하여 연이은 사건들의 여파까지 줄어든 것은 아니었다. 도리어 일거리는 겹겹이 쌓여만 가고 있었다.

 벽이 무너진 탓에 새로 옮긴 황제의 집무실에 들어서던 아리에스는 낯익은 향기에 고개를 갸웃 기울였다. 예전 선황제의 거처에 배어 있던 커피 향이 공기 중에 떠돌고 있었던 것이다. 그녀는 피곤한 기색이 역력한 이카르에게 다가갔다. 그가 앉아 있는 책상 위와 주위에 종이 뭉치들이 가득했다.

 "커피예요?"

 "네. 잠을 쫓는 데 좋다고 하더군요."

 이카르가 고개를 들어 그녀를 올려다보았다. 그 거뭇한 눈 밑에 아리에스가 미간을 조금 좁혔다.

 "혹시 또 밤을 새우셨나요?"

 "완전히 새운 건 아니고……."

"아무리 일이 밀려 있다고 해도 건강을 우선시하셔야죠."

아리에스의 잔소리에 이카르가 멋쩍어하며 뺨을 긁적였다.

"일 때문이 아니라, 그게…… 수호룡에 대한 자료가 좀 많더라고요."

"그거 읽으시느라 밤을 새우셨어요?"

"낮에는 시간이 잘 안 나니까요. 혹 트집 잡히지 않도록 미리 사례들을 읽어둬야 합니다."

"그야 그렇지만요……."

애초에 자신이 권한 방법이긴 하였지만…… 아리에스는 작게 한숨을 내쉬었다.

"짐을 나누어 질 사람이 좀 더 있으면 좋을 텐데 말이에요."

"앞으로 만들어가야지요."

이카르는 그렇게 대답하면서 속으로는 고개를 저었다. 다른 일이라면 모를까, 솔레다토르에 대한 것은 자신이 홀로 짊어져야만 한다. 그와의 계약은 다른 누군가는 물론이요 남은 평생을 함께할 반려자인 아리에스에게도 발설할 수 없었다.

"모나르카궁의 시종장을 뽑아야 하는데……."

이카르는 작게 하품하며 말을 이었다.

"대백작 쪽 사람 중에서 고르려니 생각보다 후보가 많지 않더군요."

"시종장이면 모나르카궁에 계속 머물러 있어야 하죠?"

"예, 그렇죠. 일단 입이 무거워야 하고—."

"젊고 잘생기고 성격 좋은 사람으로 뽑으세요."

"……네?"

아리에스의 말에 이카르가 고개를 갸웃 기울였다. 성격 좋은 거야 그렇다 쳐도 젊고 잘생긴 사람이라니.

"……외모를 따질 필요는 없을 듯합니다만."

"아뇨, 필요 있어요. 생쥐를 위해서요."

"……예?"

더더욱 알 수 없는 소리였다. 생쥐를 위해서라니, 솔레다토르를 포기하고 다른 사람과 맺어주기라도 하겠다는 것일까.

"음, 원래 후궁은 재가할 수 없지만 선황제가 아닌 수호룡의 신분을 우선시한다면—."

"재가라니요? 갑자기 무슨 엉뚱한 소리세요?"

"어, 방금 젊고 잘생긴 사람을……."

이카르의 착각을 눈치챈 아리에스가 혀끝을 쯧 찼다.

"아이 참, 그런 게 아니라요. 아니, 그런 거라고도 볼 수 있겠지만 그런 분위기 정도만 내보자는 거죠."

"……그런 분위기요?"

"그런 거죠."

"……."

뭐가 그런 거라는 걸까.

이해도 가지 않고 졸리기도 해 멍한 표정이 된 이카르에게 아리에스가 설명했다.

"솔레다토르께서 독점욕이 꽤 강하시잖아요."

"……그래요?"

"그래요."

이카르는 몽롱하게 아리에스를 올려다보았다. 그랬던가. 가끔은 이십 년 넘게 함께 지내온 자신보다 얼마 보지도 않은 아리에스가 더 솔레다토르를 잘 아는 것처럼 느껴졌다.

"그러니까 생쥐가 젊고 잘생기고 친절한 남자와 같이 있는 걸 보면 조금쯤은 질투해주실 거예요."

"그럴까요?"

"물론이죠. 저한테도 질투하셨잖아요."

처음 듣는 이야기에 이카르의 고개가 갸웃 기울어졌다.

"질투를…… 하셨다고요? 생쥐 때문에요?"

"생쥐도 있고 이카 당신 때문이기도 했죠."

"……예?"

나 때문에? 이카르의 얼굴에 더욱 모르겠다는 빛이 떠올랐다. 자신이 생쥐에게 질투한 적은 있지만 솔레다토르가 자신 때문에 아리에스를 질투했다니. 믿기 힘든 소리였다.

"그러실 이유가 없지 않습니까?"

"왜 없어요? 갑자기 나타난 여자가 애지중지 키운 자식 빼앗아

가겠다는데 당연히 눈에 거슬리죠."

애지중지 키운 자식. 이카르의 시선이 수줍음을 이기지 못하고 허공을 빙글 맴돌았다.

"그, 그 정도까지는……."

"솔레다토르께선 하나 있는 아들을 무척 아끼고 계시니 좀 더 자신을 가지세요. 그렇다고 제가 1순위라는 건 잊지 마시고요."

곧 결혼도 할 텐데 시아버지에게 밀리고 싶진 않다. 아리에스의 말에 이카르가 미소를 띠며 고개를 끄덕였다.

"물론 잊지 않을 겁니다."

"……진짜요?"

"네."

망설임 없는 대답이 흡족했다. 아리에스는 마주 미소 지으며 책상 위의 서류를 눈으로 대충 훑었다.

"어머, 축제 기획안이네요?"

"수호룡의 귀환은 일단은 축하할 만한 일이니까요."

당사자야 탐탁지 않겠지만 궁정인은 물론이요 소식을 들은 국민 대다수가 들뜨며 기뻐하고 있었다. 그러니 기념행사며 축제를 벌여야 하지 않겠느냐는 말들이 올라오고 있었다.

"물론 축제가 열린다 해도 솔레다토르를 내세울 생각은 없습니다. 그 밖의 각종 행사에도요. 참석을 원하시면 상관없겠지만 황제로 계실 적에도 귀찮아하셨으니 가능성은 낮겠지요."

"한 번쯤은 얼굴을 비치시는 것도 괜찮을 텐데 말이에요."

아리에스의 말에 이카르의 눈빛이 약간 씁쓸해졌다. 그녀는 까맣게 모르고 있었지만 머잖아 다시 사라질 수호룡이기에 눈에 띄는 일은 최대한 하지 않는 편이 나았다.

"수호룡을 뵙게 해달라는 청도 많기는 합니다만 지금보다는 모나르카궁으로 옮겨 가신 뒤가 본격적이 되겠지요."

"경비에 신경 많이 쓰셔야겠어요."

"다행히 모나르카궁은 해자가 깊게 파여 있습니다. 과거에도 수호룡을 억지로라도 만나려 드는 자들이 있었을 테니 보안에 신경을 쓴 모양이더군요. 성벽도 높고 외궁과 내궁의 분리도 철저히 되어 있어 크게 걱정할 필요는 없을 듯합니다."

솔레다토르의 말대로 인간과 마주치기 싫어하는 수호룡의 편의를 최대한 봐놓은 구조였다. 심지어 내궁 가운데에는 드래곤의 모습으로 돌아가 움직일 수 있는 공간도 마련되어 있었다.

"그리고 곧 겨울이 깊어지고 눈이 내릴 테니 잠잠해질 겁니다."

이번에는 아리에스가 의아해하며 고개를 갸웃거렸다.

"춥긴 해도 보통 겨울이 더 한가하니 사람들이 많이 몰리지 않을까요?"

여러 가지로 신경 쓸 일이 많은 봄, 여름, 가을과 달리 겨울에는 월동 준비만 끝마치면 영지를 관리해야 하는 귀족들도 수도에 올라올 수 있다.

"주무시거든요."

"네?"

"황제로 계실 때는 어쩔 수 없었지만 원래는 겨울이면 활동량이 줄어들고 하루의 절반 이상을 잠들어 계십니다. 정확히는 마경인 솔레다드 산맥에 눈이 쌓이기 시작하는 한겨울이 되면 졸려지신다고 하더군요."

지배하는 마경의 상태가 컨디션과 연관되기에 모든 드래곤이 겨울잠을 자는 것은 아니다. 아나닙시 사막의 아나니토르의 경우엔 반대로 여름에 활동을 멈추고 잠이 든다.

"과거 기록에도 눈이 내리기 시작하면 사사로운 방문이 허락되지 않았다고 하니 봄까지는 괜찮을 겁니다."

"그나마 다행이네요. 조금만 더 고생하시면 되니까."

아리에스는 손을 뻗어 이카르의 뺨을 쓰다듬으며 살짝 키스했다.

"그래도 무리하는 건 안 돼요?"

"예."

하지만 쉽게 흘러나온 대답은 지켜지지 못했다.

"솔레다드 산맥에는 봉우리가 백스물세 개 있어."

라지예가 제 몸뚱만 한 펜을 들고서 말했다.

"옛날 옛적에는 백삼십 개 넘었다는데 솔레다토르들이 몇 개 부쉈다더라."

"산봉우리를요?"

요정이 올라선 테이블에 두 팔을 기댄 채 앉아 있던 생쥐가 눈을 동그랗게 떴다.

"응. 화풀이로 박살 난 것도 있고 싸우다가 날려먹은 것도 있고."

"싸우기도 해요?"

"마경의 주인이니까 침입자랑 싸울 때도 있거든. 보통은 싸운다기보다는 가볍게 퇴치~지만, 드래곤만큼은 아니더라도 강한 종족들도 있잖아. 드레이크 정도만 되어도 여럿이서 덤벼들면 산봉우리 날려먹지~."

생쥐는 유일하게 아는 드레이크인 케이어스를 떠올렸다. 솔레다토르보다야 작았지만 분명 무척이나 강해 보였다.

"우리 동네는 이쯤에 있어."

펜 끝이 종이에 괴발개발 그려놓은 산맥의 중간쯤을 쿡 찍었다.

"요 봉우리 중간쯤이 전부 요정의 숲이야."

"노체 부인은 어디서 사셨어요?"

"목령은 마을이 따로 없고 산맥 여기저기 흩어져 있지. 드레이크도 마찬가지야. 우리랑 달리 단독생활을 하거든~. 노체 할망구는 황궁에 오기 전까진 이카 돌보느라 우리 마을에 있었어."

펜이 지이이익 검은 선을 그리며 바로 옆의 산봉우리로 향했다.

"여기는 늑대네야. 커다란 폭포가 있는데 왕구렁이가 한 마리 살고 있어."

"폭포요?"

"응. 본 적 없어? 저어 높은 곳에서 물이 떨어지는 건데 엄청 시끄러워~."

생쥐는 손가락을 꼼지락거리며 종이의 그림을 바라보았다. 높은 곳에서 물이 떨어진다는 게 잘 이해가 가질 않았다. 비가 내리는 것과 비슷한 걸까. 그때 솔레다토르가 젖은 머리카락을 수건으로 닦으며 방으로 들어왔다. 길었던 머리카락은 다시 목덜미가 드러나도록 짧게 자른 채였다.

"솔!"

의자에서 벌떡 일어난 생쥐가 솔레다토르에게 쪼르르 달려간다. 매일 보는데도 매일 반가운 모양이었다. 솔레다토르는 옆구리에 반쯤 매달린 생쥐를 그대로 달고서 테이블 쪽으로 다가갔다.

"뭐지 이건."

"솔레다드 산맥이요. 라지가 그려줬어요."

그는 그냥 선을 찍찍 휘갈겨놓은 것 같은 그림을 내려다보았다.

"솔레다드 산맥?"

"네. 앞으로 가야 할 일이 있을 테니까 가르쳐준다고 했습니다."

금색 눈동자가 종이를 떠나 펜을 들고 있는 요정을 향하였다. 앞일이야 모르는 것이라지만.

"갈 일 없을 거다."

이카르도 즉위했고 수호룡의 정체도 밝혀졌으니 생쥐가 마경으로 피란 가는 일은 없을 터였다. 솔레다토르의 말에 라지예가 눈을 길게 쭉 찢었다.

"치사하게 생쥐 놓아두고 가게요?"

"……뭐?"

"그렇잖아요. 이카 황제 됐으니 황궁에 계속 있을 필요 없는데, 겨울에는 솔레다드 산맥에서 주로 지냈댔잖아요."

수호룡이라곤 하나 황제의 허가를 받고서 짧은 기간 황궁을 떠나 있는 것은 가능했다. 특히 한겨울에는 어차피 활동을 거의 하지 않기에 마경으로 돌아가 있곤 하였다. 솔레다토르는 툴툴대는 요정과 불안한 기색을 감추지 못하는 생쥐를 차례로 바라보았다.

"갈 생각 없다만."

"안 가요?"

"안 가세요?"

"일단은."

그가 짧게 대답했다. 애초에 마경으로 돌아갈 생각 자체를 한 적이 없었다. 고민할 것도 없이 당연히 황궁에 머무르기로 마음먹고 있었기에 솔레다토르는 속으로 약간 당황하고 말았다. 그에게 있어선 솔레다드 산맥이 훨씬 편한 장소이건만, 라지예의 말대로 언제든지 이카르에게 허락받고 떠날 수 있건만 왜 그걸 염두에 두지 않고 있었던 걸까.

"……굳이 가야 할 필요는 없으니."

솔레다토르는 안도하는 생쥐를 내려다보며 말했다. 이곳에는 아리에스도 있거니와 인간에게는 산맥보다야 황궁이 생활하기 훨씬 편하다.

"당분간은 황궁에서 머무를 예정이다."

"에이, 생쥐 구경시켜주려고 했는데~."

라지예의 투덜거림에 솔레다토르가 말을 슬쩍 바꾸었다.

"……날이 풀리면 한 번쯤 가보는 것도 괜찮겠지."

"저, 저도 따라가도 되나요?"

"그래."

허락이 떨어지자 생쥐의 얼굴에 활짝 웃음꽃이 피었다.

"따라가도 된대요!"

"내가 폭포에서 미끄럼틀ㅡ."

"안 돼."

"재밌는데!"

재미고 뭐고 날개 없는 인간은 폭포에서 떨어졌다간 죽는다. 원래 모습으로 돌아간 부작용으로 그간 가르쳐놓은 것들을 잊어먹기라도 한 걸까. 요정들을 생쥐 곁에 두는 것이 옳은 결정인지 의심이 들었다.

"솔레다토르."

그때 노체가 스르륵 방 안에 나타났다.

"살타토르 양이 방문했습니다."

"아리에스가?"

"언니가 왔어요?"

솔레다토르는 튕기듯 뛰쳐나가려 드는 생쥐를 붙잡으며 대답했다.

"들어오라 해라."

"예."

노체가 사라지고 잠시 후 아리에스가 들어왔다. 솔레다토르에게 예의를 갖추어 인사한 그녀가 입을 열었다.

"이카가 쓰러졌어요."

"……뭐?"

난데없는 소식에 솔레다토르가 당황하며 물었다.

"그게 무슨 소리냐. 설마—."

"그냥 과로입니다."

"……과로?"

"예."

아리에스는 크게 한숨을 내쉬며 투덜대듯 말했다.

"그러니까 아버님이 가서 좀 말려주세요. 제 말은 예예 대답만 잘하고 안 듣는다니까요. 은근히 고집이 있어서요."

누군가를 조금쯤은 닮긴 한 모양이다. 아리에스의 말에 솔레다토르도 덩달아 짧게 한숨을 내뱉었다.

"무리할 필요 없다 말했건만."

그래도 단순과로라니 다행이었다.

"보는 눈이 많으니 낮에는 무리고 밤에 찾아가보도록 하마."

"부탁드리겠습니다."

용건을 마친 아리에스가 반짝거리는 눈빛을 보내오고 있는 생쥐에게 시선을 돌렸다.

"다쳤다고 들었는데 괜찮니?"

"네, 별로 안 아파요."

두 사람이 대화를 마치길 얌전히 기다리고 있던 생쥐가 곧장 아리에스에게 다가가 붙었다.

아리에스는 생쥐를 상처를 건드리지 않도록 조심해서 살짝 안았다가 놓아주었다.

"무사해서 다행이야."

"언니도요. 바로 가실 거예요?"

좀 더 머물렀으면 하면서도 말로 꺼내지는 못하는 표정에 아리에스가 미소를 머금었다.
"제일 바쁜 사람이 드러눕는 바람에 나도 오늘은 한가해."
시간이 있다는 말에 생쥐는 활짝 웃으며 아리에스의 손을 꼭 붙잡았다.

용혈을 지녔다는 핑계로 경비를 줄였던 과거와는 달리 지금의 침궁은 삼엄하게 지켜지고 있었다.
 바로 며칠 전에 반란이 일어났었기에 기사들과 병사들의 군기는 더더욱 꽉 잡힌 채였다. 그러나 그 철통같은 경비도 어디까지나 인간에게 통하는 것이었다.
 솔레다토르는 침궁의 지붕 위로 가볍게 내려앉았다. 이어 이카르의 침실 위치를 확인한 뒤 발코니에 내려섰다. 발코니 문은 안에서 잠겨 있었지만 잠금장치를 녹여버리는 것으로 가볍게 열고 안으로 들어갔다.
 실내는 어두웠으나 불빛이 아예 없는 것은 아니었다. 그는 소리 없이 거실을 가로질러 안쪽 침실 문을 열었다. 휴식을 돕기 위한 향의 냄새가 공기 중을 떠돌아다니는 게 느껴졌다.
 느린 발걸음으로 침대 가까이 다가가 늘어진 캐노피를 옆으로 젖히자 세상모르고 잠들어 있는 청년의 모습이 눈에 들어왔다. 고작 며칠 새 피로가 쌓인 티가 나는 얼굴에 솔레다토르의 미간이 살짝 찌푸려졌다.

'깨워도 되는 건가.'

그냥 자게 내버려두는 게 낫지 않을까. 솔레다토르는 망설임 끝에 손을 뻗었다. 이불 위로 드러난 어깨를 가볍게 두드리자 이내 감겨 있던 눈꺼풀이 가늘게 떠졌다.

"……?"

졸음이 그득하던 눈이 순식간에 동그랗게 커진다.

지금 눈앞에 보이는 사람이 현실인지 꿈의 잔재인지 분간이 가지 않는다는 멍한 표정이었다. 그러다가 퍼뜩 정신을 차리곤 후다닥 일어나 앉는다.

"저, 그…… 어, 무슨 일로……."

뭐지. 왜 갑자기 솔레다토르가 방문을, 그것도 한밤중에 찾아온 것일까. 당황한 채 어쩔 줄 몰라 하는 이카르를 바라보던 솔레다토르가 입을 열었다.

"쓰러졌다 들었다만."

"예? 음…… 그게……."

이카르는 쩔쩔매며 양부의 눈치를 살폈다. 어쩌다가 그 일이 벌써 솔레다토르의 귀에 들어가버린 걸까. 숨길 생각은 없었지만 자랑할 만한 일이 아니었기에 말할 생각도 없었다. 그런데 이렇게 찾아오기까지 하다니. 제 몸 관리도 제대로 못 한다고 또 야단맞으려나. 이런저런 변명거리를 떠올리고 있는데 침대가 흔들렸다. 솔레다토르가 침대에 걸터앉은 것이었다.

"아리에스가 찾아왔었다."

"아…… 그렇군요."

하기야 그녀 외에는 나비궁 출입이 가능한 사람이 없었다. 다른 이들은 정문에서 케이어스나 노체를 통해 말이나 물건을 전해줄 뿐 안으로 들여보내주지는 않았을 테니까.

"무리하지 말라는 소리를 들을 생각을 안 한다고 만나봐 달라고 하더군."

"그, 그랬습니까?"

역시 야단치러 왔나 보다. 이카르는 어깨를 약간 움츠리며 솔레다토르를 바라보았다. 변명을 해볼까 좀 더 상황을 살펴볼까 고민하는데 솔레다토르의 목소리가 이어졌다.

"좀 더 느긋해져도 괜찮다. 네 녀석이 황위에서 물러나기 전까지는 머물러 있을 테니."

"……예?"

예상치 못한 말에 머릿속이 새하얗게 비는 것을 느끼며 이카르가 되물었다.

"머물러 계신다니, 그게 무슨…… 뜻입니까?"

"말 그대로다. 내가 잠드는 건 훨씬 더 나중의 일이 될 테니 천천히 준비해도 돼."

"자, 잠깐만요!"

"목소리 낮춰라. 바깥까지 들리면 귀찮아진다."

화들짝 놀라 입을 다물었던 이카르가 다시 나직하게 말했다.
"……설마 저 때문에 마음을 바꾸신 겁니까? 제가 미덥지가 못해서, 그래서……."

이렇게 쓰러지기나 해서 믿고 맡기지 못하겠다고 생각한 것일까. 이카르는 말을 다 잇지 못하고서 풀이 죽었다.

"네 녀석 때문이기도 하고 아니기도 하지."

시무룩해진 이카르의 모습에 솔레다토르가 작게 웃으며 말했다.

"네가 쓰러진 것과는 상관없다. 축복의 맹세를 하였으니 떠나지 못하는 것뿐이야."

축복이라는 말에 고개를 갸웃하던 이카르가 자신의 오른손 손등을 매만졌다.

"어, 그거 혹시…… 즉위식 전날에 했던 거 말입니까?"

"그래."

"수호룡으로서 제게 축복을 내려서, 그래서 못 떠나시게 되었다고요?"

"그런 셈이지."

"그, 그걸 대체 왜—!"

이카르는 무심코 높아지려는 목소리를 다시 낮추었다.

"대체 왜 하신 겁니까? 예식 중 일부라고 해도 보는 사람도 없는데 건너뛸 수도 있는 거잖아요."

"건너뛰었었지."

"예?"

"다른 놈들에겐 한 적 없다."

솔레다토르는 팔짱을 느긋이 끼며 말을 이었다.

"손자뻘도 못 되는 까마득한 후손 놈들에게 뭐가 예쁘다고 축복까지 해줄까. 당연히 무시했지."

"……예?"

이카르가 얼이 빠진 표정으로 같은 소리를 반복했다.

"선대 솔레다토르도 마찬가지였을 거다. 손자 대까지는 신경 써줬을까."

"그, 그럼, 그럼……."

자신만 특별대우를 해준 것인가. 이카르는 머릿속으로는 그렇게 생각하면서도 입 밖으로 내뱉진 못하였다. 감히 그런 건방진 소리를 할 수가 없었다. 양자로 인정받았다고 해도 수호룡의 계약으로 그를 묶어놓고 있다는 무거운 빚에서 아직 벗어나질 못하였기 때문이다. 하지만 기쁜 심정은 어찌할 수 없어 가슴이 두근거리고 눈가가 발갛게 물이 들었다.

"어디까지나 내가 내린 결정이니 또 쓸데없이 신경 쓰지는 마라."

"……네."

어떻게 신경 쓰지 않을 수 있을까 싶었지만 대답은 하였다. 솔레다토르는 이카르가 진정되길 기다려주었다가 다시 입을 열었다.

"네가 황위를 물려줄 때까지는 못해도 삼사십 년은 족히 걸리겠지. 인간에게는 긴 시간이니 여유를 가져라. 그리고 내가 버티고 있는 이상 실수 좀 한다고 해도 괜찮다. 귀족들이야 어차피 입으로만 투덜거릴 뿐이니 하고자 하는 일이 있다면 강행해도 돼."

물론 도를 지나친다면 수호룡의 화를 입을 각오를 하고서라도 황제에게 칼을 들이대는 자가 나올 것이다. 하지만 가진 것 많은 귀족들은 어지간해서는 황제를 해하지 못한다.

무뚝뚝하지만 상냥한 말에 이카르가 작게 고개를 끄덕였다. 그런 이카르를 쳐다보던 솔레다토르가 붉은 기가 남아 있는 귀를 확 잡아당겼다.

"윽!"

"또 대답만 하고 말을 들을 생각은 없는 얼굴이다만."

"아니, 저도 일단 황제니까요. 악! 귀 좀!"

"소리치지 마."

"으윽, 무리는 하지 않겠습니다. 제대로 잘게요."

"또 쓰러지면 폐위시켜버리겠다."

"……예? 아니, 황위를 정하는 것에는 관여 못 하신다 하시지 않았습니까? 폐위시킬 수 있으세요?"

"내가 황위를 빼앗는 건 가능하지."

수호룡으로서는 관여할 수 없으나 계승권을 가진 황족의 입장이라면 다르다.

물론 황제나 황족이 제 목숨을 걸고 막아선다면 수호룡의 제약에 걸려 물러날 수밖에 없겠지만, 이카르라면 그런 식의 반항은 꿈도 꾸지 못할 것이다. 하니 어린애 손에서 사탕 빼앗듯 쉽게 황위를 강탈할 수 있을 터였다. 그의 진심 어린 협박에 이카르가 얌전히 고개를 숙였다.

"조심하도록 하겠습니다."

"명심해라."

"예. 새겨두죠."

겨우 풀려난 귀를 매만지던 이카르가 조심스러운 표정으로 입을 열었다.

"혹시 괜찮으시다면…… 과거 수호룡과 관련된 일들에 대해 들을 수 있을까요?"

"예전 일을?"

"예. 그게, 기록이 생각보다 적더라고요."

단순히 양으로 치면 몇 날 며칠 밤을 새워도 모자랄 정도였지만 긴긴 세월에 비하면 얼마 안 되었다. 이카르의 말에 솔레다토르가 잠시 생각에 잠겼다가 대답했다.

"따로 보관해놓은 게 있을 거다."

"따로요?"

"그래. 내가 기록을 남기는 걸 싫어해서."

특히 외양에 대해서는 그림도 글도 철저히 막았다.

"예전 황제의 침소에 비밀 공간이 하나 있지. 선대 솔레다토르가 만약을 대비해 만든 곳으로 황제만이 드나들 수 있는 곳이다. 대피용이지만 거기에 기록을 보관하기로 한 걸로 기억하고 있는데……."

다른 사람이 보지 못하면 되는 거 아니냐고 해서 허락해주었던 기억이 있다. 그의 말에 이카르가 어이없다는 표정을 지었다.

"피신처라면 즉위할 때 말해주셔야 하는 거 아닙니까?"

"내가 쓸 일은 없다 보니 깜빡했다. 게다가 어차피 네놈 혼자 도망치진 않았을 게 아니냐."

"……그건 그렇지만요."

황태후가 공격해 왔을 땐 도망칠 시간도 없었거니와 설사 여유가 있었다 해도 아리에스를 두고 가진 못했을 것이다.

"정확히 어디인지는 기억 안 나지만 아마 쓰지 않아도 관리에 신경 쓰는 장소겠지. 안쪽 모퉁이의…… 오른쪽 벽이었던가? 네가 손을 대면 반응을 보일 거다."

"네. 바로 찾아보겠습니다."

"천천히 해."

솔레다토르의 손이 이카르의 머리를 꾹 내리누르듯 쓰다듬는다.

"얼마 전만 해도 긴장 하나 없이 게으르게 늘어져 있던 주제에."

"그때야 부지런할 필요가 없었던 거고요."

눈앞에 있는 완벽한 보호자만 믿고 따르면 되었으니까. 그리고 황제가 된 지금도 든든하게 생각할 수밖에 없는 양부였다. 이카르는 오랜만에 어린애처럼 풀어진 미소를 머금었다.

다음 날 날이 밝기가 무섭게 이카르는 황제를 위한 은신처를 찾아 나섰다. 솔레다토르가 알았다면 또 성급하게 움직인다고 혀를 차겠지만 쓰러진 걸 핑계로 하루 휴가를 냈으니 무리하는 것까지는 아닌 셈이다.
 "여기인가?"
 그는 지금은 쓰지 않는 옛 황제의 침소 구석에 멈추어 섰다. 꺾어지는 귀퉁이에서 오른쪽에 위치한 벽에 손을 가져다 대자, 주위의 공기가 희미하게 흔들린다. 이어 벽의 일부가 움직이며 통로가 생겨났다.
 '……정말로 있을까.'
 이카르는 약간 긴장된 눈빛으로 통로를 바라보다가 안으로 들어섰다. 반딧불 같은 빛 무리가 날아다니는 길을 따라 얼마쯤 들어가자 작은 방 하나가 나타났다. 방은 피난처라고 해도 황제를 위한 것이라기에는 심히 검소한 모습을 하고 있었다. 작은 테이블과 의자 하나에 언제 적 것인지 모를 음식 바구니와 물 항아리, 그리고 침대 없는 이부자리와 벽을 따라 높게 쌓여 있는 책들이 전부였다.

'황제만 들어올 수 있어서인가?'

다른 이들의 출입이 허락되었다면 적당히 꾸며놓았겠지만 그렇지 않은 탓에 이 모양인 듯했다. 하기야 침대나 책장 같은 큰 가구는 혼자 들기도 힘들거니와 좁은 입구를 통과하는 것부터가 불가능했을 터였다.

곧장 책이 쌓여 있는 곳으로 가려던 이카르가 음식 바구니 앞에서 걸음을 멈추었다. 제법 큼직한 바구니 속에는 빵과 과일이 들어 있었다.

"……이거 먹을 수 있는 건가?"

선선대 황제가 사망한 뒤론 들어온 사람이 없을 테니 수년간 보관된 음식들이다. 그러나 겉보기에는 모두 갓 만들거나 따 온 듯이 멀쩡해 보였다. 곰팡이가 피거나 곪은 부분도 하나 없었다. 뭔가 마법 같은 거라도 걸려 있는 것일까. 이카르는 고개를 갸웃하곤 다시 책 무더기 쪽으로 다가갔다.

"생각보다 적은데?"

긴 세월 동안 기록한 것치고는 권수가 얼마 되지 않았다. 그래도 대략 백여 권은 될 듯싶었다.

이카르는 가장 위쪽에 놓인 책을 집어 표지를 살펴보았다. 표지에 쓰여 있는 연도는 선선황제가 사망한 해였다. 그는 눈썹을 약간 찌푸리며 책을 펼쳐보았다.

자필로 쓴 책의 내용은 수호룡이 황제를 찾아온 것부터 시작하고 있었다. 솔레다토르와 계약하고 황자를 맡긴 후 이십 년쯤 지나 다시 수호룡이 돌아온 것까지 상세한 내막이 적혀 있는 것을 빠르게 읽어 내린 이카르가 다시 책을 덮었다.

'이건 없애야겠군.'

계약에 대한 것이 다음 대 황제의 귀에 들어가게 할 수는 없었다. 비록 그 상대가 자신의 자식이라 해도 혹시 모를 불씨를 남기는 건 어리석은 짓이었으니까. 이카르는 친부가 쓴 책을 테이블에 내려놓은 뒤 바로 아래에 있던 책을 집어 들었다.

"……시간 차이가 상당히 기네."

수호룡이 사라진 동안은 기록을 하지 않은 모양이었다. 그는 책 무더기를 바닥에 펼쳐 시간 순서대로 정리하였다. 바닥 가득 줄줄이 늘어진 책들 중에 그가 집어 든 것은 가장 오래된 책과 수호룡을 잃은 시기의 책이었다.

수호룡의 계약에 대해 적혀 있을 책과 솔레다토르가 황가를 떠나게 된 이유가 적혀 있을 책. 이카르는 무심코 마른침을 꼴깍 삼켰다.

'……내가 봐도 되겠지? 아니, 봐야 하는 거긴 한데.'

양부의 과거 기록을 들여다본다는 것이 어쩐지 민망하기도 하고 죄스럽게도 느껴졌다. 심지어 저 책들 중에는 솔레다토르가 아직 젊을 적, 갓 황궁에 들어왔을 때의 기록도 있을 터였다.

그걸 볼 생각을 하자 가슴까지 살짝 뛰었다. 그는 크게 숨을 들이켜곤 의자에 앉아 우선 초대황제의 책을 펼쳐 들었다. 제법 두툼한 그 책의 첫 페이지에는 솔레다토르, 현 솔레다토르의 모친인 드래곤에 대해 쓰여 있었다.

"어린 소녀?"

붉은 머리카락에 황금빛 용의 눈을 지닌 열서넛 정도의 어린 소녀. 이카르는 당황하며 재차 책을 자세히 들여다보았다. 잘못 본 게 아닌가 했지만 책의 내용이 나타내는 묘사는 틀림없는 작은 몸집의 소녀였다.

"……실제 나이야 많겠지만, 그래도……."

열서너 살이라면 생쥐와, 그것도 궁에 처음 들어왔을 때의 작고 마른 소녀와 비슷하다는 소리다. 그때의 생쥐를 떠올린 이카르의 안색이 약간 창백해졌다.

"혹시 이런 것도 혈통…… 아니, 아니지. 그래도 요즘의 생쥐는 열여섯 살 같아 보이긴 하던데. 아직 작지만."

하지만 결혼할 때는 열서너 살 정도의 모습이었다. 그렇다면 초대황제의 결혼식도 그때와 비슷한 광경이었을까. 조카딸 정도로 보이는 어린 신부…… 이카르는 멀고 먼 조상에 대한 불손한 생각을 지워버리려 애쓰며 책장을 넘겼다.

소국의 둘째 왕자는 연인인 드래곤의 도움을 받아 왕위에 오르고 주위 적국과의 전쟁에서 승리해 제국의 기틀을 잡았다. 그리고 첫 아들을 얻었다는 부분에서 이카르는 잠시 책에서 눈을 떼어 허공을 올려다보았다.

"……당연히 자식이 있긴 있었겠지."

자신도 그렇고 현 솔레다토르도 그렇고 초대황제의 후손이니 당연한 이야기지만. 그래도 상대가 예전 생쥐만 한 소녀라고 생각하니 마음이 복잡해졌다. 거기에 더해 아기 타령을 하던 생쥐가 떠오르자 한숨이 절로 새어 나왔다.

"생쥐는…… 그럴 일 없겠지만……."

과연 없을까. 앞일이야 알 수 없다. 이카르는 심란해진 채로 시선을 종이 위 글자로 떨어뜨렸다. 주변국을 정복하여 제국을 세우고 즉위한 초대황제에게도 노쇠와 병마가 찾아들었다. 그는 여전히 젊고 아름다운 황후에게 자신의 사후에도 제국을 지켜줄 것을 부탁하였으나.

"……거절당했어?"

솔레다토르는 남편의 부탁을 거절했다. 마경의 주인이 인간의 나라에 얽매일 수는 없다는 이유에서였다. 그러나 솔레다토르는 결국 제국의 수호룡이 되질 않았던가. 이카르는 의아해하며 책장을 넘겼다.

제국을, 후손들을 위해 드래곤을 놓아줄 수 없었던 초대황제는 재차 부탁했다. 그렇다면 자신에 대한 사랑이 남아 있는 동안만이라도 혈육을, 황가를 보호해달라고.

솔레다토르는 사랑이라는 말에 고개를 끄덕였다. 그리고 남편이자 황제와 약속을, 계약을 하였다.

새로이 다른 누군가를 사랑하게 되어 반려로 맞이하기 전까지, 황가를 지켜주겠노라고.

"……."

이카르는 복잡한 표정으로 책을 덮었다. 어찌 보면 가벼우나 또 어찌 보면 무거운 조건이었다. 마음이란 것은 조절할 수 있는 것이 아니었으니.

'……그녀는 쉽게 생각하고 받아들인 것이었겠지.'

그러나 몇백 년 동안 드래곤이 사랑하게 된 이는 없었다. 그리고 그 족쇄는 그녀의 아들인 현 솔레다토르에게 이어지고 말았다.

'사랑하는 척하는 건 안 되겠지?'

그게 가능했더라면 솔레다토르가 지긋지긋해하면서까지 황가에 묶여 있었을 리 없었을 것이다. 이카르는 미간을 좁히며 팔짱을 꼈다.

"그럼 여태까지 첫사랑도 안 해보셨다는 건가? 좀 심한데?"

몇십 년도 아닌 몇백 년이다. 심지어 어디 인적 없는 오지에 있었다면 모를까, 수많은 사람들이 드나드는 황궁에 머무르지 않았던가. 내로라하는 미녀들이 득실거리는 곳인데 눈 한번 맞은 적 없다니.

"드래곤이라서인가? 하지만 전대 솔레다토르는 인간인 초대황제와 결혼했는데."

어쩌면 그녀가 특이 케이스였을지도 모른다. 이카르는 인상을 쓴 채 고민에 빠졌다. 지금이라도 양부가 사랑에 빠진다면 손쉽게 계약에서 벗어날 수 있을 텐데.

 "……생쥐는 안 되겠지?"

 그의 머릿속에 솔레다토르의 곁에 딱 달라붙어 있는 소녀의 모습이 떠올랐다. 생쥐도 솔레다토르를 잘 따르고 솔레다토르도 그녀를 잘 돌봐주고는 있지만.

 "……사랑이라기에는 좀."

 아니다. 솔직히 사이좋은 부녀 정도로밖에 보이지 않았다. 이카르는 고개를 절레절레 저으며 다른 책을 펼쳐 들었다. 사람들이 쉬쉬하던 솔레다토르가 황가를 떠났던 때의 기록이다.

 '대체 무슨 일이 있었기에 수호룡의 계약이 있음에도 황궁을 떠났던 걸까.'

 궁금했지만 그때 일을 아는 사람도 거의 없거니와 아는 게 있는 눈치인 사람은 입을 꽉 다물었다. 이카르는 마른침을 삼키며 종이를 팔랑팔랑 넘겼다. 책의 절반을 지나서야 겨우 수호룡이 떠났다는 문구를 찾을 수 있었다.

 "카티라 황녀에 의해 목숨을 위협받은……? 뭐? 진짜?"

 깜짝 놀라 무심코 목소리가 높아졌다. 드래곤이 목숨을 위협당했다니, 그게 가능한 일이란 말인가. 이카르는 허겁지겁 뒷부분을 읽었다. 그러나 자세한 내용은 쓰여 있지 않았다.

"중상을 입은 솔레다토르가 사라지고 카티라 황녀는 처형당했군. 이 뒤론……."

백지다. 수호룡이 사라졌다고 해도 그 뒤의 혼란을 기록해둘 법도 하였건만 아무것도 없었다. 이카르는 책을 덮고 고개를 갸우뚱 기울였다.

"중상이라니…… 대체 어떻게 한 거지? 황녀라면 황족이니 스스로의 목숨으로 수호룡을 위협할 수는 있었겠지만……."

대체 왜 그런 짓을 저질렀단 말인가. 그는 인상을 찌푸린 채 책을 내려다보았다.

"여쭤보지는 못하겠고……."

아무리 목숨 걸고 덤볐다고 해도 여자인 황녀가 솔레다토르를 해치기는 힘들 터였다. 아마 그가 방심하고 있는 상태였겠지. 그 말인즉.

'……가까운 사이였을까.'

이카르의 미간에 팬 골이 더욱 깊어졌다. 그런 것이라면 더더욱 물어볼 수가 없다. 그는 길게 한숨을 내쉬었다.

"그래도 오래전의 일이니까……."

수호룡의 계약도 자신의 대에서 끝낼 것이니 지난 일을 크게 신경 쓸 필요는 없다. 대신 로제시아 황녀에 대한 감시를 더욱 철저히 해야 하지 싶었다. 이카르는 자리에서 일어나 책들이 펼쳐진 곳을 바라보았다.

"그럼 이제."

아버지의 젊을 적 기록을 살펴볼까. 이카르는 기대 어린 표정으로 책을 뒤지기 시작했다.

이카르가 다시 나비궁을 찾아온 것은 그가 휴가를 받은 바로 다음 날이었다.

"축제?"

"예."

이카르는 솔레다토르의 옆에 딱 달라붙어 앉아 있는 소녀를 힐끗거리며 말했다.

"수호룡의 귀환을 환영하는 축제입니다. 물론 수호룡으로서 참석하시라는 건 아니고요. 그, 생쥐는 축제 같은 건 한 번도 구경하지 못했을 테니까요."

수호룡의 계약을 푸는 조건을 알게 된 이카르는 아리에스에게 자신도 생쥐가 솔레다토르와 잘되었으면 좋겠다고 슬쩍 말했다. 가능성은 별로 없어 보였지만 성공만 한다면 그의 양부는 긴 시간 들일 것 없이 바로 자유를 찾을 수 있으니 시도는 해봐야 했기 때문이다. 이카르의 말을 들은 아리에스는 반색하며 축제 이야기를 꺼내 들었다. 별일 없이 심심한 궁에 머물러 있는 것보다 관계 진전에 훨씬 도움이 될 거라면서.

"축제가 뭐예요?"

"들어본 적 없어? 그러니까…… 많은 사람들이 모여서 노는 거라고 해야 하나. 불꽃놀이도 하고 퍼레이드도 열릴 거고 거리 공연 같은 것도 하고 자잘한 대회와 무료급식소에 생필품 지급도 하는데 이건 필요 없을 거고, 뭐 그런 거야."

수도나 대도시 외엔 축제가 크게 열리는 일이 거의 없었다. 소소한 동네잔치라면 모를까 화려하게 행사를 치르기에는 예산도 여건도 부족하기 때문이었다.

"무료급식소에…… 생필품 지급이요?"

생쥐가 관심을 보인 것은 불꽃놀이도 퍼레이드도 아닌 무료급식과 생필품이었다. 연녹색 눈이 반짝반짝 빛을 내며 이카르를 올려다보았다.

"진짜 공짜로 주는 거예요?"

"……어. 그래봤자 별건 아니야. 그냥 빵이랑 수프 정도에 생필품은 겨울이니까 의류와 장작 위주로 나갈걸. 예산에 따라 신발이 포함될 수도 있고."

"조건 없이요? 저도 받을 수 있어요?"

"그야 그렇지만, 받아서 뭐하게?"

빈민을 위한 것이기에 전부 저가품이다. 선황제의 후궁이 관심을 가질 만한 물건들이 아니었다. 이카르의 말에 생쥐가 아 하고 입을 오물거렸다.

"지금은…… 없어도 되지만……."

그래도 뭔가 아쉬웠다. 거리에서 무료로 나누어 준다는데.

"가보고 싶으면 가봐. 치안은 별로겠지만 별문제 없을 테니까."

솔레다토르가 동행할 텐데 무슨 문제가 생길까. 곱게 자란 소녀라면 보여주기 꺼려지는 광경과 마주칠 수도 있겠지만 생쥐야 애초에 뒷골목 태생이다.

"필요는 없지만, 가보고 싶어요."

궁금했다. 무료로 음식과 옷을 나누어 준다는 것이. 그녀 자신도 백작가에 들어가서, 궁에 들어와서 이런저런 것들을 많이 얻기는 했지만 공짜는 아니었다. 목숨을 걸었기에 지금 이 자리에 있을 수 있었다. 그런데 알지도 못하는 많은 사람들에게 조건 없이 베푼다니. 생소하기도 하고 이상하게도 느껴졌다.

"그럼 나가보도록 하지. 어차피 한가하니까. 축제는 언제부터 시작하지?"

솔레다토르가 생쥐의 머리를 쓰다듬으며 물었다.

"이미 준비를 시작했기에 얼마 안 남았습니다. 일정은 발표되었고 차질이 없다면 일주일 후부터 나흘간입니다. 불꽃놀이는 마지막 날 밤에 하니 그날 나가시면 될 겁니다."

"모나르카궁은?"

"궁의 단장도 아직 끝나지 않은 데다가 시종장과 시중인들을 결정하는 데 시간이 좀 더 걸릴 듯합니다. 외궁에만 들인다고 해도 신중을 기해야 하니까요. 거기에 귀족들끼리 제 사람을 들여보내려는 알력도 겹쳐서…… 아무래도 잠시간 더 나비궁에 머무르셔야 할 듯싶습니다."

"급할 것 없으니 신중히 정해라. 나 혼자 머무는 것도 아니니까."

솔레다토르로서는 자신에게 접근하려는 이들보다 생쥐에게 접근하려는 사람들이 더 거슬렸다.

부담스러운 수호룡 대신 좀 더 쉬운 상대인 후궁을 노리는 자가 틀림없이 있을 것이기 때문이었다. 그들의 노련한 유혹이나 협박에 생쥐가 제대로 대처할 수 있을 리 없었다. 하지만 그렇다고 해서 예전 나비궁의 시녀를 뽑을 때와 같은 방법을 쓰는 것도 무리였다.

모나르카궁으로 배치될 자들은 시중인이라고 해도 좋은 집안의 제대로 교육받은 자들일 것이기 때문이었다. 그러니 이카르가 최대한 잘 골라내주길 바라야만 했다.

그 외 소소한 대화를 조금 더 나눈 뒤 이카르가 자리를 떠나갔.

"왜 모르는 사람들에게 음식과 물건을 주는 거예요?"

둘만 남게 되자 생쥐가 궁금했던 것을 물어왔다. 솔레다토르는 그녀의 물음에 적당히 답해주었다.

"좋은 일이 생겼으니 베풀어주는 거다."

정치적 사회적인 복잡한 이유는 생략했다. 베푼다는 말에 생쥐가 고개를 갸우뚱거렸다.

"좋은 일이 있으면 베푸는 겁니까?"

"같이 즐거워하자는 거지. 공짜로 받으면 보통은 기뻐하기 마련이니."

"같이 즐거워한다……."

알 듯 말 듯 했다. 솔레다토르나 아리에스가 기분 좋아 보이면 자신도 덩달아 기뻐졌다. 정도는 덜하지만 다른 사람들도 마찬가지였다. 그러니 같이 즐거워하는 게 좋은 거라는 건 이해가 갔지만, 거리의 사람들은 대부분이 모르는 사이인데. 그런 사람들까지 같이 즐거워하게 만드는 게 축제라는 것일까.

"……잘 모르겠어요."

"직접 보면 조금쯤 이해가 갈 거다."

"그럴까요?"

백작가에 발들이기 전까지는 손에 쥔 것 하나 없이 빼앗기기만 했던 생쥐로서는 자선이라는 개념이 낯설기만 하였다. 동정받을 만한 생활이 그녀에게는 평범한 일상의 일부였으니까. 지금도 확실한 자신의 소유물은, 남에게 마음대로 나누어 줄 수 있는 것은 거의 가지질 못했다. 모르는 사람에게 가진 것을 나눌 생각 자체도 들질 않았지만.

"얼른 가보고 싶어요. 축제도 궁금하지만, 솔이랑 밖에 나가는 것도 좋아요."

축제가 아니라 그 어디라 해도 기대될 것이다.

수도 거리든 솔레다드 산맥이든 그 밖의 먼 곳이라 해도. 언제부터인가 황궁을 떠나게 되면 아리에스를 볼 수 없다는 걱정이 발목을 붙잡는 일도 없어졌다.

자신도 모르는 사이에 그렇게 조금씩 변해가고 있었다.

19 축제

 수호룡의 귀환을 축하하는 축제의 준비는 순조로워 예정대로 일주일 뒤부터 축제가 시작되었다. 솔레다토르와 생쥐는 축제의 마지막 날 해가 뜨기 직전의 새벽에 출발했다. 지난번 외출 때처럼 케이어스의 도움을 받아 황궁을 빠져나갔다.

"무료급식소는 정오부터 열린대요."

생쥐가 축제 일정표를 펼쳐 든 채 말했다.

"퍼레이드는 오후 5시부터고 퍼레이드가 끝나면 불꽃놀이를 시작한다고 합니다. 검술, 창술, 궁술, 기마술 대회 결승전도 오늘 열리고요. 황궁 앞 광장에서 수호룡과 관련된 예술품 전시회도 하고 있다고 합니다."

일정표를 팔랑 뒤로 넘기며 담담하지만 호기심도 약간 어린 목소리가 이어졌다.

"공식행사 말고도 이것저것 더 있어요. 코놀라 식당가에서는 축제기간 동안 30퍼센트 할인을 한다고 합니다. 그 외에도 할인행사를 하는 상점가가 많아요. 서쪽의 하늘꽃 광장에는 서커스단이 몇 들어와 있다고 하고요, 동쪽 호수에서 낚시 대회도 하네요."

생쥐는 일정표의 내용을 또박또박 소리 내어 읽어 내리며 아직 한산한 거리를 걸어갔다. 지난번에 나왔을 때완 달리 주위를 두리번거리지도 않고 기죽지도 않은 자연스러운 걸음걸이였다.

"일단 아침부터 먹어야겠죠?"

생글 웃으며 자신을 올려다보는 시선에 솔레다토르가 고개를 끄덕였다. 그의 허락이 떨어지자마자 생쥐가 지나가는 마차를 향해 번쩍 손을 들어 흔들었다. 마차가 멈추고 생쥐가 마부석 쪽으로 다가갔다.

"가까운 식당가로 가주세요. 괜찮은 곳으로요."

"예, 아가씨. 클라메르 거리로 모셔다 드리겠습니다. 고급 식당이 많지요."

마차를 부른 소녀의 차림새를 재빨리 훑어본 마부가 대답했다. 생쥐는 마차 삯도 직접 내고 마차 문도 직접 열었다. 그것은 식당가에 도착해서도 마찬가지였다.

"뭔가 드시고 싶으신 게 있으세요?"

"……뭐든 상관없다."

솔레다토르는 조금 떨떠름하게 정찰 나온 다람쥐처럼 두리번거리는 생쥐를 바라보았다. 어제 아리에스가 축제를 제대로 즐길 수 있도록 가르쳐주겠노라며 생쥐를 데리고 나갔었는데 대체 무슨 교육을 한 건지 궁금해질 정도였다. 그래도 저번의 주눅 든 모습보다야 지금이 더 보기 좋긴 했다.

"안녕하세요, 혹시 이 근처 식당에 대해 잘 아시나요?"

딱히 먹고 싶은 게 없다고 했더니 주위 행인을 붙잡고 식당을 추천받고 있다. 곱게 차려입은 예쁘장한 소녀가 초롱초롱한 눈빛으로 물어오니 대부분이 친절하게 괜찮은 음식점을 가르쳐주었다. 정보를 수집한 생쥐가 약간 떨어진 채 지켜보고 있던 솔레다토르에게로 쪼르르 다가가 그의 손을 붙잡았다.

"저기랑 저쪽 길 건너가 제일 추천이 많았습니다. 어디로 갈까요?"

"네가 가고 싶은 대로."

솔레다토르의 대답에 생쥐가 고개를 갸웃했다.

"솔은 가고 싶은 곳이 없습니까?"

"오늘은 네게 맡기마."

준비를 제법 해 온 듯하니. 맡긴다는 말에 생쥐는 조금 안절부절못하는 표정을 지었다가 결심한 듯 크게 고개를 끄덕였다.

"네, 노력하겠습니다!"

"노력까진 할 필요 없다만. 놀러 온 거고."

"그래도 열심히 하고 싶어요."

어제 이카르가 떠오르는 태도였다. 생쥐는 솔레다토르를 식당으로 안내해 간 뒤 주문도 직접 했다. 지난번에도 여관 식당에서는 스스로 주문하기는 했지만 고급 식당은 그런 단순한 곳에 비해 좀 더 까다롭다. 하지만 아리에스의 교육 덕분인지 생쥐는 코스 단계와 곁들이는 음료까지 제법 능숙하게 지시를 내렸다. 심지어 종업원에게 적당량의 팁까지 건네었다.

"정오까지는 시간이 남았으니까 다른 곳에 먼저 들렀다 가요. 언니가 서커스장에는 꼭 가보라고 했는데, 그게 뭐 하는 거죠?"

아리에스에게도 물어봤었지만 직접 가서 보라면서 가르쳐주지 않았다.

"그냥 곡예 같은 것을 구경하는 거다."

"곡예요?"

"동물도 나오고."

"동물이 나와요? 개나 말이나 토끼나 돼지 같은 거요?"

"그랬었지."

솔레다토르는 예전에 봤던 서커스를 떠올리며 대답했다. 방문했던 도시에서 서커스 공연을 하는 것을 본 이카르가 말은 못 하고 표정만으로 가보고 싶다고 안절부절못해하기에 데리고 간 적이 있다.

"호랑이나 사자 같은 맹수도 있더군."

"호랑이? 사자?"

"궁에 조각이나 그림이 있었을 텐데. 늑대는 아냐?"

"네. 커다란 개랑 비슷한데 더 큰 짐승이요."

"늑대보다 훨씬 크고 사납지."

생쥐가 깜짝 놀라며 입을 딱 벌렸다. 빈민가에서 지낼 때 가장 무서운 동물이 커다란 들개였는데 그 들개보다 큰 늑대보다 또 더 크고 사납다니.

"위험하지 않을까요? 그러니까 다른 사람들이요."

솔레다토르가 곁에 있는 한 집채만 한 들개가 나타난다고 해도 무섭지 않았지만 다른 사람들은 아닐 것이다. 믿는 구석도 없는 평범한 사람들이 그런 위험한 맹수를 구경한다니. 생쥐의 걱정에 솔레다토르가 미간을 살짝 좁히며 말했다.

"보통은 새끼 때부터 길을 들이지. 길들이지 않은 맹수는 사슬로 묶어 우리에 가둔다."

억지로 묶여 있는 처지이다 보니 짐승이라 해도 우리에 가두어져 있는 모습은 눈에 거슬렸다. 그것도 자유롭다면 인간 몇 정도는 가볍게 물어 죽일 수 있는 맹수이니 더욱 스스로의 신세가 떠오를 수밖에 없었다.

"별로 보고 싶지 않아요."

솔레다토르의 표정이 흐려진 것을 눈치챈 생쥐가 얼른 말했다.

"서커스요. 안 봐도 될 거 같습니다."

"처음 보는 거라면 볼만할 텐데."

"아뇨, 괜찮아요. 사자도 호랑이도 안 좋아합니다."

실제로 본 적은 한 번도 없지만 지금부터 싫어하기로 했다. 생쥐의 말에 솔레다토르가 문득 물었다.

"그럼 좋아하는 동물은 뭐지."

"좋아하는 동물이요?"

"그래."

생쥐는 눈을 깜박이며 자신의 기억을 더듬었다. 좋아하는 동물이라고 해도 접해본 건 몇 없다. 쥐와 들개, 말, 그리고 멀리서만 바라보았던 새. 가장 좋아한다면 역시 새겠지만……. 연녹색 두 눈이 테이블을 사이에 두고 마주 앉은 남자를 물끄러미 바라보았다. 드래곤도 동물이라고 할 수 있을까.

"……새가 좋아요."

"그러고 보니 말하는 새도 있었지."

"말하는 새요? 새가 말을 해요?"

"마경의 마수가 아닌 평범한 새인데도 말을 하더군. 그건 꽤 신기했어."

열대지방에 서식하는 앵무새는 그로서도 서커스장에서 처음 보았다. 솔레다드 산맥은 물론이요 제국의 수도도 날씨가 추운 편이라 열대지방 동물은 구경하기 어렵기 때문이었다.

"지금은 겨울이니 있을진 모르겠지만."

"솔도 새 좋아하세요?"

"굳이 고른다면 비행형이 좋다."

좋다는 말에 생쥐가 반색했다.

"그럼 가볼까요? 서커스장이요. 앵무새가 있을 수도 있으니까요. 물론 괜찮으시다면요."

말로는 서커스를 보고 싶지 않다고 했지만 내심 가보고 싶었다는 것을 온몸으로 표현하고 있다. 그 모습에 솔레다토르는 무심코 손끝을 움찔거렸다. 옆에 있었더라면 자연스럽게 머리를 쓰다듬어주었을 것이다.

"그러지."

"네! 그럼 식사 후 서커스를 구경하고 나서 무료급식소로 가겠습니다."

생쥐는 들떠하며 크게 고개를 끄덕였다.

아직 시간이 이른 편이었지만 서쪽 광장에는 수많은 사람들이 오가고 있었다. 크고 작은 천막 사이사이로 색색의 깃발이 펄럭이고, 화려하게 치장한 광대가 호객행위를 하고 있다. 생쥐는 사람들 사이에서 목을 길게 빼고 방향을 살피려 애썼다. 그러나 그간 꽤 자랐다고 해도 여전히 작은 편인 키였기에 천막 꼭대기 장식이나 높은 장대에 매달린 구슬들 외엔 보이는 게 얼마 없었다.

"저기 붉은색 천막으로, 앗!"

신이 나서 우르르 몰려 달려가는 어린애들에게 휩싸여 생쥐가 크게 비틀거렸다. 휘청거리는 작은 몸을 커다란 손이 얼른 붙잡아 지탱한다. 솔레다토르는 생쥐를 자신의 품으로 끌어당겼다.

"사람이 많으니 옆에 붙어 있어라. 휩쓸렸다간 길을 잃어버릴 수도 있다."

설사 생쥐를 놓친다고 해도 금방 찾아낼 수 있겠지만 조심해서 나쁠 건 없었다. 생쥐는 고개를 꺾어 자신을 안은 남자를 올려다보았다.

"하지만 제가 안내해드리고 싶습니다."

"안 해도 돼."

딱 자른 대답에 생쥐의 눈에 불만의 빛이 잠깐 나타났다 사라졌다. 그녀는 몸을 비틀어 솔레다토르의 품에서 빠져나와 그를 마주 보고 섰다.

"오늘만큼은 제가 도움이 되어드리고 싶어요."

그러기 위해서 열심히 공부했다. 솔레다토르는 이카르와 비슷한 표정으로 비슷한 소리를 하고 있는 생쥐를 조금 당황스럽게 바라보았다.

"그럴 필요 없다."

"할 수 있어요. 제가 할 수 있게 해주세요."

생쥐는 간절함과 고집을 담아 말했다. 이카르나 아리에스만큼은 못 되어도 자신도 무언가 하고 싶었다. 솔레다토르를 위해서. 그러니 오늘 하루 정도는 언제나처럼 보호받고 도움받기보다는 자신이 도움이 되고 싶었다.

"……마음대로 해라."

짧은 침묵 끝에 솔레다토르가 한숨을 섞어 대답했다. 이카르가 도움이 되겠다며 황제 자리에 올라 무리까지 해대더니 이번에는 생쥐 차례인가 싶었다. 그냥 안전한 둥우리 속에 머무른다 해도 괜찮건만, 솔직히 그것을 바라고 있건만 왜 자꾸 짧은 날개를 퍼덕이려 드는 것인지. 마음에 들진 않았지만 저렇게 간절히 원하는 것을 거절할 수도 없었다.

허락을 받은 생쥐가 다시 목을 길게 빼며 주위를 두리번거린다. 그리곤 저만치 보이는 빨간 천막을 향해 나아가기 시작했다. 솔레다토르는 얼른 그녀의 뒤쪽으로 바싹 붙어 따라갔다.

"저쪽에서 표를 파는 것 같아요. 제가 사 올게요!"

생쥐는 표를 팔고 있는 광대에게로 뛰어갔다. 우스꽝스러운 모자를 쓴 광대가 크게 미소 지으며 생쥐를 향해 꾸벅 과장된 인사를 했다.

"어서 오세요, 아가씨!"

"안녕하세요! 시커스 표 두 장 주세요."

"예, 여기 있습니다~."

"감사, 앗!"

내밀어진 표를 받으려고 하는데 갑자기 퐁, 하는 작은 소리와 함께 표가 천으로 만들어진 꽃으로 바뀌었다. 생쥐는 눈을 동그랗게 뜨며 무심코 조화를 받아 들었다.

"저기, 표는요?"

"과연 어디에 있을까요~ 으흠, 흐음, 아! 여기 아가씨의 머리카……."

생쥐의 머리카락을 향해 뻗어가던 손이 움찔 멈추었다. 등골이 서늘해지다 못해 다리가 덜덜 떨릴 정도의 살기를 느낀 광대가 당황하며 주위를 두리번거렸다. 하지만 전신을 찔러대는 두려움의 원인은 찾을 수가 없었다.

"표를 잃어버리신 건가요?"

안절부절못하는 광대의 모습에 생쥐가 걱정스럽게 물었다.

"아, 아뇨. 여기 있습니다!"

소매 안쪽에서 표를 꺼내어 내민 광대가 후다닥 도망치듯 자리를 피했다. 뭔가 급한 일이라도 생긴 걸까. 생쥐는 고개를 갸웃 기울이곤 솔레다토르에게로 돌아갔다.

"표를 사 왔습니다! 아, 시간을 묻는 걸 깜박했어요."

서키스가 시작하는 시간이 따로 있다고 들었는데. 낭황하며 사라진 광대를 찾는 생쥐를 솔레다토르가 붙잡았다.

"두 시간 간격으로 공연한다고 적혀 있다. 30분쯤 남았군."

"그래요? 그럼, 그럼……."

남은 시간 동안 뭘 하지. 축제 안내인의 역할을 완벽히 수행하고 싶은 생쥐가 발을 동동 굴렀다.

"음, 그전에도 뭔가 구경할 게 있을 거예요! 저쪽의 좀 더 작은 천막으로 가볼까요? 제가 가서 뭐 하는 곳인지 확인을—!"

"같이 가지."

"네, 제가 앞장설게요."

생쥐는 의욕에 가득 찬 채 작은 천막들이 모여 있는 곳으로 향했다. 알록달록한 작은 천막들은 절반 정도가 점집이었다. 생쥐는 천막에 달려 있는 기괴한 무늬와 그림들을 신기한 듯 바라보았다.

"사람들이 드나드는데, 안에서 뭘 하는 걸까요?"

"점을 치는 거겠지."

"점이요?"

"돈을 받고 미래를 봐주는 거지만 신빙성은 없어. 대부분은 말장난이다."

"그런데 왜 점을 보는 거죠?"

"미신을 믿기도 하고 재미 삼아 보기도 하지. 보통은 좋은 점괘를 뽑아주니까 기분전환으로 해보는 거다."

재미라니. 생쥐는 여전히 잘 모르겠다는 표정으로 점집을 바라보았다. 돈을 주고 거짓말을 듣는 게 왜 기분 좋은 일인 걸까.

"……혹시 솔도 점보는 거 좋아합니까?"

그런 잡기에는 관심 없다. 하지만 솔레다토르는 고개를 끄덕여주었다.

"그래."

"그럼 가봐요!"

두 사람은 가장 가까운 점집으로 향했다. 천막 안쪽으로 들어서자 좁은 공간에 테이블이 놓여 있고 이국적인 물건들이 어지럽게 장식되어 있었다.

'사막 출신인가 보군.'

천막 안을 눈으로 훑은 솔레다토르가 속으로 중얼거렸다. 물론 그렇게 꾸며만 놓은 것일 수도 있지만 마른 참새선인장과 모래독사의 허물, 다섯 가지 실을 꼬아 만든 허리띠와 아나니토르의 모습을 새긴 벽 장식 등은 모두 아나닙시 사막에서 볼 수 있는 것들이었다. 사막부족의 얇은 옷 위에 두꺼운 로브를 걸친 늙은 점술사가 둘을 향해 미소 지었다.

"자자, 어서 앉으세요. 나리, 아가씨."

"네."

먼저 자리에 앉은 생쥐가 그대로 서 있는 솔레다토르를 돌아보았다. 왜 앉지 않느냐는 눈빛에 그가 짧게 대답했다.

"구경만 하겠다."

"같이 하면 안 되나요?"

사실은 점보는 걸 싫어하시는 게 아닐까, 하는 걱정스러운 눈빛에 솔레다토르는 버티지 못하고 생쥐 옆에 앉았다. 여기서 거절했다가는 저도 안 해도 돼요, 하고 일어나버릴 게 분명했으니까.

"어떻게 하는 건가요?"

솔레다토르가 자리에 앉자 안심한 생쥐가 반짝이는 눈으로 점술사를 바라보았다. 점술사는 주머니 하나를 꺼내 들어 테이블 위의 네모난 판에 내용물을 쏟아부었다.

"모래네요?"

주머니에서 나온 것은 하얀빛을 띤 깨끗하고 고운 모래였다.

"평범한 모래가 아니랍니다. 아나닙시 사막의 마경 가장 깊숙한 곳에서 가지고 온 신비의 모래지요."

"마경이요?"

"예. 인간은 감히 발을 들여놓을 수 없는 고귀한 지배자의 땅이랍니다."

점술사의 말에 생쥐가 고개를 갸웃 기울였다. 라지와 사지는 놀러 오라고 했는데. 게다가 이카는 마경에서 오래 살기까지 했다고 그랬는데. 마경의 주인 또한 날이 풀리면 데리고 가준다고 했었다. 생쥐는 슬쩍 옆에 앉은 남자를 돌아보았다.

"진짜로 들어가면 안 되는 겁니까?"

"아나니토르는 인간의 침입을 신경 쓰지 않지만 독사가 많은 땅이니 안 가는 게 좋다. 이름 없는 드래곤도 여럿 있어서 혹 휘말리기라도 했다간 귀찮아져."

"아, 그렇군요."

생쥐는 고개를 끄덕이며 다시 모래를 바라보았다.

"이걸로 점이라는 걸 보는 건가요?"

"그렇답니다."

아나니토르 이야기에 약간 당황해 있던 점술사가 말했다.

"작은 아가씨께서는 무엇을 알고 싶으신지요?"

잠깐 생각에 잠겼던 생쥐가 입을 열었다.

"언제쯤 아기를 가질 수 있을지 알고 싶어요."

"……아기요?"

"네."

점술사의 시선이 무심코 솔레다토르를 향했다.

나이 차이가 좀 나 보이기는 하지만 혹시.

"결혼을 하신 건가요?"

"네, 몇 달 전에 했어요."

생쥐가 생글생글 웃으며 대답했다. 그 밝은 표정에 점술사가 또다시 소녀 옆의 남자를 힐끔거렸다. 눈치를 보아하니 둘이 부부인 듯하고 옷차림을 보니 상당히 잘사는 듯했다. 남편은 무뚝뚝한 듯 보여도 조금 전 태도를 생각하자면 어린 아내를 무척이나 아끼는 모양이었다.

재빠르게 두 사람의 관계를 추측한 점술사가 독사 송곳니 한 줌을 모래 위에 흩뿌렸다.

"어린 부인께 언제쯤 아기님이 생기실지……."

주름진 손끝이 모래를 휙 엎었다가 손바닥으로 슥슥 펼친다. 그러자 잠시 뒤, 모래의 일부분이 푸르게 얼룩이 졌다.

"파랗게 변했네요?"

"마경의 모래가 지닌 힘이랍니다."

실제로는 송곳니 안쪽 빈 공간에 모래에 닿으면 색을 변화시키는 투명한 즙을 넣어놓은 것이었다. 솔레다토르는 그 사실을 알고 있었지만 굳이 입 밖으로 꺼내지는 않았다.

"자아, 어디 볼까요! 긴 선이 두 개 점점이 흩뿌려진 얼룩 빙글 돌아간 바퀴 모양……."

점술사가 진지하게 얼룩을 해석하기 시작하자 생쥐의 표정 또한 덩달아 심각해졌다.

한참을 나직한 목소리로 중얼거리던 점술사가 돌연 탁! 하고 테이블을 내리쳤다.

"일 년 이내로!"

"일 년 이내요?"

"여기 이 선의 간격이 바로 기간입니다. 이 정도로 좁으면 일 년 이하라는 뜻이지요."

"그렇군요!"

"그리고 이쪽의 점무늬가 넓게 펼쳐진 것으로 보아 첫째 아기님은 건강한 아들입니다."

"아들이요?"

"예. 축하드립니다, 머잖아 후계자를 얻으실 수 있겠군요."

점술사가 친절하게 웃으며 말했다. 귀족이나 재력가라면 보통 첫째로 아들을 원할 것이다.

"일 년 이내에 아들!"

생쥐의 두 뺨이 기쁨으로 발갛게 상기되었다. 점이라는 것은 믿을 수 없는, 단순한 재미로 보는 것이라는 말은 그녀의 머릿속에서 깨끗이 지워진 지 오래였다.

"그렇잖아도 솔을 닮은 아들을 갖고 싶었어요!"

"꼭 그렇게 되실 겁니다."

점술사가 자신 있게 장담했다.

아들일지 딸일지는 모르겠지만 사이좋은 젊은 신혼부부이니 애가 들어서는 것만큼은 금방일 것이다.

"다만 좀 더 확실한 결과를 위해 부인께 추천해드리고 싶은 것이 있답니다."

"그게 뭔가요?"

"바로 이 푸른 산호새의 알입니다!"

점술사가 테이블 밑에서 어린애 주먹만 한 푸른 돌을 꺼내었다.

"예로부터 푸른 산호새는 풍요의 상징이었습니다. 그래서 그 알은 다산에 특효약이라고 하지요. 특히 여기, 이 부분 보이십니까? 드물게 나오는 하얀 달무늬가 박힌 알은 베개 밑에 넣어두시면 임부와 태아를 보호해준답니다."

"정말이요?"

"물론이지요. 아주 귀한 것인데 지난여름에 우연히 구할 수가 있었답니다. 알이 깨지지 않도록 조심하여 열흘 밤낮을 마른 그늘에서 건조시킨 뒤 수액을 스무 번 겹겹이 얇게 발라 굳힌 것이 바로 이 보물입니다."

점술사의 설명에 생쥐는 홀린 듯 푸른 돌을 바라보았다. 아이를 무사히 낳는 데 도움이 된다니, 자신은 물론이요 아리에스에게도 필요할 것 같았다. 아니, 꼭 필요하다.

"이거, 혹시 파시는 건가요?"

"어렵게 만들어낸 무척이나 귀한 보물입니다만……."

점술사는 말끝을 흐리며 솔레다토르의 눈치를 살폈다. 순진해 보이는 소녀와 달리 저 남자는 속여먹기가 녹록하지 않을 듯싶었기 때문이다.

실제로 조금도 혹하지 않은 표정이었지만 참견해올 생각은 없어 보였다. 점술사는 과하지 않게 적당히 남겨먹기로 결정하고 말을 이었다.

"신혼부부의 앞날을 축복하는 뜻에서 특별히 저렴하게 드리겠습니다."

"감사힙니다!"

생쥐는 뛸 듯이 기뻐하며 푸른색 돌을 받아 들었다. 서늘한 감촉의 돌을 몇 번이고 매만지다가 환한 표정 그대로 솔레다토르를 돌아본다.

"솔도 점 보세요!"

솔레다토르는 점술사를 힐끗 쳐다보곤 자리에서 일어났다.

"그러기엔 시간이 부족할 거 같다만. 슬슬 서커스가 시작할 거다."

"아, 벌써요?"

까맣게 잊고 있었다. 생쥐는 얼른 일어나 점술사에게 인사한 뒤 솔레다토르를 따라 나갔다.

"점이라는 거 대단한 거 같아요."

아직 흥분이 다 가라앉지 않은 목소리에 솔레다토르가 손을 뻗어 생쥐의 머리를 쓰다듬어주었다.

이번에는 가발을 쓰는 대신 염색을 했기에 아리에스와 비슷한 금적색 머리칼이 손바닥 아래 흐트러졌다.

"내가 한 말은 그새 잊었나 보군."

"네? 어……."

무슨 말이었더라. 생쥐는 눈을 깜박이다가 앗, 하고 소리쳤다.

"점은 재미로 보는…… 가짜라는 거요?"

"그래."

"그럼…… 좀 전에 들은 말도 다 거짓말인가요?"

환하던 얼굴이 금세 시무룩해졌다. 생쥐는 아쉬움 가득한 눈빛으로 점집 천막을 돌아보았다.

"일 년 내로 아기를 가지는 건, 이루어지지 않는 겁니까?"

"……모르는 일이지."

솔레다토르가 떨떠름하게 대답했다. 딱 잘라 그렇다고 말할 생각이었는데 정작 입 밖으로 나온 내용은 달랐다. 모른다는 말에 생쥐의 눈빛이 조금 살아났다.

"그럼 가질 수도 있을까요?"

"……미래가 어떻게 될지는 나도 모른다."

실제로 앞일이 어떻게 될지는 드래곤이라 해도 알 수 없었다. 일 년이면 어린 소녀에게는 절대 짧은 시간이 아니니, 그사이 정말로 아이를 가질 일이 생길지 누가 알겠는가. 예를 들어 다른 인간 청년과 사랑에 빠진다거나 하는…….

'……이카 놈의 경우도 있으니.'

지금은 자신의 옆에 딱 달라붙어 있어도 영원히 그러리라는 법은 없다. 순진하게 속아 넘어가는 모습에 일단 내버려둔 뒤 세상사에 대한 주의를 줄 생각이었는데 그냥 막아줄 걸 그랬나. 괜히 거슬리는 상상을 떠올린 솔레다토르는 씁쓸해하며 생쥐의 시선을 피했다. 그런 그의 속내를 알 길 없는 생쥐가 다시 기분이 좋아져선 재잘거린다.

"거짓말이라고 해도 점이라는 거요, 괜찮은 거 같아요. 제가 원하는 말을 해주고 잘될 것처럼 느끼게 해주니까요."

"그런 달콤한 거짓말에 넘어가서 재산 탕진하는 사람도 있다."

"거짓말인걸 알면서도요?"

"조금 전의 너처럼 혹하는 거지."

생쥐가 흠칫 손에 쥐고 있는 푸른 돌을 내려다보았다. 확실히 천막 안에서는 점술사의 말에 홀딱 넘어가고 말았었다.

"음…… 조금 위험할 수도 있겠네요."

"좋은 말만 해주는 사람을 경계할 줄도 알아야 하는 법이다. 이후로도 조심하거라."

별다른 가치 없는 선황제의 후궁이 아닌, 수호룡과 연결될 수 있는 줄이 된 생쥐에게 접근하려 드는 사람들은 많을 것이다. 물론 최대한 보호해줄 생각이지만 주의를 해둬서 나쁠 건 없었다. 생쥐는 고개를 끄덕이며 줄이 늘어선 서커스 메인 천막을 바라보았다.

"벌써 줄이 생겼네요. 빨리 가요!"

천막 안쪽에서 흘러나오는 경쾌한 음악 소리가 즐겁게 떠들어대는 소리들과 뒤섞인다. 두 사람은 입구를 활짝 열어젖힌 서커스 천막으로 향하였다.

"사람이 어떻게 불을 삼킬 수가 있죠?"

생쥐가 물음표로 가득한 얼굴을 한 채 걸음을 옮기며 한껏 높아진 목소리로 말했다.

"칼도 신기했지만요, 불은 더 신기해요! 칼은 가짜로 만든 것일 수도 있지만 불은 아니잖아요. 입 안이 다 타버릴 거 같은데!"

재주를 부리는 동물이나 아슬아슬한 곡예들도 신기했지만 활활 타오르는 불을 한입에 꿀꺽 삼키던 마술사가 가장 놀라웠다. 바로 옆의 드래곤에 비하면 별것 아닐 수도 있겠지만 마술사는 평범한 인간이 아니던가. 같은 인간이라고 생각하니 더욱 신기했다.

"저도 배울 수 있을까요?"

"배워서 어디에 쓰려고."

"어…… 생각해보니 쓸데가 없네요."

서커스단에 들어갈 생각이 아니고서야 쓸모가 없다.

"그래도 칼 던지기나 재주넘기 같은 건 괜찮지 않을까요? 그러니까, 조금쯤은 스스로를 지킬 수 있을 거 같아서요."

생쥐는 자신의 가느다란 손목을 내려다보며 말했다. 평생을 바닥에서 약자로 살아왔기에 폭력에 대항하기가 힘들었다. 때리면 때리는 대로 받아들이는 것에 익숙해져 있기 때문이었다. 폭력도 보호도 그냥 무력하게 받아들이기만 하였다. 하지만 지난번 선황제궁 습격사건 이후로는 생각이 바뀌었다. 자신을 지키느라 두 요정이 목숨 하나를 잃었다.

"사지와 라지는 이제 저를 보호해주기 힘드니까요."

그러니까 좀 더 강해져서 이제는 자신이 둘을 지켜주고 싶었다. 지금이라면 힘만큼은 작아진 요정들보다 더 강할 테니까. 그리고 또 비슷한 일이 벌어졌을 때 맞서 싸우진 못해도 혼자 도망치는 정도는 할 수 있는 능력을 가지고 싶었다.

"저도 이카처럼 검술을 배울 수 있을까요?"

생쥐의 물음에 솔레다토르의 시선이 그녀의 작은 몸을 훑었다. 목검이나마 제대로 들 수 있을까 싶은 몸뚱이긴 하였지만.

"배우는 거야 가능하겠지."

"정말요?"

"다만 어느 정도로 늘지는 알 수 없다. 이카 녀석은 그래 봬도 재능이 있었어."

겉보기로는 유약해 보여도 황실 기사들 사이에서도 순위를 다투는 실력을 지니고 있었다. 게다가 어릴 적 요정의 숲에서 지낸 덕도 컸다. 요정족은 날렵하고 유연하며 체격에 비해 힘도 강했기에 함께 어울리면서 자연히 단련이 된 것이었다.

"조금이라도 좋아요. 그러니까…… 큰 개를 물리칠 수 있을 정도라도요."

 생쥐는 살아오며 가장 위협적이었던 동물을 떠올리며 주먹을 불끈 쥐었다. 빈민가에서도 여러 번 쫓겨 다녔었고 황궁에 들어와서도 두 번이나 물릴 뻔했다.

"대형견은 웬만한 성인 남자도 상대하기 힘들다만."

"어, 진짜요?"

"네 힘으로는 단숨에 죽이기도 어려울 테니 맞서지 말고 높은 곳으로 피하는 편이 나을 거다. 그러니 차라리 벽 타기를 배우는 게……."

 솔레다토르의 말끝이 흐려졌다. 드레스 차림의 소녀와 도둑들이 배울 법한 벽 타기라니, 조금도 어울리지 않았다. 그래도 만일을 대비해 가르쳐두는 것도 나쁘진 않을 터였다. 잠깐 자리를 비운 사이 불이 나서 창밖으로 탈출해야 하는 일 같은 게 생길 수도 있으니까. 요정이 별 도움이 되지 못하는 지금으로서는 잡기 몇 개쯤 가르치는 것도 괜찮을 듯싶었다.

"벽 타기요?"

"그래."

"뭐든지 좋습니다."

생쥐가 의욕에 차 말했다.

"뭐라도 더 많이 배우고 싶어요. 그래서 모나르카궁도 제가 관리할 겁니다."

"……뭐?"

예상치 못한 말에 솔레다토르가 당황하며 그녀를 돌아보았다.

"궁을 관리하다니?"

"아리에스 언니가 말해줬어요. 지금은 귀족들 사이에서 시종장을 뽑지만, 가능하면 수호룡과 가까운 사람이 궁을 관리하는 게 나을 거라고요. 최소한 제가 모나르카궁 고용인들에게 어느 정도 영향력을 가질 수 있게 되면 솔이 편해질 거라고—."

"쓸데없는 소리를."

불쾌감을 띤 목소리가 생쥐의 말을 잘랐다.

"하지만……."

"네가 신경 쓸 일이 아니다."

"하지만요!"

연이은 거부에 생쥐가 바락 소리쳤다. 그리곤 솔레다토르의 앞을 막듯이 서서 그를 올려다보았다.

"저는 후궁이에요. 정비로 맞아주신다고도 하셨어요."

흥분해 높아진 목소리에 솔레다토르는 반사적으로 주위를 살폈다.

다행히 서커스 광장에서 벗어난 거리라 행인은 몇 없었다. 한둘 정도야 지금 이야기를 듣는다 해도 쉽게 처리할 수 있으니 괜찮다.

"후궁이라고 해도 네가—."

"저도 할 수 있습니다. 배우면 돼요. 언니만큼은 못 되어도 지금보다는 더 쓸모 있어질 수 있어요. 그러니까 기회를 주세요. 저도 도움이 될 수 있도록."

도움이 되고 싶다고 계속해서 말해왔지만 마음과 달리 능력이 부족했다. 그러니 어쩔 수 없다고 다독거려왔었는데, 솔레다토르의 보호를 벗어난 이카르와 그를 돕는 아리에스를 보자 가슴이 두근거렸다. 그것은 질투이기도 하고 설렘이기도 했다. 이카르도 솔레다토르에 비하면 한없이 약한 평범한 인간이다. 황제라곤 하지만 같이 보호받던 처지이기도 하지 않았던가. 그러니 자신도 가능할 거라고, 무모한 용기로 가득 찬 생쥐가 주장했다.

"제가 귀찮은 일 없도록 지켜드리겠습니다."

"……"

누가 누굴 지킨단 말인가. 어이가 없어 말도 나오질 않았다. 솔레다토르는 할 말을 잃은 채 조그만 소녀를 쳐다보았다. 그에게 있어 생쥐는 진짜 이름 그대로 약하고 조그만 미물이나 다름없었다. 이카르가 자신을 보호한답시고 무리하는 것도 어린애가 힘겹게 바둥거리는 것처럼 보이건만, 생쥐는 그보다 배는 더 심했다.

"……아니, 그럴 필요는……."

"하게 해주세요."

"……나는 보호 같은 건 필요 없다."

"하지만 싫으시잖아요. 사람들 상대하는 것이요."

고집스럽게 말하는 생쥐의 모습에서 이카르가 자꾸만 떠올라 솔레다토르는 손으로 얼굴을 덮듯이 감쌌다.

'두 녀석 다……'

왜 자꾸 이러는 것인지. 정체를 모른다면 또 몰라, 드래곤이라는 사실을 알면서도 저런 가당치도 않은 소리를 하고 있다.

"……네가 나섰다가 사고라도 치면, 내가 더 귀찮게 될 거다만."

솔레다토르의 말에 생쥐의 어깨가 흠칫거렸다. 그의 말대로 실수하지 않으리란 법은 없다. 아니, 경험이 부족한 만큼 처음에는 실수투성이일 가능성이 더 높았다.

"그럼, 잠시 아리에스 언니 곁에 가서 제대로—."

"그쯤 해둬라."

화난 기색이 뚜렷한 목소리에 생쥐가 화들짝 입을 다물었다. 솔레다토르는 길게 한숨을 내쉬고 생쥐의 옆을 지나쳐 걸어갔다. 그의 뒤를 얼른 따라붙는 발소리에 치솟았던 짜증이 슬그머니 가라앉는다.

발소리만 들리는 침묵 속에서 남자는 앞서가고 소녀는 그 뒤를 바싹 쫓아갔다. 보폭 차이 때문에 종종종 빠른 걸음으로 걸어가며 생쥐는 너른 등을 매달리듯 올려다보았다. 그를 부르고 싶었다.

하지만 불러도 되는 걸까. 너무 고집을 부렸나 싶어, 혹시 이대로 돌아봐주지 않는 건 아닌가 싶어 불안이 가슴 가득 차오른다. 소리 내진 못하고 입만 빠끔빠끔 솔레다토르를 부르다가,

"앗!"

길의 움푹 꺼진 틈에 발이 걸려 넘어지고 말았다. 등만 올려다보느라 발밑을 살피지 못한 탓이었다. 손바닥과 무릎이 조금 까졌지만 생쥐는 아픈 줄도 모르고 허둥지둥 일어났다. 혹시 먼저 가버린 건가 급히 앞을 바라보자 솔레다토르는 걸음을 멈추고 자신을 돌아보고 있었다. 그게 너무 기뻐서 활짝 웃었다.

"……넘어진 주제에 왜 웃는 거냐."

"저를 봐주셔서요."

솔레다토르는 말을 꺼내는 대신 한숨을 흘리곤 생쥐를 향해 손짓했다.

"옆으로 와라. 길을 똑바로 보고 걸어."

"네!"

두 사람은 다시 나란하게 거리를 걸어갔다.

축제 기간 동안 무료급식과 물품을 제공하는 곳은 총 열세 군데이다. 생쥐와 솔레다토르가 향한 곳은 그중에서도 수도 중앙과 비교적 가까운 빈민가 쪽이었다.

 "줄 서, 줄! 새치기하지 말고!"

 급식소 관리인이 목이 터져라 소리 쳤다. 공터는 좁았기에 급식소 가건물을 제외한 공간은 그리 넓지 않았다. 때문에 빠져나온 줄이 골목까지 길게 이어졌다. 드글드글한 인파에 급식소 근처로 갈 생각을 하지 못하고 멀찍이서 바라보던 생쥐가 고개를 갸웃 기울였다.

 "다들 별로 가난해 보이진 않아요."

 제대로 된 옷도 입었고 신발도 신고 있다. 마른 사람도 있었지만 심각할 정도는 없었으며 대부분 평범한 체격이었다. 무엇보다 웃고 있는 사람들이 많았다. 가지고 온 그릇에 수프를 받아 들고 빵을 입에 문 채 뛰어가는 아이들은, 생쥐가 아는 빈민가와는 많이 달랐다.

 "수도는 다른 지방도시에 비해 복지가 잘되어 있는 편이니까."

수도의 빈민 현황 보고서의 내용을 떠올리며 솔레다토르가 이어 말했다.

"축제가 아니더라도 정기적인 생필품 보급이 이루어지고 일부 극빈층에 한해서 상시 무료급식소도 있으니 굶주리고 헐벗는 것 정도는 면할 수 있다. 그래서 수도로 올라오는 빈민들도 매해 상당수더군."

지방도시나 영지는 시장이나 영주에 따라 복지가 갈린다. 보통은 쓸데없는 지출이라 생각하기에 빈민가는 가난 속에 버려지는 경우가 대부분이었다. 생쥐는 오가는 사람들을 한참 동안 바라보다가 입을 열었다.

"……이카가 이렇게 만든 겁니까?"

"이번에는 그렇긴 하지."

제도 자체야 예전부터 있었다. 솔레다토르의 대답에 생쥐의 얼굴 위로 그늘이 졌다.

"황제라는 거요, 제 생각보다 더 대단한 거 같습니다."

"가벼운 자리는 아니다. 앞으로는 더더욱 이카 녀석이 하기에 달려 있겠지."

예전이라면 모를까 수호룡을 등에 업은 지금의 황권은 강력하다. 비고레 대백작을 위시한 무가들은 이미 한풀 꺾였으며 카얄른 공작 측 또한 지금의 기세를 그리 오래 유지하지는 못할 것이었다. 이카르가 어리석게 굴지만 않는다면 궁정의 권력구도는 향후

십 년 내로 황가를 중심으로 재구축될 것임이 분명했다. 수호룡을 잃음으로써 황권이 순식간에 몰락하고 말았듯이 그 반대인 지금은 빠르게 권력을 되찾아갈 터였다.

"……그렇군요."

생쥐는 시무룩하게 중얼거리듯 말했다.

"이런 걸 할 수 있었던 거군요."

세상사에 대해 아는 게 적었기에 황제라고 해도 그리 대단하게는 생각지 못했다. 정확히는 귀족이든 황족이든 생쥐에게 있어서는 똑같이 까마득하게 높은 사람으로 느껴지던 것이, 황궁에 들어와 지내게 되면서 늘 마주치는 사람으로 바뀌게 된 것이었다. 솔레다토르도 황제고 이카르도 황제고, 거기에 귀족 영애인 아리에스는 이카르는 물론이고 솔레다토르 앞에서도 당당했으니까. 그래서 무심코 만만하게 생각하고 있었는데.

"저는 이런 건 할 수 없습니다."

혼자 빈민가를 벗어나는 게 고작이었다. 그것도 목숨을 걸고서. 생쥐의 작은 중얼거림에 솔레다토르가 별생각 없이 대꾸했다.

"이 정도는 너도 할 수 있을 거다."

"……네?"

"무료급식소야 돈만 있으면 만들 수 있으니까."

근본적인 빈민 구제야 단순히 배만 채워준다고 해서 해결되는 것이 아니다. 하지만 무료급식소 운영 정도야 쉬운 일이다.

"저는 돈이, 있긴 한데…… 얼마 없을 거예요."

아리에스의 결혼 선물을 사기 위해 후궁에게 지불되는 돈을 모아달라고 말해두었지만 그리 많지는 않을 터다. 저렇게 많은 사람들을 먹이기에는 턱없이 모자랄 게 분명했다.

"크게 짓는다면 돈이 제법 들긴 하겠지. 그래서 대규모 자선행사의 경우 후원을 받곤 한다."

물론 생쥐가 후원을 받을 필요는 없었다. 과거 수호룡에게 바쳐진 재물이 어마어마하게 쌓여 있으니 적당해 내어주면 된다. 게다가 앞으로 모나르카궁에 들어올 선물도 상당할 것이었다. 그중에는 생쥐를 향한 것도 있을 터였고.

"원한다면……."

무료급식소 한둘쯤 만들어주겠다고 말하려던 솔레다토르가 흠칫 입을 다물었다. 커다랗게 뜨여진 연녹색 눈이 그를 향해 반짝거리고 있었기 때문이다.

"잠깐, 후원은—."

"어떻게 하면 되는 건가요, 그거? 저도 할 수 있습니까?"

못 할 건 없다. 아니, 생쥐가 자선행사를 열겠다 하면 귀족들이 떼로 우르르 몰려들 게 분명했다. 혹시라도 수호룡을 한번 볼 수 있을까 싶어서, 생쥐의 호감을 얻을 수 있을까 싶어서 한 재산 턱턱 내어놓겠지.

"그럴 필요 없이 내가—."

"솔이 주는 건 싫어요."

생쥐가 말까지 끊어먹으며 당돌하게 말했다. 이번에는 이카르가 아닌 아리에스의 모습이 떠올라 솔레다토르의 미간이 찌푸려졌다. 어린애가 주위 사람에게 영향을 받는 거야 흔한 일이지만 마음에 들지 않는 태도다.

"왜 싫다는 거냐."

"제 힘으로 하고 싶습니다. 음, 가능하다면요."

오는 길에 화를 냈던 탓인지 한 걸음 물러서며 눈치를 살피고 있다. 솔레다토르는 흘러나오려는 한숨을 삼키며 말했다.

"이카 녀석을 따라 할 필요는 없다."

얌전히 보호받고 있어도 원하는 건 대부분 가질 수 있을 터인데, 자꾸만 스스로 하겠다 나서는 것이 거슬렸다. 생쥐는 눈을 동그랗게 뜨고서 솔레다토르를 바라보았다.

"이카가 부럽지만, 단순히 따라 하는 건 아닙니다. 황궁에서 사는 건 좋아요. 맛있는 걸 먹을 수 있고 따뜻한 옷에 넓은 방, 푹신한 침대도 있습니다. 부족한 건 없지만, 그렇지만, 제가 가진 건 없어요."

"네게 준 것은 네 것이다."

생쥐는 짧게 고개를 저었다.

"아니에요. 그러니까…… 좀 달라요. 잘 설명은 못 하겠지만, 제가, 그러니까, 제가 무언가 한 건 없습니다. 언니나 이카처럼 무언가 하고 싶어요."

작은 손이 스스로의 가슴께에 얹혔다.

"욕심인 건 알아요. 부족한 건 하나 없는데, 모든 게 전보다 훨씬, 훨씬 좋아졌는데, 그런데도 무언가 더 가지고 싶습니다."

생쥐는 잘 모르겠다 말하였지만 솔레다토르는 그녀의 열망을 짐작할 수 있었다. 생쥐에게는 목적이 있었다. 아리에스를 살리기 위해서 목숨을 걸었음에도 환한 얼굴로 기쁘게 황궁에 들어왔다. 그러나 이제 그 목적은 사라지고 말았다. 황태후는 죽었고 더 이상 목숨을 위협당할 일은 없으며 아리에스는 곧 황후가 될 예정이다. 온몸을 다 바쳐 매달리던 목적이 사라져버렸으니 허무함이 남을 수밖에 없을 터였다.

'……그리고 나와도, 제대로 된 관계는 아니지.'

겉으로는 후궁이라 하지만 실제로는 보호자와 피보호자 정도의 미적지근한 관계일 뿐이다. 평범하게 결혼하여 가정을 만들었다면 거기에 만족할 수도 있었겠지만, 지금 생쥐에게는 그녀의 말대로 손에 쥔 것이 없다. 가진 것은 모두 얻었을 뿐 진짜 남편도 진짜 언니도 없었다. 주위의 관계가 끊어진다면 일순간 모두 잃어버릴 수도 있는 불안정한 위치였다.

물론 솔레다토르도 아리에스도 생쥐를 버릴 생각은 없었지만 본능적인 불안감을 느꼈을지도 모른다.

'기반 하나 정도는 만들어주는 게 좋을지도.'

생쥐가 외부와 접촉하는 게 마음에 들지는 않았지만 불안해하는 채로 놓아둘 수는 없었다. 그렇게 생각한 솔레다토르가 입을 열었다.

"원하는 대로 해주마."

"정말요?"

눈치를 살살 살피고 있던 생쥐가 활짝 미소 지었다.

"그럼 그 자선행사인가 해도 되는 겁니까?"

"기다려라. 적당한 걸 찾아줄 테니."

"네!"

열심히 하겠다면서 벌써부터 기대와 흥분을 감추지 못하는 생쥐의 모습에 솔레다토르도 결국 미소 짓고 말았다.

무료급식소를 떠나 이것저것 구경하고 돌아다니는 사이 하늘 짙게 노을이 퍼져 나갔다. 낚시 대회가 끝나 조용해진 호수 위로도 붉은 물이 들었다. 호수를 멍하니 바라보고 있던 생쥐가 화들짝 솔레다토르를 돌아보았다.

"퍼레이드! 지금 몇 시죠? 퍼레이드 보셔야 하는데!"

"별로 보고 싶진 않다만."

퍼레이드의 내용은 당연히 수호룡과 관련된 것일 터였다. 당사자의 입장으로선 눈에 거슬리는 꼴이었다.

"그래요? 사실 저도 호수를 보는 게 더 좋습니다."

생쥐는 다시 호수 쪽으로 고개를 돌렸다.

"황궁에 있는 것보다 훨씬 더 커요."

"황궁이 넓다곤 해도 이렇게 큰 호수를 집어넣는 건 무리지."

수원지용 적당한 호수 이상은 거추장스럽기만 하다.

"아까 그 아저씨 엄청 커다란 물고기를 잡았었잖아요."

생쥐가 팔을 잔뜩 벌려 보이며 말했다.

"힘도 세서 저라면 물속에 끌려 들어갔을지도 몰라요."

"이 호수에서 잡힌 물고기 중에 제일 큰 게 네 몸뚱이만 했을 거다."

"그렇게나 커요?"

"작년 초였던가, 신기록이라며 진상되었는데 맛은 그저 그렇더군."

그냥 비린내 나는 생선요리였다.

"저기 달이 떴어요."

보일 듯 말 듯 희미하게, 하늘 끄트머리에 달이 떴다. 이제 곧 사위가 어두워지고 별들도 총총히 피어날 것이다. 퍼레이드를 보러 갔는지 호숫가에는 두 사람 외에는 아무도 없었다. 차가워진 바람이 코끝을 스쳐 생쥐가 작게 재채기를 했다.

"해가 지면 더 추워질 거다."

"어, 괜찮습니다. 이 정도는 별로 안 추워요. 옷도 따뜻하고요."

얄팍한 낡은 옷으로 눈 내리는 겨울도 버텨냈는데 두툼하게 껴입은 채 맞는 초겨울 바람쯤이야 끄떡없다. 생쥐는 외투를 조금 더 당겨 입으며 목깃에 달린 부드러운 털에 뺨을 기울였다.

"솔."

부름에 대답은 없었지만 생쥐는 말을 이어갔다.

"아리에스 언니는 제게 좀 더 마음대로 해도 된다고 했어요. 욕심내서 원하는 걸 가져도 된다고요. 그랬다가 솔이 싫어하면 어쩌냐고 하니까, 저 하나쯤 충분히 거둘 수 있으니 걱정 말라고 했습니다. 곧 황후의 여동생이 될 테니까 자신을 가져도 된다고요."

그녀의 말에 솔레다토르의 표정이 언짢아졌다.

'여전히 마음에 안 드는 짓만 하는 여자군.'

이카르의 연인이니 좋게 봐주려고 해도 하는 짓마다 눈에 거슬린다. 마음 같아서는 생쥐와 완전히 떼어놓고 싶을 정도였다.

"하지만요."

생쥐는 차가운 공기를 가늘게 들이마셨다.

"저는 솔이 절 싫어하게 되는 게 제일 싫어요. 언니는 타인에게 언제나 좋은 사람일 수는 없다고 했지만, 그래도 싫습니다. 그러니까요."

몸을 돌려 곁에 선 남자를 올려다보았다.

"오늘, 욕심 부린 제가 조금이라도 싫어지셨나요?"

어두워진 하늘 아래 짙어진 녹색 눈동자가 가만히 깜박인다. 대답을 기다리는 생쥐의 머리 위에 손이 얹어졌다. 서늘해진 머리칼을 쓰다듬으며 솔레다토르가 미소 지었다.

"전혀."

"정말요? 진짜로 조금도 안 싫어지셨어요?"

"그래."

손안의 새가 자꾸만 날갯짓을 하는 것이 불안하다. 혼자 서기 시작하면, 자신의 도움이 필요 없어지면 떠나버릴 것만 같았다. 자유로웠더라면 어디로 날아가든 상관없었다. 훨씬 더 빠르게 앞질러 날아갈 수 있었으니까. 하지만 족쇄에 묶인 채로는 뒷모습을 바라만 볼 수밖에 없었다. 만약 더 넓은 세계를 보고자 한다면, 수도를 벗어나기라도 한다면 따라갈 수 없다.

생쥐가 떠나버릴 가능성이 낮다고 해도, 그것을 알고 있음에도 일말의 불안이 지워지지가 않았다. 어쩌면 이미 하나가 품을 벗어나버린 영향일지도 모른다. 혹은 묶여버린 처지 탓에 한번 잃어버릴 뻔하였기 때문일 수도 있다.

어떠한 이유에서든 혼자 나아가고자 하는 것을 막고 싶었지만.

"그러니 욕심내도 된다."

자신의 미움을 받는 것이 가장 싫다고 말하는데. 저런 눈을 보고서 그런 소리를 듣고서 막아설 수가 없었다.

"싫지 않다고 하신 것만으로도 기뻐요."

자신의 머리를 쓰다듬는 손을 두 손으로 감싸 잡으며 생쥐가 웃었다.

"그러니까 욕심은, 조금만 내겠습니다."

"안 내겠단 소리는 안 하는군."

"저도 원하는 게 있으니까요."

생쥐는 붙잡은 손을 자신의 뺨으로 가져다대었다. 겨울바람에 차가워진 손이었지만 어째서인지 따스하게 느껴졌다.

"그리고 지금은 불꽃놀이를 보고 싶습니다. 곧 시작하겠지요."

퍼레이드가 끝나고 날이 완전히 어두워지면 시작한다 했으니 얼마 안 남았다.

"하지만 호수를 계속 보고 싶기도 해요. 달이 커다랗게 둥근데, 완전히 떠오르면 호수에도 비치겠죠? 그럼 무척 멋질 거 같습니다."

검게 물든 호수에 달도 별도 떠올라 마치 밤하늘의 한 점이 지상으로 내려온 듯 보일 터다. 하지만 해가 완전히 질 때까지 기다렸다간 불꽃놀이를 놓치게 된다. 어느 쪽을 선택해야 하나 고민하는 생쥐에게 솔레다토르가 말했다.

"둘 다 보면 되겠지."

"불꽃놀이 장소로 갔다가 다시 호수로 돌아오면 되긴 하겠지만, 번거롭지 않으시겠어요?"

"그럴 필요 없다."

"네?"

솔레다토르의 시선이 호수 주위를 날카롭게 휙 살폈다.

"아무도 없으니 괜찮겠지."

설사 보는 눈이 있다고 해도 문제 될 건 없다. 호수에서 드래곤을 봤다고 누군가 떠들어댄다면 거짓말로 치부하는 사람 반 부러워하는 사람 반 정도가 되겠지. 솔레다토르는 잡힌 손을 빼내고 물가 가까이 다가갔다. 그리고.

요란한 물소리와 함께 드래곤의 모습이 호수 위에 나타났다. 생쥐는 목을 길게 빼어 이제는 희미해진 노을빛 속의 솔레다토르를 올려다보았다. 펼쳐진 날개가 남은 햇살을 거둬내듯, 이내 하늘이 완전히 어두워진다.

[이리 와라.]

비늘 덮인 앞발이 생쥐를 향해 내밀어졌다. 담이 작은 사람이라면 그것만으로도 비명을 지를 광경이었지만 생쥐는 기뻐하며 굽어진 앞발에 매달렸다. 그리곤 벌어진 틈으로 기어 올라가 안쪽으로 들어가 자리 잡았다. 앞발을 새장 모양처럼 둥글게 움켜쥐어 생쥐가 떨어지지 않도록 한 솔레다토르가 커다란 날개를 움직였다. 검붉은 드래곤의 육신은 덩치에 비해 무척이나 가볍게 하늘로 떠올랐다.

[불편하면 말해라.]

"전혀 안 그래요! 괜찮아요!"

틈새로 머리를 빼어 아래를 내려다보며 생쥐가 외쳤다. 너른 호수가 순식간에 멀어지며 한눈에 다 들어올 정도가 되었다. 그뿐만 아니라 곳곳에 불이 켜진 수도의 모습도 발아래 내려다보였다.

"여기저기서 빛이 생기고 있어요!"

막 해가 진 직후라 집집마다 거리마다 한창 불이 들어오고 있었다. 차례로 하나씩 반짝거리기도 하고 우르르 한 번에 밝아지기도 한다. 무수하게 많은 빛이 무리를 지으며 나타난다. 그 화려한 밤의 야경에 생쥐는 잠시 말을 잊었다. 바로 그때.

―펑! 퍼엉!

불꽃놀이가 시작됐다. 중앙 광장에 설치된 서른 대의 대포가 포탄 대신 둥글게 뭉친 구체를 하늘로 쏘아 올린다.

밤하늘로 떠오른 구체가 요란하게 터져 나가며 붉고 노란 빛을 흩뿌렸다. 빛 가루가 하늘을 뒤덮듯이 퍼졌다가, 반짝거리며 아래로 떨어져 내려간다. 생쥐는 더더욱 아무 말 못 하겠다는 표정을 지었다가 한숨과 함께 목소리를 내뱉었다.

"저게, 불꽃놀이예요? 저게요? 어떻게 저래요?"

[마경의 일부 지역에서만 재료를 구할 수 있기에 쉽게 볼 수 없는 광경이긴 하지.]

"아뇨, 그, 어……."

재료나 원리가 궁금한 게 아니다. 생쥐는 그냥 다시 입을 다물고서 불꽃이 흐트러지는 하늘을 바라보았다. 아름다웠다. 생쥐는 두근거리는 가슴으로 환히, 소리 없이 웃었다.

20. 모나르카궁의 일상

 준비가 끝난 모나르카궁으로의 이사는 단출하게 이루어졌다. 짐도 별로 없었거니와 솔레다토르를 최대한 타인과 접촉하지 않게끔 하려는 상황에서 우르르 몰려다닐 수는 없기 때문이었다. 그래서 이사를 위해 마중 나온 사람은 이카르와 아리에스, 그 둘의 호위뿐이었다. 그마저도 호위는 나비궁 안에까지는 들어가지 않았다.
 "아무리 시녀가 없다곤 하지만 이게 뭐예요?"
 아리에스가 생쥐의 외출복 차림을 보고 투덜거렸다.
 "나비궁에만 있을 때라면 모를까, 모나르카궁에 입궁하면서 한 번쯤은 모습을 내보여야 할 텐데 이렇게 갈 수는 없죠."
 나름 드레스를 골라 입고 머리도 빗었지만 생쥐의 모습은 총애

받는 후궁이라기에는 너무 수수했다. 아리에스는 옷차림도 권력의 일부라며 생쥐를 데리고 드레스 룸으로 들어갔다. 의욕 만만한 그녀의 모습에 이카르가 어깨를 으쓱했다.

"꽤 오래 기다려야겠는데요."

저러고 들어갔으니 못해도 한두 시간은 감감무소식일 것이다. 다른 할 일이 있는 것도 아니기에 남은 두 남자는 자리에 앉았다. 맞은편에 자리한 솔레다토르를 바라보던 이카르가 조금 머뭇거리며 입을 열었다.

"저어, 생쥐와는 어떻습니까?"

"뭐?"

"그러니까…… 정비로 맞이하겠다 하셨잖습니까. 그리고, 음……."

민망해 죽겠다는 듯 적자색 눈동자가 이리저리 흔들렸다.

"생쥐가, 그, 그으, 뭐랄까, 아기를 가지고 싶다고도, 했고요……."

"그랬었지."

"그, 음…… 혹시 어떻게…… 생각하시는지……."

머뭇머뭇 말을 잇는 이카르의 모습에 솔레다토르가 의아한 눈빛을 했다. 어린 외양 때문인지 생쥐가 자신의 후궁이라는 것을 탐탁지 않아 하던 이카르다. 얼마 전만 하더라도 관련 주제가 나오니 엮이기 싫다는 듯 입 딱 다물고서 딴청을 피우지 않았던가. 그런데 갑자기 먼저 아기를 운운하는 꼴이 무척이나 수상쩍었다.

"이카 너……."

"네? 아니, 별 뜻은 아니고요……."

십중팔구 무슨 이유가 있을 터였다. 솔레다토르는 잠깐의 생각 끝에 입을 열었다.

"기록을 본 건가?"

"……예?"

"역대 황제들이 수호룡에 대해 기록해놓은 것 말이다. 초대황제 것도 있었나 보군."

계약을 풀기 위한 조건을 알아낸 거라면 갑자기 생쥐와 자신의 관계에 신경을 쓸 만도 했다. 그의 말에 이카르가 당황하며 고개를 끄덕였다.

"그, 예……. 봤습니다."

"쓸데없는 짓은 적당히 해라. 어차피……."

말끝이 흐려졌다. 솔레다토르는 잠시 입을 다물었다가 다시 열었다.

"봤다면, 어떤 내용이었지."

"어…… 언제 적, 거요? 의외로 양은 얼마 안 되었습니다. 비슷한 내용이 반 이상이고요."

"얼마 안 된다고."

솔레다토르의 입꼬리가 비틀어 올라갔다. 미소 짓고 있었으나 결코 기분 좋은 웃음은 아니었다. 오히려 그 반대로 살기가 서렸다. 그는 자신의 눈치를 살피고 있는 이카르의 시선을 피하듯 고개를 옆으로 돌렸다.

이카르의 반응을 보아 그들은 적어놓지 않은 모양이었다. 비협조적인 수호룡을 뜻대로 움직이기 위해 벌인 짓거리들을.

'수치심은 있었다는 건가.'

황제만이 볼 수 있는 공간에도 남겨놓지 않았을 정도로. 그렇다 해도 분노가 가라앉는 건 아니다.

"……아버지?"

이카르의 걱정스러운 목소리가 들려왔다. 솔레다토르는 깊게 숨을 들이마셨다. 황제라는, 황족이라는 족속들은 지긋지긋했지만 앞에 앉은 청년은 자신의 아이다. 걱정될 정도로 착하고 순한 어린애.

"괜찮으십니까?"

"괜찮다. 지겨운 기억이 떠올랐을 뿐이야."

그는 적당히 얼버무렸다. 자세한 이야기를 꺼냈다간 이카르는 화를 내는 것을 넘어서서 괜한 죄책감까지 가지게 될 것이다. 그렇잖아도 계약이라는 짐을 지고 있는 아이에게 먼 조상의 죄까지 덮어씌울 필요는 없다. 기록이 남아 있어 읽었다면 모를까 괜한 과거 일을 직접 들추어낼 생각은 없었다.

"죄송합니다, 제가 괜한 이야기를 꺼냈군요."

"과거일 뿐이니 신경 쓰지 마라."

"예. 그런데, 생쥐에 대해서는……."

정말로 마음이 없느냐는 이카르의 눈빛에 솔레다토르가 난감한 표정을 지었다.

"솔직히 어떻게 해야 할지 고민이다."

"예?"

어떻게라니. 이카르는 순간 헛숨을 들이켰다. 설마 마음이 아주 없지는 않았단 말인가.

"저, 저기, 정말로 생쥐와 그, 연애라거나……."

"무슨 엉뚱한 소리냐. 그 반대다."

"예?"

"이대로 둬도 괜찮을지 말이야."

누구에게도 내어주지 않고 싶다는 것이 솔직한 심정이다. 그러나 열여섯 살짜리 젊다 못해 어린 소녀를 이대로 계속 옆에 묶어두어도 되는지, 그것이 마음에 걸렸다.

"이제는 내가 데리고 있지 않는다 해도 위험해질 일도 없으니."

수호룡과의 관계 때문에 접근하는 사람이야 많겠지만 꿍꿍이가 있을 뿐 겉으로는 호의적일 것이다. 그런 인간관계 속에 마음의 상처를 입을 수는 있겠지만 목숨의 위협은 당할 일이 없다.

"……역시 조금씩 내보낼 준비를 시키는 게 옳지 않을까."

만약 생쥐가 무위도식의 일상에 만족하고 있다면 이런 고민을 할 필요가 없을 것이다. 그러나 축제에서의 그녀는 자신의 손으로 무언가를 이루고 싶어 하고 있었다. 솔레다토르의 말에 이카르가 표정을 약간 굳혔다.

"설마 궁을 떠나고 싶어 하는 겁니까?"

"아니. 그건 아니지만 사교계 진출 정도는 하고 싶은 모양이더군."

"사교계요? 안 될 건 없지만 괜찮으시겠습니까?"

일단은 후궁이니만큼 생쥐가 궁정에서 활동하기 시작하면 솔레다토르도 조금이나마 엮이게 될 수밖에 없다.

"우선은 가정교사를 붙여볼까 한다."

"배워야 할 게 많긴 하겠지요. 아리에스에게 말해두겠습니다."

그녀라면 생쥐에게 알맞은 가정교사를 찾아줄 것이다.

한참의 시간이 흐르고 겨우 단장이 끝났는지 두 사람의 발소리가 들려왔다. 아리에스가 문을 벌컥 열어젖히며 기운차게 말했다.

"준비 다 되었답니다!"

먼저 안으로 들어서는 그녀의 뒤로 생쥐가 졸졸 따라왔다. 생쥐는 옷을 아예 갈아입어 아래로 갈수록 하얗게 색이 옅어지는 연보라색 드레스에 드레스와 같은 색으로 그러데이션을 넣어 염색한 깃털 장식을 허리에 감고 있었다. 치맛자락 아래로 살짝 보이는 구두는 하얀색으로 구슬과 리본 장식이 귀엽게 달렸으며, 머리카락은 앞쪽만 땋아 이마 위로 비스듬히 늘어뜨려 보랏빛 보석 꽃핀으로 고정시키고, 과하지 않을 정도의 화장으로 발그레한 볼이 돋보이도록 하였다. 심플한 진주 귀걸이에 투명한 크리스털과 금으로 만든 잎새와 가는 사슬을 엮은 목걸이를 하고 손등과 손목을 감싸는 얇은 장갑을 끼고 마지막으로 테두리를 붉게 바이어스 처리한 진보라색 로브를 걸쳤다. 화사하게 핀 보라색 꽃송이를 떠올리게끔 하는 모습이었다.

"올겨울 유행하는 드레스가 어쩜 한 벌도 없을 수가 있어요? 모나르카궁에 도착하면 드레스 룸부터 채워 넣으라고 해야겠어요."

아리에스는 투덜거리면서 솔레다토르를 똑바로 노려보았다. 「얼른 생쥐에게 예쁘다고 말해!」라는 요구가 진득하게 담겨 있는 눈길에 솔레다토르가 어쩔 수 없다는 듯 자리에서 일어나며 입을 열었다.

"……예쁘게 꾸몄군."

"정말이요?"

칭찬을 들은 생쥐가 기뻐하며 솔레다토르의 옆으로 다가갔다.

"진짜 저 예뻐 보이세요?"

"그래."

"그럼 역시 언니 말대로 꾸미는 법을 제대로 배워야겠어요!"

"뭐? 아니……."

솔레다토르는 생쥐를 말리려다 말고 머뭇거렸다. 그의 입장에서는 쓸데없는 짓으로 느껴졌지만 생쥐가 정말로 사교계 진출을 한다면 필요한 것이긴 했다. 솔레다토르가 입을 다문 사이 생쥐는 요정들에게 예쁘다는 소리를 들었다며 자랑하고 있었다.

"기다리고들 있을 테니 출발하죠."

그렇게 말하며 이카르가 먼저 방을 나섰다. 나비궁 앞에는 마차가 준비되어 있었다. 대기하고 있던 시종이 재빠르게 마차 문을 열고 깊숙이 허리를 숙인다. 주위의 다른 사람들 역시 지극히 정중한 태도로 솔레다토르에게 최대한 시선을 두지 않으려 하였다. 숨소리를 죽인 묵직한 침묵 속에서 마차가 출발했다.

 수호룡을 위한 모나르카궁은 내궁 깊숙한 곳에 자리하고 있었다. 황제의 침궁과 비슷한 위치로 두 궁의 거리 또한 가까운 편이었다. 궁을 둘러 제법 넓게 파인 해자를 가로지르며 다리가 내려오고 마차가 그 위를 지나간다. 모나르카궁의 구조는 가장 안쪽의 내궁을 외궁이 성벽처럼 감싸 두르고 또 그 외궁을 진짜 성벽이 감싸는 식으로 되어 있었다. 내궁과 마주 보는 외궁의 벽은 창문 하나 없이 단단히 막혀 있었기에 외궁에서 머무는 자들은 허가 없이 내궁으로 들어갈 수 없었다.

 다리를 건넌 마차는 외궁에서 멈추었다. 내궁은 외궁 실내를 지나서 들어가야 하기에 마차를 타고 갈 순 없었다. 외궁의 앞뜰에는 시종장을 위시한 사람들이 질서정연하게 대기하고 있었다. 믿을 만한 숙련자 위주로 뽑다 보니 대부분 나이가 있는 편이었지만 단 한 명, 시종장만큼은 20대 중반 정도로 젊었다. 게다가 상당한 미남이기도 했다.

"이쪽이 모나르카궁의 시종장을 맡게 된 헤러시 제누르입니다."

 이카르가 마차에서 내려 선 솔레다토르에게 시종장을 소개했다.

"제누르 백작의 삼남으로, 제누르 백작가는 살타토르 백작의 처가입니다."

그 말에 솔레다토르는 아리에스를 잠깐 쳐다보았다. 비고레 대백작 측 사람으로 고를 거라더니 어째서인지 살타토르 백작과 관련 있는 사람으로 정해진 모양이었다. 살타토르 백작은 아직 영지에서 수도로 돌아오지 않았으니 십중팔구 아리에스의 입김이 들어간 결과일 터였다.

"뵙게 되어 영광입니다, 솔레다토르시여."

시종장 헤러시가 솔레다토르를 향해 정중하게 허리를 굽혔다. 인사말이 줄줄이 길게 이어지려고 하자 솔레다토르가 손을 내저었다.

"짧게 해라."

제국과 엮어 찬양하는 긴긴 말 따위 달갑지 않았다. 솔레다토르의 거부에 헤러시의 시선이 이번에는 생쥐를 향하였다.

"앞으로 잘 부탁드리겠습니다, 나비 후궁마마."

그러고는 손을 뻗어 생쥐의 한쪽 손을 잡는다. 손등에 입 맞추는 것은 귀족 여성을 상대로는 흔한 인사였다. 하지만.

"아."

갑자기 몸이 달랑 들리는 것에 생쥐가 놀란 소리를 작게 내었다. 하지만 익숙한 손길을 느끼곤 이내 얌전하게 자신을 들어 올린 손의 주인의 품에 안겼다. 솔레다토르는 생쥐를 안아 들고서 곧장 몸을 돌렸다.

"이제 그만 돌아들 가라."

이카르와 아리에스에게도 따라올 필요 없다 말한 그가 건물 안으로 걸음을 옮겼다. 퉁명스럽게 접근을 거부하는 그 뒷모습에 아리에스가 어머나 하며 헤러시를 향해 살짝 고개를 까닥여 보였다.

"미안하게 되었군요. 보시다시피 좀 무뚝뚝한 분이시라."

솔레다토르를 친근하게 대하는 어투에 헤러시가 하하 웃으며 마주 고개를 숙였다.

"천만에요. 그보다는 두 분께서 생각보다 사이가 좋으신 듯하군요."

"제가 그랬잖아요, 솔레다토르께서 은근히 독점욕이 있으시다고요."

"설마 싶었는데 예비 황후마마의 추측이 옳으신 모양입니다."

"그간 곁에서 지켜봐온 것이 있으니까요. 하루 이틀 일이 아니랍니다."

이카르는 주위에 다 들으라는 듯 하하호호 떠들어대는 두 사람을 난감하게 바라보았다. 솔레다토르와 생쥐에 대한 분홍빛 소문을 퍼뜨리고 말겠다는 의지가 활활 불타오르는 모습들이 저래도 괜찮을까 싶긴 했지만, 말리려 들지는 않았다.

'아무것도 안 하는 것보다야 낫겠지.'

이미 생쥐의 일은 아리에스에게 전적으로 맡기기로 한 후이기도 했다. 그저 그녀가 과하게 적극적으로 나서다 솔레다토르의 역정을 살 일은 없기를 바랄 뿐이었다.

사람들 모두가 마중을 위해 밖으로 나갔기에 실내는 고요에 잠겨 있었다. 생쥐는 내궁을 가로지르는 복도를 따라 희미하게 울려 퍼지는 발소리 속에서 조심스럽게 주위를 두리번거렸다. 황궁은 어디를 가든 휑할 정도로 넓고 크다 싶었다. 이번에는 얼마나 머무르게 될까, 계속 거처를 옮기다 보니 그런 생각도 떠올랐다. 잠시 뒤 내궁과 이어지는 문이 나타나자 솔레다토르는 생쥐를 옆에 내려놓고 닫혀 있던 문을 열었다.

 모나르카궁 내궁의 건물은 작은 편이었다. 대신 드래곤의 모습으로 머물 수 있을 만큼 큰 공터가 마련되어 있었다. 궁전치고는 작은 3층짜리 건물 앞은 정원이, 건물로 가려지는 뒤쪽에 공터가 있는 구조였다. 내궁의 1층에는 너른 주방과 창고들이 있었다. 수호룡에게 바쳐지는 공물의 양은 상당했기에 자연스럽게 1층의 대부분을 창고로 쓰게 된 것이었다. 물론 내궁까지 들어오는 선물은 골라내진 것으로, 자잘한 물건들은 외궁에 쌓아놓곤 했다.

 "예전 그대로라면 침실은 2층일 거다."

 깔끔하게 꾸며진 정원을 구경하는 생쥐에게 솔레다토르가 말했다.

"3층에는 공중정원이 있었지."

"공중정원이요?"

"그래. 그리 크진 않아."

3층의 중앙에는 지붕과 벽의 일부를 없애 틔워놓은 공중정원이 있었다. 선대 솔레다토르의 지시로 만든 것이었는데 예전에는 그곳에서 솔레다드 산맥을 볼 수 있었다. 그러나 지금은 외궁과 높은 성벽에 가로막혀 산맥 꼭대기만 어슴푸레 비칠 뿐이었다. 본디 간소한 별궁이던 것을 겹겹이 감싸 막은 것이 바로 지금의 모나르카궁이다.

"그러니까 정원이…… 건물 안에 있는 거예요?"

건물 앞쪽 정원을 새삼 돌아보며 생쥐가 말했다. 3층에 있다고 했으니 아마 그럴 텐데 잘 상상이 가질 않았다.

"복구해놓았을진 모르겠다만, 보여주마."

저택과도 같은 내궁의 문을 열며 솔레다토르가 말했다. 오랜 기간 주인이 없었으니 정원도 황폐해졌었겠지만 지금은 최소한 정리 정도는 해놓았을 터였다. 두 사람은 건물 안으로 들어섰다. 머무는 사람이 없는 실내 공기는 약간 서늘했으나 낡아 보이는 구석은 한 군데도 없었다. 계단 또한 전부 갈기라도 한 듯 사용감이 조금도 느껴지지 않았다. 이러니 단장에 시간이 오래 걸렸지 싶었다.

계단을 올라 3층에 다다르자 3층의 절반 이상을 차지하고 있는 정원이 곧장 눈에 들어왔다.

"와아……."

진짜 건물 안에 자리한 정원의 모습에 생쥐가 눈을 휘둥그레 뜨며 감탄했다. 정원은 유리로 된 온실과 온실을 통해 나갈 수 있는 트인 공간으로 이루어져 있었다. 유리문을 열고 온실로 들어가자 짙은 꽃향기가 물씬 풍겨왔다.

"꽃이 잔뜩 피었어요! 겨울인데!"

작은 온실에는 붉은 장미를 위주로 한 다양한 꽃들이 피어 있었다. 생쥐는 포도송이 같은 보랏빛 꽃을 조심스럽게 매만졌다.

"이대로 놔둬도 괜찮을까요? 그러니까, 꽃은 약하잖아요."

"노체가 곧 올 테니 괜찮다."

목령인 그녀라면 온실도 공중정원도 쉽게 관리할 수 있다. 아마 이카르도 노체를 생각해서 정원사도 없는 곳에 공중정원을 복구시키게 했을 터였다.

"……꺾는 건 안 되겠죠?"

레이스 같은 얇고 하늘거리는 연분홍 꽃잎이 겹겹이 층을 이루는 커다란 꽃송이에서 눈을 떼지 못하며 생쥐가 물었다. 가지고 싶지만 동시에 손대는 것조차 아깝기도 하였다.

"마음대로 해라."

"마음대로요?"

"여기를 직접 가꿔보는 것도 괜찮겠지."

희귀한 꽃들이 제법 많은 온실을 바라보며 솔레다토르가 말했다.

"판매할 수도 있을 거고."

"판매요? 꽃을요?"

"꽃 외에도 다른 씨앗을 얻어다 키울 수도 있다."

가령 솔레다드 산맥에만 자생하는 식물도 옮겨다 기를 수 있을 터였다. 보통은 환경 조성이 힘든 탓에 불가능에 가까웠지만 목령의 도움이 있다면 그리 어렵지 않았다.

"귀한 작물이라면 귀족들이 비싼 값에 사겠지."

자선행사를 여는 것보다는 그편이 나을 거라 생각하며 솔레다토르가 말했다. 허락했다고는 하지만 생쥐가 밖으로 나돌려고 드는 게 여전히 거슬리기는 하였다. 식물을 키워서, 직접 일해서 돈을 벌 수 있다는 그의 말에 생쥐의 얼굴이 의욕으로 가득 차올랐다.

"정말 그래도 될까요? 꽃도 나무도 키워본 적은 없지만요……."

"노체에게 배워. 가르쳐줄 거다."

"네. 그럼 꽃을 가지고 거리에 나가서 파는…… 건 안 되겠죠."

생쥐가 말끝을 흐렸다. 잠시 놀러 가는 것도 머리색을 바꾸고 신분을 감추는데 길거리 행상 짓을 할 수 있을 리 만무했다.

"나갈 것 없이 시종장이라는 놈에게 넘기면 될 거다. 그 정도 처리할 능력은 갖췄겠지."

그 정도 일도 못 해낸다면 핑계 삼아 쫓아내버리면 된다. 그렇잖아도 쓸데없이 젊은 데다 아리에스와 연관되어 있다는 것이 마음에 들지 않는 차였다. 솔레다토르의 말에 살짝 흐려졌던 생쥐의 표정이 다시 환해졌다.

"그렇군요! 그…… 헤러시, 라고 했었지요?"

생쥐는 잠깐 마주쳤던 시종장을 떠올리며 말을 이었다.

"살타토르 백작의 처가인…… 어, 그럼 언니의 외가네요? 맞죠?"

"그런 셈이다."

"언니의 외가…… 음, 시종장님이요, 이카만큼 잘생긴 거 같아요."

아리에스의 친척이라는 말에 호감이 생긴 생쥐가 대뜸 칭찬의 말을 던졌다. 그게 아니더라도 실제로 미남이기는 했다. 언니와 닮은 부분도 있었던가 하고 고개를 갸웃 기울이는 생쥐의 모습에 솔레다토르의 미간이 무심코 찌푸려졌다.

"……그놈이?"

"네. 언니랑도 좀 닮은 거 같지 않아요? 그러니까 눈이요."

잠깐 마주친 거라 자세히 보지는 못했지만 그랬던 거 같다. 머리색도 약간 비슷한 거 같고 아무튼 친척이니까 닮긴 닮았겠지. 자신과는 다르게. 생쥐는 약간 멍하게 눈을 깜박였다. 그녀에게는 혈연이라는 게 없었다. 부모의 얼굴조차 기억하지 못했으니까.

하지만 만약에 아기를 가진다면, 자신과 닮을 수도 있겠지. 여태까지는 솔레다토르와 닮았으면 좋겠다고만 생각해왔는데 기분이 조금 이상해졌다. 멍하게 선 생쥐의 모습에 무슨 생각을 했는지 솔레다토르의 표정이 좀 더 굳어졌다.

"눈 색만 좀 비슷했지 별로 안 닮았었다만."

"어, 물론 안 닮을 수도 있겠지만요. 다 닮으라는 법은 없죠? 없나요? 아닌가? 그래도 조금쯤은…… 그러니까, 그…….."

한쪽만 닮을 수도 있겠지만 양쪽 다 조금씩 닮을 수도 있지 않을까. 생쥐는 허둥대며 두 손으로 얼굴을 가리듯 감쌌다. 그냥 어렴풋이 아기를 가지고 싶다 하던 것이 좀 더 구체적이 되자 정말로 이상한 느낌이 가슴 안쪽을 간지럽혔다. 뭐라고 말해야 할지 몰라 발을 동동 구르는 사이 뺨에서 피어나기 시작한 열기가 귀까지 붉게 물을 들였다.

어쩔 줄 몰라 하는 생쥐를 묵묵히 바라보고 있던 솔레다토르가 몸을 휙 돌렸다.

"……침실은 준비되어 있는 방 중 마음에 드는 걸로 고르면 된다."
"아, 네."

그렇게 말하곤 온실 밖으로 걸어 나가버리는 솔레다토르의 뒷모습에 생쥐가 당황하며 쫓아가려다가 우뚝 멈추어 섰다. 온실의 반대쪽 밖, 정원 쪽에서 떠드는 목소리들이 들려왔기 때문이었다. 생쥐는 어느 쪽으로 가야 하나 망설이다가 정원으로 향했다. 붉어진 얼굴에 술렁이는 가슴이 도무지 진정되질 않아 밖의 찬바람을 쐬고 싶었다.

"생쥐야!"
"얼굴이 빨갛네?"

날아서 모나르카궁으로 옮겨 온 요정들이 생쥐를 보고 까르르

거렸다.

"추워서 그런가?"

"아냐, 저기 온실이잖아. 더워서 그런 거야!"

"맞아, 옷 껴입고 온실에 들어가면 덥지!"

요정들의 말에 생쥐가 아, 하고 고개를 끄덕였다. 그래서 갑자기 열이 오른 것이었구나 싶었다. 확실히 정원으로 나와 차가운 공기를 마주 대하자 붉어졌던 뺨이 금세 원래의 색을 되찾아갔다. 뛰던 가슴 또한 차분히 가라앉는다.

"건물 위인데도 흙바닥이네요?"

진정한 생쥐가 공중정원을 둘러보며 말했다. 장소가 특이할 뿐 정원 자체는 지상의 것과 크게 다름이 없어 보였다.

"커다란 화분 같은 거야."

"그래, 엄청 큰 화분이라고 생각해~."

"커다란 화분……."

하기야 그렇게 생각하면 이상할 것도 신기할 것도 없었다. 생쥐는 끄덕거리며 난간이 둘러진 정원 끄트머리로 걸어갔다. 지붕을 없애 탁 트인 옥상 정원이었지만 외궁과 성벽이 겹겹이 감싸고 있어 오히려 조금 답답한 기분이 들었다.

"노체 부인은요?"

"오늘 밤에 옮겨 올 거야."

"우리가 이 꼴이니 삽질은 케이어스 영감 혼자 해야 하지~."

"그러게 삽질 안 해도 되겠다~."

"못 해, 못 해~ 노체 할망구 옮기는 데 일 년은 걸릴걸?"

"밥도 먹고 놀기도 하고 자기도 해야 하니 십 년은 걸릴지도!"

요정들이 떠들어대는 사이 난간에 도착한 생쥐가 발돋움을 해 밖을 내다보았다. 안전을 위해서인지 높게 친 난간 너머로는 너른 공터가 펼쳐져 있었다. 쉽게 깨지거나 부서지지 않도록 자연석을 파묻어 깐 공터는 텅 비어 있는 데다 역시나 창문 하나 없이 밋밋한 돌벽에 막혀 있어 삭막하게 느껴졌다. 마치 커다란 감옥의 일부처럼도 보였다.

"……여기요, 조금 마음에 안 드는 거 같아요."

"마음에 안 들어?"

"온실은 좋은데, 보이는 게요. 조금 그렇습니다."

생쥐의 말에 요정들이 높다란 성벽을 올려다보았다. 확실히 여태껏 머물렀던 궁에 비해 갑갑한 성벽이었다. 벽에 비해 내궁의 크기가 작다 보니 더더욱 갇힌 기분이 들기는 했다.

"위는 뚫렸으니 날아가면 되긴 한데."

"생쥐는 날개가 없으니까."

"그럼 솔레다토르한테 다른 데로 가자고 해!"

라지예의 말에 생쥐가 황급히 고개를 내저었다.

"아니에요, 여기도 좋아요! 다른 곳엔 온실이 없습니다."

온실도 온실이지만 솔레다토르를 귀찮게 만들기 싫었다.

이곳에 오는 데만 해도 준비에 시간이 걸려 한참을 기다리지 않았던가. 게다가 옛날 일을 생각한다면 진짜 감옥이라고 해도 나쁠 건 없었다. 밥 제대로 나오고 추위만 피할 수 있다면 만족할 수 있었다.

"온실이 마음에 들어?"

"우리 동네도 온실이랑 비슷한데."

"항상 따뜻하거든~."

"온실에서 희귀한 식물을 길러서 팔 수 있대요."

생쥐는 난간을 떠나 다시 온실 쪽으로 발길을 돌렸다. 온실의 유리벽이 햇살을 받아 반짝반짝 빛이 나 조금 눈부셨다.

"제가 직접 키워서 파는 거예요."

"노체 할망구가 그런 거 잘하는데."

"네, 솔이 노체 부인에게 배우라고 했습니다."

열심히 배워서 뭐든 많이 길러내어 많이 팔아야지. 생쥐는 각오를 다지며 온실 문을 열었다. 밖에서는 맡을 수 없는 짙은 꽃향기가 다시금 화악 덮쳐왔다.

"돈을 많이 벌 수는 없을 거 같지만요."

그래도 아리에스의 결혼 선물을 사는 데에는 보탤 수 있을 것이다. 또…… 솔레다토르를 위한 선물도 살 수 있지 않을까. 축하할 일은 딱히 없었지만 그냥 선물이 하고 싶어서 하는 게 문제가 되지는 않을 테니까. 무얼 사야 할지 감도 잡히질 않았지만 그래도 선물할 수 있다는 것만으로도 기뻐졌다.

"생쥐 너 얼굴 또 빨개졌다."

"역시 온실이 더운가 봐."

"아, 좀 덥기는 해요."

생쥐는 로브의 끈을 풀며 배시시 웃었다. 붉어진 뺨은 로브를 벗은 뒤로도 꽤 오래 가라앉질 않았다.

「돌아왔다」라고 해야 할까. 솔레다토르는 닫혀 있던 문을 천천히 열었다. 떠나 있던 내내 굳이 떠올리려 하지 않았던 곳이었지만, 제법 긴 시간 속에서 잊지 않았을까 생각했던 장소였지만, 방 안의 풍경을 보는 순간 모든 것이 뇌리 속에 생생히 되새겨졌다.

예전 그대로는 물론 아니다. 가구부터 해서 여러 가지가 새 단장을 하며 바뀌었다. 그러나 어디까지나 겉의 일부일 뿐, 사람으로 치자면 옷을 갈아입은 정도에 지나지 않는다. 문턱에서 멈추었던 발걸음이 안을 향해 옮겨졌다. 떠오르는 과거의 기억에 가슴이 조이듯 갑갑해지는 것을 느끼며 솔레다토르는 짧은 한숨을 내뱉었다. 이카르에게는 괜찮다 말하였지만 역시 기분 좋은 장소는 아니었다. 그렇다고 다른 곳으로 떠날 수도 없는 노릇이기에 하릴없이 소파에 걸터앉았다.

꽉 막힌 답답함에 이어 밀려드는 것은 짙은 짜증이었다. 이것도 저것도 스스로에게도 진절머리 난다. 옛 감옥에 제 발로 걸어들어와놓고선 왜 이렇게까지 기분이 저조해지는지 알 수 없었다. 예전과는 다르건만, 머잖아 벗어날 것을 전제로 하고 들어온 것이건만 예상 이상으로 속이 부글거렸다. 이유 모를 살의까지 치솟는 것에 진정하고자 심호흡을 하는데 똑똑 작은 노크 소리가 들려왔다.

"……들어와라."

허락이 떨어지기가 무섭게 벌컥 문이 열리고 나타난 것은 붉고 하얀 꽃무더기였다. 양팔 가득 꽃을 안은 생쥐가 안으로 들어선다. 꽃향기도 따라 흔들흔들 퍼져 나가, 마치 때 이른 봄이 찾아온 것만 같았다.

"방에 꽃을 꽂아드리려고요."

화병을 찾아 주위를 두리번거리며 생쥐가 말했다.

"그래도 되나요?"

"……마음대로 해라."

대답하는 목소리가 조금 전보다 한결 누그러져 있었다. 창가 쪽 탁상의 화병을 찾은 생쥐가 그쪽으로 쪼르르 달려갔다. 화병 하나에 다 넣기엔 꽃의 양이 많아 절반 정도만 추슬러 골라내었다. 붉은 꽃 반, 흰 꽃 반 해서 꽂아 넣었다가 너무 절반으로 뚝 갈린 모양새에 고개를 갸웃하곤 이리저리 위치를 바꾸기 시작한다. 그런 생쥐의 옆에서 요정들이 참견을 해댔다.

"빨간 걸 가운데에 넣어!"

"아냐, 하얀 게 안쪽인 게 더 좋아!"

"다른 색도 가지고 올 걸 그랬나 봐요."

"어차피 갈아줘야 하니까 그때 가지고 와."

"그래, 금방 시들어."

요정들의 잔소리 속에서 화병을 가득 채운 생쥐가 남은 꽃을 들고서 이번에는 안쪽 침실로 향하였다. 그렇게 가지고 온 꽃을 죄다 쓰고 나서 뿌듯하고도 후련한 표정으로 밖으로 나온다. 물물이 살짝 든 손을 탁탁 털고는 당연하다는 듯이 솔레다토르의 옆에 붙어 앉아 목을 길게 빼고 그를 올려다보았다.

"이제는 같이 자도 되죠?"

기대감을 담아 생쥐가 말을 이었다.

"다친 곳도 다 나았고 이사도 했잖아요."

그간의 핑계가 모두 사라졌다. 그러니 이제는 괜찮지 않으냐는 물음에 솔레다토르가 반짝거리는 시선을 슬쩍 피하며 대답했다.

"곧 눈이 올 테니 안 된다."

"네? 어째서요?"

동그랗게 커졌던 눈이 이내 풀 죽으며 다시 원래 크기로 돌아갔다.

"……주무셔야 해서요?"

"그래. 방해된다."

실제 이유는 달랐지만 결과적으로는 같으니 틀린 말은 아니었다. 솔레다토르의 말에 생쥐가 시무룩하게 손가락을 꼬물거렸다.

"겨울이 지날 때까지 기다려야 하는군요……."

생쥐의 말에 솔레다토르는 아무런 대답도 해주지 않았다. 겨울이 지나간다고 해도 예전처럼 그녀와 같은 침대에서 잘 생각은 없었다.

단순히 생쥐가 의식되어서만은 아니었다. 슬슬 그녀를 내보낼 준비를 해야 하지 않을까 하는 생각이 든 탓이었다.

　물론 자신의 손에 들어온 것을 내어놓는다는 사실에는 큰 거부감이 들었다. 이카르 때와 마찬가지다. 그러나 역시나 이카르의 경우처럼, 생쥐를 언제까지고 곁에 붙잡아둘 수는 없었다.

　'……사교활동을 시작하게 되면 어차피 남아 있으려 들지도 않겠지.'

　젊다 못해 어린 소녀에게 수도승처럼 갇혀 사는 생활이 달가울 리가 없었다. 과거의 삶에 비하면 행복하다 말하지만 그것도 잠시일 뿐, 대부분의 인간은 현재에 만족하지 못하고 더 나은 삶을 바라게 되기 마련이다. 그뿐만 아니라 어쩌면 이카르처럼 어느 적극적인 사내와 눈이 맞을 수도 있는 일이다. 솔레다토르는 무심코 깊은 한숨을 내쉬었다. 역시 기분 좋은 가정은 아니었다. 동시에 조금 전 온실에서의 일이 떠올랐다. 아리에스의 친척이라는 시종장 이야기를 하다가 얼굴을 붉혔던 생쥐가.

　"……꼬마 너."

　"네?"

　"……아니다."

　솔레다토르는 미간을 찌푸리며 입을 다물었다. 아무튼 아리에스와 연관되어 기분 좋은 일이 없었다. 사사건건 거슬리기만 하니 어떻게 그 여자를 좋아할 수가 있을까.

"신경 쓸 거 없다."

"네."

솔레다토르의 말에 생쥐는 여느 때처럼 순순히 고개를 끄덕였다. 그리고 여느 때와 달리.

"지금은요."

한마디를 덧붙였다.

"……뭐?"

"지금의 저는 별다른 힘이 되어드리지 못하니까 신경 쓰지 않겠습니다. 하지만 머잖아 신경 쓸 거예요. 그럴 수 있도록 노력할 테니까요."

반드시 그렇게 될 거라고 생쥐는 스스로에게 다짐하듯 힘주어 말했다. 솔레다토르는 그런 그녀를 바라보다가 짧게 혀를 찼다.

"네 손까지 빌릴 일은 없다."

"왜요? 물론 제가 노력한다고 해도 큰일은 할 수 없을 거예요. 그건 저도 잘 알고 있습니다. 언니나 이카처럼 되는 건 힘들겠지요. 하지만 작은 일도 있어요. 그러니까 방금 꽃을 장식한 것처럼요."

"……."

솔레다토르는 필요한 일은 아니었다고 말하려다가 움찔 멈추었다. 생쥐가 낙담하는 모습을 보고 싶지 않았기 때문이었다. 그가 잠시 머뭇거리는 사이 생쥐가 말을 이어갔다.

"또 앞으로 열심히 공부해서 이곳의 관리는 제가 맡을 거예요.

언니가 저도 그 정도는 할 수 있을 거라고 말해줬습니다."

"그건……."

의욕 가득한 목소리를 듣고 있자니 괜한 고생을 할 필요는 없단 소리가 목에 걸려 나오질 않았다. 생쥐를 막고는 싶은데 차마 그럴 수가 없다. 갈등하는 솔레다토르를 또랑또랑한 연녹색 눈동자가 올려다봐왔다.

"노력할 테니까 믿어주세요."

"아니……."

"물론 제가 여러모로 못 미덥기는 하실 테지만요."

"그게 아니라……."

"그래도 조금이라도 믿어주신다면 무척이나 기쁠 거예요."

"……."

홍조까지 살짝 띠며 그렇게 말하는데 무어라 대답하겠는가. 솔레다토르는 한숨을 삼키며 생쥐에게 고개를 끄덕여주었다.

생쥐는 넓은 침대 한가운데에서 눈을 떴다. 부드럽고 포근한 이불 속에서 벗어나 늘어진 캐노피 사이로 고개를 내밀자 약간 서늘한 공기가 느껴졌다. 두툼한 커튼에 타오르는 벽난로가 있었지만 겨울의 손끝은 침실 안쪽까지 살며시 닿아왔다. 그래도 춥다고 할 정도는 아니라 생쥐는 잠옷 차림 그대로 침대를 내려섰다.

"사지, 라지. 아침이에요."

생쥐의 부름에 침대 옆 탁상에 놓여 있던 커다란 바구니가 작게 흔들렸다. 이어 바구니 속의 천이 들쳐지고 어른 주먹보다 조금 더 큰 요정이 팔을 쭉 뻗어 기지개를 켰다. 등에 달려 있는 반투명한 날개를 파르르 움직여 날아오른 요정은 생쥐의 한쪽 어깨 위에 내려앉았다. 잠시 뒤 또 다른 요정이 눈을 비비며 바구니 속에서 빠져나왔.

"생쥐 넌 좀 더 게을러질 필요가 있어."

"맞아, 맞아."

어깨에 앉은 요정도 고개를 끄덕이며 동의했다.

"충분히 게으른데요?"

침실에 딸린 작은 드레스 룸으로 향하며 생쥐가 말했다.

"하는 일 별로 없잖아요. 잠도 많이 자고요."

청소도 안 하고 서빙도 안 하고 짐도 안 나르고 마구간 청소도 말 먹이 주는 일도 안 한다. 기껏해야 솔레다토르의 시중을 들고 외궁과 연락하는 정도이니 생쥐로서는 매일 노는 거나 마찬가지였다.

"그래도 요샌 공부하잖아?"

"맞아, 공부도 일이지!"

"그게 왜 일이에요. 제가 하고 싶어서 하는 건데."

심지어 수업료도 지불한다고 했다. 돈을 받는 것도 아닌 돈 주고 가르침을 받는 것이 어떻게 노동이 될 수 있단 말인가. 생쥐는 고개를 절레절레 저으며 잠옷을 갈아입었다. 움직이기 편한 옷 위로 따뜻한 외투를 껴입는 것도 잊지 않았다. 실내와 달리 밖은 제법 추웠기 때문이다.

"오늘은 누스 아주머니께서 오시는 날이니 빨리 나가봐야 해요."

생쥐는 서둘러서 저택의 3층으로 올라갔다. 처음에 비해 꽃이 많이 줄어들기는 했지만 여전히 향기가 넘쳐나는 온실을 지나쳐 정원으로 나가자 찬바람이 코끝을 간지럽힌다. 생쥐는 정원 가운데에 서서 이른 아침의 맑고 새파란 하늘을 올려다보았다.

그렇게 얼마나 기다렸을까, 하늘 저편 솔레다드 산맥이 있는 쪽에서 새하얀 무언가가 나타났다. 모나르카궁을 향해 빠르게 날아온 그것은 다름 아닌 순백색 깃털을 지닌 거대한 독수리였다. 독수리는 길게 펼쳐진 날개를 접으며 정원 중앙에 가볍게 내려앉았다.

작은 소녀쯤 한쪽 발로 가볍게 낚아챌 거대한 맹금이었지만 생쥐는 겁내기는커녕 반가운 얼굴로 독수리에게 다가가 꾸벅 인사했다.

"안녕하세요, 누스 아주머니."

[오늘도 좋은 아침이구나, 작은 아가씨.]

누스라 불린 독수리가 부리 끝을 날갯죽지 사이에 넣어 뒤적거렸다. 그리곤 풀잎 향이 희미하게 배어 나오는 주머니와 어린 묘목 하나를 생쥐에게 건네주었다.

[방울산딸기 묘목이야. 자세한 건 노체에게 물어보렴.]

"감사합니다!"

[천만에.]

생쥐는 누스를 향해 재차 꾸벅 고개를 숙여 인사한 뒤 공중정원을 빠져나갔다. 온실에 묘목을 놓아둔 뒤 1층으로 내려간 그녀는 주방으로 들어갔다. 아궁이에서 흘러나오는 훈훈한 온기와 함께 갓 구워낸 구수한 빵 냄새, 시큼한 레몬 향기, 신선한 우유 내음이 섞여 돌고 있었다. 생쥐는 허기가 지는 것을 느끼며 레몬 즙을 짜내고 있는 케이어스를 바라보았다.

"좋은 아침이에요, 케이어스 아저씨."

케이어스는 고개를 끄덕여 생쥐의 인사를 받고는 주방에 딸린 작은 테이블에 아침식사를 내어주었다. 수호룡이자 선대황제의 후궁이 먹기에는 초라한 모양새였지만 생쥐도 케이어스도 별달리 신경 쓰지 않았다.

"아무것도 없는 우유푸딩이잖아!"

"녹인 초콜릿 끼얹어줘!"

요정들의 요구에 진한 초콜릿 냄새가 주방에 더해졌다. 그렇게 식사를 마친 생쥐는 누스에게 받은 찻잎을 주전자에 담가놓은 뒤 다시 자신의 방으로 향했다. 이제 잠시 후면 수업 시간이었다.

아리에스는 생쥐에게 궁정예절과 예술, 이 두 가지 가정교사를 붙여주었다. 오늘은 예절 수업이 있는 날이었기에 생쥐는 드레스룸으로 가 새로 옷을, 이번에는 후궁으로서의 격에 맞는 드레스로 갈아입었다. 예절이라고 해도 배우는 폭은 넓어 태도나 격에 맞는 인사법, 화법 등은 물론이요 후궁으로서 단장하는 것까지 가르침을 받았다. 덕분에 지금은 일상복 정도는 생쥐 혼자서도 그럭저럭 유행에 맞는 것으로 고를 수가 있었다.

"그럼 다녀오겠습니다."

"잘 갔다 와~."

"다녀와~."

생쥐는 요정들의 배웅을 받으며 외궁으로 향했다. 수업은 모두 내궁이 아닌 외궁에 마련된 방에서 이루어졌다. 솔레다토르는 그녀가 혼자 외궁에 가는 것을 못마땅해했지만 자선행사를 직접 열겠다는 마당에 수업 받으러 가는 소소한 일까지 막지는 않았다. 무엇보다 궁정인들을 홀로 상대하는 경험도 생쥐에게 필요했다.

외궁으로 이어지는 문은 밖에서는 열쇠가 필요했지만 안에서는 그냥 열 수 있었다. 문을 열고 외궁으로 들어서자 양옆에서 입구를 지키고 있던 기사들이 묵례해온다. 생쥐는 익숙하게 고개를 약간 까닥여 인사를 받곤 걸음을 옮겼다. 복도를 걸어가며 간간히 마주치는 시녀들, 시종들의 인사에도 가볍게 눈짓이나 고갯짓으로 받아 넘겼다. 그 태도만큼은 뒷골목 출신 소녀가 아닌 귀족가 영애이자 후궁이라 할 만했다.

"좋은 아침이에요, 바바르 부인."

수업을 위한 방으로 들어가며 생쥐가 약간 고자세인 어조로 말했다. 기다리고 있던 중년 부인이 그녀에게 공손히 고개를 숙였다.

"어서 오십시오, 나비 후궁마마."

바바르 부인은 생쥐가 착석할 때까지 기다렸다가 다시 입을 열었다.

"머리 리본과 드레스의 색을 잘 맞추셨군요. 마마께오선 나비 핀을 종종 착용하시니 아예 그에 맞는 액세서리와 드레스를 주문 제작 하시는 것도 추천해드립니다."

"음, 말씀드려보겠어요."

생쥐는 약간 두근대는 심정으로 대답했다. 솔레다토르에게 사치품을 먼저 요구하고 싶은 마음은 조금도 없었지만 저런 식의 물음에는 긍정적으로 대답해야 한다고 배웠다. 총애받는 후궁으로서 드레스 몇 벌쯤은 가볍게 선물 받을 수 있다는 모습을 보여야 하기 때문이었다. 황궁에 들어가면 무조건 먼저 입을 열지 말고 공손하고 얌전하게 굴어야 한다는 살타토르 백작가에서의 교육과는 정반대였다.

"그럼 어제에 이어 작위에 대해 가르쳐드리겠습니다. 귀족작위에 따른 가장 큰 차이점은 무엇이라고 말씀드렸었지요?"

"소유할 수 있는 영지의 넓이와 광산, 어선 및 각종 1급 생산지, 생산도구의 개수, 그리고 사병의 숫자입니다."

"예, 정확하십니다. 다만 어디까지나 상한선으로서 하한선은 없기에 상한선이 높은 후작이 더 낮은 백작보다 실질적인 권세는 약한 경우도 종종 있답니다."

바바르 부인은 부드럽게 미소를 띠며 수업을 이어갔다.

수업이 끝나고 다시 내궁으로 돌아온 생쥐는 찻잎을 담가놓은 주전자를 들고 솔레다토르의 침실로 향했다. 정오에 가까운 늦은 시간이었지만 날이 점점 더 추워지면서 드래곤의 잠도 조금씩 늘어갔다. 생쥐는 침실 문 앞에 서서 똑똑 노크했다.

"들어가겠습니다."

 문을 열자 따스한 온기가 훅 덮쳐왔다. 생쥐는 장작도 없이 발갛게 타오르는 불을 품은 벽난로를 힐끔 쳐다보았다. 저건 언제 보아도 신기했다. 찻주전자를 풍로에 올린 뒤 흔들리는 불꽃을 바라보고 있는데 솔레다토르가 거실로 나왔다. 생쥐는 졸려 보이는 얼굴을 향해 꾸벅 인사했다.

"안녕히 주무셨어요."

 그리곤 얼른 데워진 찻물을 잔에 따랐다. 솔레다토르는 소파에 앉으며 찻잔을 받아 들었다. 상쾌한 향만으로도 졸음이 밀려나는 듯했다. 찻주전자를 내려놓은 생쥐가 솔레다토르의 옆에 바싹 붙어 앉아 그를 올려다보았다.

"많이 졸리세요?"

"조금."

차를 한 모금 마신 솔레다토르가 짧게 한숨을 내뱉었다.

"이곳에서 마음 편히 머무는 건 오랜만이니 더 늘어지게 되는 걸지도."

과거에도 이카르처럼 수호룡의 의견을 최대한 존중해 편히 지낼 수 있게끔 해준 황제가 있기는 하였다. 그러나 대부분은 수호룡이 지닌 힘을 어떻게든 써먹으려 들었다. 심지어 그중에는 황족의, 제 자식들의 목숨을 도구로 이용한 황제도 있었다. 일회용이지만 수호룡을 협박해 마음대로 움직일 수 있다는 사실에 혹한 것이었다.

그때의 일이 떠올라 솔레다토르의 미간이 무심코 찌푸려졌다.

"솔?"

그의 표정이 찌푸려지는 것에 생쥐가 예민하게 반응했다. 대번에 걱정의 빛을 머금는 목소리에 솔레다토르가 미소 지었다.

"아무것도 아니다."

"혹시 불편한 게 있으시다면 언제든지 말씀해주세요. 제가 연락 담당이니까요."

수업 때문에 거의 매일 외궁을 드나들고 있기에 내궁에서 필요한 사항들을 전달하는 일은 생쥐가 맡고 있었다. 보통은 식재료나 기타 자잘한 물건들 정도를 요구하는 것뿐이었지만 솔레다토르의 편의를 위한 일이라는 생각에 자부심만큼은 가슴에 가득했다.

"문 열어줘!"

"문!"

그때 밖에서 요정들의 작은 외침이 들려왔다. 생쥐는 얼른 자리에서 일어나 문을 열었다.

"점심식사야!"

"솔레다토르한테는 아침이지만!"

라지예와 사지예가 커다란 쟁반을 받쳐 들고 안으로 들어왔다. 조그만 몸집으로 음식이 가득한 쟁반을 어떻게 들어 올린 채 날 수 있을까 신기할 정도의 모습이었다. 생쥐는 쟁반을 받아 들어 소파 앞 테이블에 내려놓았다. 그런 그녀의 곁으로 두 요정이 날아와 달라붙었다.

"온실은 아직 노체 부인이 관리하고 있어요. 솔레다드 산맥에서 가지고 온 식물들이 자리를 잡고 나면 그때부터 저도 돕기로 했습니다."

갑자기 전혀 다른 환경에 옮겨 심어진 식물들은 당연히 세심한 보살핌이 필요했다. 그렇기에 생쥐는 아직 온실을 돌보지는 못하고 있었다.

"더 바빠지겠군."

"네. 하지만 문제없어요."

생쥐는 자신 있게 말하며 스테이크에 곁들인 버섯을 포크로 콕 찍었다.

"아직도 한가한 편인걸요. 특히 오후에는 할 일이 너무 없습니다."

수업 받은 걸 복습하거나 책을 읽거나 하는 정도였다. 이전처럼 요리를 하기에는 케이어스가 초보자인 생쥐를 탐탁잖아했다.

"……심심한 건가."

"조금은요."

생쥐의 대답에 솔레다토르는 소리 없는 한숨을 흘렸다. 사람도 몇 없는 조용한 곳이다. 아니, 아예 인간이라곤 생쥐 외엔 없었다. 그나마 요정들이 남아 있기에 망정이지 그마저도 없었다면 건물 전체가 적막하기 그지없었을 터였다. 역시 어린애가 머물기에 좋은 환경은 아니다.

"그래도 내일부터는 검술 수업도 받게 되잖아요. 솔한테서 검술을 배울 수 있으면 좋았을 텐데요."

접시 위의 남은 음식을 깨끗이 먹어치운 생쥐가 아쉽다는 듯 말했다. 처음에는 솔레다토르가 직접 그녀를 가르칠 생각이었으나 둘의 체격 조건이 너무 차이가 났다. 일단 생쥐는 장검을 제대로 휘두를 힘이 없었다. 그러니 단검으로 바꾸어야만 했는데, 솔레다토르의 검술은 그렇잖아도 작은 데다가 리치까지 확 줄어든 생쥐에게는 맞지가 않았다. 때문에 따로 검술 선생을 요청한 상태였다.

"작아지지 않았으면 우리가 가르쳐줄 수 있었을 텐데."

"그러게, 우리가 딱인데~. 이카도 어릴 땐 우리가 가르쳤거든."

요정들은 자신만만하게 말했지만 이카르에게는 잊고 싶은 기억들 중 하나였다.

"어쩔 수 없죠. 내일 오실 선생님도 좋은 분이실 거예요."

다른 수업들은 생쥐가 외궁으로 나가서 듣고 왔지만 검술은 선생이 내궁으로 오기로 하였다. 수업의 특성상 생쥐가 부상을 입을 가능성이 있었기에 감시가 필요하기 때문이었다. 실제로 그 점을 이용해 학생을 학대하는 경우가 없잖아 있기도 했다. 귀족 여성을 상대로 하는 수업에서는 드문 일이었지만 혹 모르는 일인 만큼 솔레다토르나 요정들이 참관하기로 결정하였다.

"검술 말고도 가능한 한 많은 것을 배우고 싶습니다."

"……그래."

솔레다토르는 눈을 반짝이는 소녀를 조금 복잡한 심정으로 바라보았다.

다음 날 아침, 수업이 없기에 드레스가 아닌 편한 옷으로 갈아입은 생쥐가 밖으로 나가 시작한 것은 다름 아닌 뜀박질이었다. 모든 일에 있어 체력은 중요하다. 힘을 쓰는 일은 물론이요 머리를 쓰는 일이라고 해도 체력은 기본이었다. 책상 앞에 앉아 있기조차 버거울 정도로 허약해서야 아무 일도 할 수 없을 테니까.

 생쥐의 기본 체력은 그리 좋다고는 할 수 없었다. 내내 굶주림에 시달리다가 제대로 먹어 살이 오르기 시작한 지 채 반년도 되질 못하였으니 당연한 일이었다. 아직도 또래 귀족 소녀에 비하면 작고 마른 편이기도 했다. 그러니 그녀가 원하는 바를 위해서는 꾸준하게 체력을 단련하는 일이 반드시 필요했다.

 "생쥐야, 무리하지는 마~."

 "그래, 또 쓰러지면 안 되니까!"

 건물 뒤쪽 공터를 둥글게 달리는 생쥐의 옆에서 요정들이 떠들어댔다. 생쥐의 끈기와 참을성은 모자란 체력에 비해 훨씬 강했다. 때문에 운동을 시작한 첫날에는 숨이 턱까지 차올라 헉헉대면서도 꾹 참고 달리기를 멈추지 않아 결국 쓰러지기까지 했었다.

그 뒤로는 요정들이 달라붙어 지켜보다가 지쳤다 싶으면 멈춰 쉬게끔 하였다.

그렇게 제법 긴 시간을 달렸다 쉬었다 다시 달리기를 반복한 뒤에야 생쥐의 운동이 끝이 났다. 쌀쌀한 겨울 날씨였지만 하얗고 둥근 이마에 땀이 살짝 맺혔다.

"얼른 들어가자. 땀 식으면 감기 걸려."

"네."

안으로 들어가 욕실로 향하자 아무도 없음에도 따뜻한 물이 준비되어 있었다. 목령 노체의 배려였다. 생쥐는 땀을 씻어낸 뒤 새 옷으로 갈아입었다. 언제나처럼 솔레다토르를 깨워 점심을 먹은 뒤 검술 선생을 마중 나가기 위해 밖으로 나섰다.

생쥐는 정원을 가로질러 외궁과 통하는 문 쪽으로 향했다. 문의 열쇠는 생쥐와 이카르만이 가지고 있기에 검술 선생이 들어오려면 안에서 열어줘야만 하기 때문이었다. 잠긴 문을 연 생쥐가 미리 와서 기다리고 있던 사람을 보곤 눈을 동그랗게 떴다.

"어…… 시종장?"

문 너머에서 기다리고 있던 남자는 다름 아닌 시종장인 헤러시였다. 그는 사람 좋은 미소를 머금으며 생쥐에게 정중히 인사했다.

"당분간 잘 부탁드리겠습니다, 나비마마."

"아, 저야말로 잘 부탁드려요. 들어오세요."

생쥐는 약간 당황하며 마주 인사했다.

"시종장이 올 줄은 몰랐어요."

헤러시와 나란히 정원을 가로질러 걸어가며 생쥐가 말했다.

"저도 갑작스럽게 맡게 된 것이기는 합니다."

정확히는 억지로 떠맡았다. 헤러시가 하하 웃으며 말을 이었다.

"예비 황후마마께서 직접 부탁해오셨거든요."

"아리에스 언니, 아니 예비 황후마마께서요?"

"편하게 말씀하셔도 괜찮습니다. 저에 대해서는 불편하게 의식하지 않으셔도 되니까요. 예비 황후마마 때문에라도 말이지요."

그렇게 말하며 헤러시는 바로 오늘 아침의 만남을 떠올렸다.

"안녕, 제누르 씨. 좋은 아침이야. 시종장 일은 어때? 할 만해?"

아리에스는 외사촌을 다정한 미소로 살갑게 맞이해주었다. 그런 그녀의 태도에 헤러시는 되레 떨떠름하게 고개를 숙여 보였다.

"걱정해주신 덕분에 순조롭게 맡은바 소임을 다하고 있습니다."

"어머. 왜 그래, 우리 사이에. 너무 딱딱하게 굴지 말라구. 보는 사람도 없는데."

"음, 그냥 용건 먼저 말씀해주시면 안 될까요."

대체 무슨 꿍꿍이로 이러는 건지 수상쩍어하는 헤러시의 표정에 아리에스가 호호 웃었다.

"걱정 마. 가까운 친척 사이에 설마 내가 해되는 짓이야 하겠어."

"궁정에서 제일 뜨거운 곳에 밀어 넣는 정도밖에 안 하셨죠."

그리 세 있는 가문 출신도, 장남도 아닌 자신을 말이다.

덕분에 벌써부터 여기저기서 은근한 압박이 가해지고 있었다. 헤러시의 투덜거림에 아리에스가 손사래를 살랑살랑 쳤다.

"가족끼리 돕고 살아야지. 그래서 말인데."

"외사촌이면 그렇게 가깝지도 않은데요."

"어릴 적에 자주 봤잖아."

"일 년에 두 번쯤 뵌 거 같네요."

"그러게. 우리 되게 자주 봤다. 아무튼 다른 게 아니고, 나비마마께 검술 좀 가르쳐줘."

"……예?"

갑자기 웬 검술이란 말인가. 의아해하는 그에게 아리에스가 설명해주었다.

"단검술 배웠다고 했지? 그 밖의 잡기도 쓸 만한 거 있으면 가르치고."

아니, 설명이 아니라 명령이었다. 헤러시는 한껏 당황스럽다는 표정을 지어 보였다.

"저 시종장으로 부르신 거 아니셨습니까?"

"외숙께서 마음껏 부려먹어도 된다셨는데."

허락은 받았으니 이거저거 다 시켜먹겠다는 눈빛에 헤러시가 땅이 꺼져라 한숨을 내뱉었다.

"아버지는 셋밖에 없는 아들을……."

"셋이나 되니까 하나쯤 팔아먹어도 괜찮은 거지."

"예예, 그럼 수업 일정은 어떻게 할까요? 겉핥기만 하면 되는 겁니까, 아니면 제대로 된 성과를 바라시는 겁니까?"

"성과는 바라지 않지만 성실하게 해줘. 오전에 다른 수업들이 있으니 오후로 하면 되겠네. 그리고 외궁이 아니라 내궁에서 수업할 거야."

"예?"

"솔레다토르께서 참관도 하실 테고."

참관이라는 말에 헤러시의 안색이 살짝 창백해졌다.

"잠깐만요, 이거 설마 그거 연장선입니까?"

"응, 맞아. 그거."

아리에스가 생글 웃으며 말했다.

"귀여운 후궁을 정말로 귀엽게만 보는 용아저씨를 더더욱 자극해줘야지. 마침 딱 좋은 기회니까 노력해줘."

"……싫습니다."

"명령이야."

"그렇잖아도 솔레다토르께서 절 탐탁잖아 하시는데, 기름 뒤집어쓰고 불길에 뛰어들라고요?"

"어머, 그렇게 무서운 분은 아닌데."

아리에스가 스스로를 가리키며 말을 이었다.

"나도 이렇게 멀쩡히 잘 살아남았잖아? 일단 후궁마마 눈에만 들면 그 때문에라도 목 뎅겅 잘라낸다거나 하는 일은 없을 테니까 걱정하지 말라고."

"그것 참 믿음직스럽네요."

"울상 짓지 말고 힘내. 성공만 하면 앞으로 팍팍 밀어줄 테니까. 필요한 거 있으면 뭐든 말만 하고."

그냥 안 밀어주고 안 했으면 좋겠다. 헤러시는 한숨과 함께 고개를 숙였다.

"시키시니 해야지요. 뭘 어쩌겠습니까, 제가."

"엄살은. 노리는 사람이 얼마나 많은 자린데."

무려 외궁도 아닌 내궁으로, 수호룡과 하루가 멀다 하고 만날 수 있는 자리라 하면 희망자들이 물밀듯이 밀려들 것이다. 그것도 두 손 가득 먹음직스러운 선물, 혹은 뇌물을 들고서 말이다. 아리에스의 말에 헤러시가 눈을 가늘게 떴다.

"노리는 사람이 많으니까 저한테 아쉬운 소리 하시는 거 아닙니까. 노리지 않을 사람이 필요한 거니까요."

"응, 맞아. 잘 아네. 그러니 수고해~."

그렇게 헤러시 제누르는 모나르카궁 시종장에 이어 생쥐의 검술 선생으로까지 밀어 넣어지고 만 것이었다.

'무사하려면 이 작은 아가씨와 적당히 친해져야 할 텐데.'

그는 옆에서 걷고 있는 생쥐를 힐끔거리며 속으로 중얼거렸다. 어디까지나 「적당히」다. 앞에는 용이, 뒤에는 예비황후가 버티고 있는 마당에 과해서도 모자라서도 신변이 위험해질 수 있었으니.

"저어, 체력 단련은 매일 하고 있어요."

생쥐가 조금 수줍어하며 말했다.

"훌륭하십니다. 체력은 기본 중의 기본이지요. 그리고 말씀 편히 놓으세요."

"하지만 아리에스 언니의 외사촌이시잖아요."

"외사촌이라고 해도……."

헤러시는 하던 말을 끝맺지 않고 얼버무렸다. 아리에스와의 관계에 대해 작은 후궁마마가 좋게 생각하게 내버려두는 것도 괜찮겠다 싶어서였다. 어쨌거나 지금은 그녀의 호감이 필요한 상황이었으니까.

"……외사촌이라 어릴 적에는 이따금 뵙고 지내곤 했죠."

"어릴 때요?"

"네."

생쥐는 무심코 자신의 손을 내려다보았다. 지금도 많은 나이는 아니었지만 그보다 더 어릴 적에는 좋은 기억이라곤 눈 씻고 찾아보려 해도 없었다. 하지만 아리에스는 다를 것이었다. 그녀는 숙였던 고개를 다시 들어 올리며 말했다.

"어릴 때는, 음, 어떠셨어요?"

"지금과 비슷하셨죠."

좋은 의미인지 나쁜 의미인지 애매한 어투로 헤러시가 말했다.

"고모님께서 돌아가시기 전까지는 무척이나 활발하셨습니다."

그리고 어린 나이와 인형 같은 외모를 무기로 휘두르며 외사촌 오빠들을 종처럼 부려먹고 다녔었다. 확실히 지금과 크게 다를 바 없다. 휘두르는 무기가 달라졌을 뿐이었다.

"그럼…… 어, 어머님께서 돌아가신 뒤에는……."

"조금 더 차분해지셨지요."

"……많이 힘들어하셨나요?"

생쥐의 두 눈 가득 차오른 진심 어린 걱정에 헤러시가 미소 지었다.

"힘들지 않을 수 없는 불행이었지만, 아시고 계신 것처럼 잘 극복해내셨답니다."

지금의 아리에스에게 과거의 그림자는 찾아보기 힘들었다. 그런 뜻의 말에 생쥐가 고개를 끄덕였다.

"언니는 대단하신 거 같아요."

"……대단하시기는 하죠."

헤러시는 조금 기막히다는 듯이 동의했다. 만만한 데릴사위를 들여 백작가를 직접 다스릴 거라더니 난데없이 예비 황후가 되었다. 그 소식을 듣고 그는 물론이요 집안사람들 모두 한동안 할 말을 잃었었다.

"저도 아리에스 언니처럼 되고 싶습니다. 물론 언니만큼 대단해지기는 힘들겠지만요."

"후궁마마께서는 지금도 충분히 대단하다고 생각합니다만."

"제가요?"

생쥐가 깜짝 놀라며 그를 올려다보았다.

"저는, 할 줄 아는 것도 별로 없는데요."

"이미 많은 걸 하셨습니다."

헤러시의 말에 생쥐가 더더욱 모르겠다는 표정으로 고개를 갸웃 기울였다.

"……잘 모르겠어요."

"모르셔도 괜찮습니다."

행동 하나하나가 어떠한 파장을 일으킬 수 있는지 알게 된다는 것은 지금의 생쥐에게는 부담이 너무 클 것이다. 하지만 생쥐는 헤러시의 대답에 시무룩하니 고개를 저었다.

"다들 그런 식이에요."

"예?"

"저는 몰라도 된대요."

쭉 그랬다. 자신은 그냥 얌전히 가만히, 시키는 대로 안전하게만 있으면 된다고. 궁정사에 대해서는 무지하니까 어쩔 수 없다고 납득하면서도 이따금 갑갑함과 무력함이 느껴졌다. 그래서 어느 정도 주위가 안정되고 여유가 생긴 지금에라도 변하고자 노력하기 시작한 것이었다. 열심히 배우고 익히면 자신도 무력하게 지켜만 보지 않아도 될 것이라고 생각했는데, 그럴 날은 여전히 까마득하게만 느껴져서 자꾸만 울적한 기분이 들었다.

"음, 후궁마마께서는 아직 어리시니까요."

"아리에스 언니와 같은 나이인데요?"

아리에스가 일찍 태어났다고 해도 그리 큰 차이는 아니다.

"예비 황후마마께서는 경우가 좀 다르지요. 그분은 어릴 적부터 후계자 교육을 받으셨으니까요. 보통의 귀족 영애들은 후궁마마와 크게 다름이 없답니다."

물론 궁정에 쉬이 드나들 정도의 가문이라면 여자라 하여도 일정 이상의 교육을 받긴 했다. 그러나 생쥐의 출신으로 알려진 시골 귀족의 경우에는 여자는 읽고 쓰는 정도나 가르쳐 일찍감치 시집보내는 게 보통이었다.

"그리고 공부야 지금부터 하셔도 됩니다. 말씀드렸듯이 후궁마마께서는 아직 어리시니까요. 늦지 않았습니다."

"그럴까요? 지금부터 해도 그러니까, 아리에스 언니 반 정도라도 따라갈 수 있을까요?"

"물론이고말고요. 배움에 늦었다는 말은 없다 하지 않습니까."

헤러시의 호언장담에 흐렸던 생쥐의 표정이 다시금 밝아졌다. 그때 반쯤 열린 2층 창문에서 커다란 나비 같은 것이 팔랑팔랑 날아왔다. 생쥐의 곁으로 다가간 두 요정들이 고개를 쭉 빼어 헤러시를 살폈다.

"이게 검술 선생이야?"

"처음 보는 얼굴이네?"

"아리에스 언니의 외사촌인 헤러시 제누르예요. 여기 시종장이요."

"아, 들은 적 있어."

"아리에스랑은 별로 안 닮았잖아?"

재잘거리는 요정들을 향해 헤러시가 고개를 살짝 숙여 인사했다. 아리에스로부터 요정들에 대해 미리 들었기에 놀라거나 하지는 않았다. 그래도 동화책에서나 나올 법한 모습이 신기하기는 했다.

"처음 뵙겠습니다, 요정분들. 한동안 잘 부탁드리겠습니다."

"난 사지예야, 얜 라지예고."

"오늘은 일단 그러기로 했어."

"내일도 그럴 수도 있고."

"아닐 수도 있고~."

"어서 가자. 솔레다토르가 응접실에서 기다리고 있어."

그 말에 헤러시는 무심코 마른침을 삼켰다. 아리에스와의 관계와 첫 만남 때문에 미운털이 박혀 있을 게 분명한 수호룡을 마주 대해야 한다고 생각하니 긴장하지 않을 수가 없었다. 반면에 생쥐는 주인이 부르는 소리를 들은 강아지처럼 좋아라 앞서 계단을 올라갔다.

"솔!"

응접실에 들어서자마자 생쥐는 거리낌 없이 솔레다토르의 옆에 붙어 앉았다. 헤러시는 그 살가운 모습을 바라보며 문 앞에 얌전히 선 채 어색한 미소를 지어 보였다. 찔러오는 금색 시선이 따갑다 못해 아플 지경이었다.

"저건 뭐지."

못마땅함이 짙게 드러나는 목소리에 생쥐가 재깍 대답했다.

"헤러시 제누르입니다. 아리에스 언니 외사촌이자 모나르카궁—."

"기억하고는 있다만, 저게 왜 여기 있느냐는 거다."

"아, 검술 선생님으로 왔어요."

생쥐의 말에 솔레다토르의 미간이 크게 찌푸려졌다.

"내가 분명 여자로 보내라고 말했을 텐데."

그 말을 들은 헤러시가 죄송해 죽겠다는 표정으로 입을 열었다.

"그게—."

"닥쳐."

헤러시의 입이 즉각 다물어졌다. 어설픈 변명이 통할 분위기가 아니었다. 게다가 한번 밉보인 이상 무어라 혀를 놀려대든 도리어 화만 돋울 확률이 높았다. 솔레다토르의 차가운 반응에 생쥐가 당황하며 두 사람을 번갈아 바라보았다.

"저어, 솔은 시종장이 싫으세요?"

"애초에 저놈이 아리에스……."

생쥐의 물음에 대답하던 목소리가 도중에 뚝 끊어졌다. 아리에스를 좋아하고 따르는 생쥐 앞에서 저놈이 아리에스의 외사촌이라는 게 마음에 들지 않는다는 소리를 할 수 없었기 때문이다.

"……꼬마 너는 어떻게 생각하지."

"솔이 싫으면 저도 싫어요."

딱 자른 생쥐의 대답에 굳어 있던 솔레다토르의 표정이 조금 느슨해졌다.

"네 생각을 물은 거다만."

"음, 저는……."

잠시 망설이던 생쥐가 솔직하게 털어놓았다.

"좋은 사람인 거 같습니다."

"……아리에스의 외사촌이라서?"

"그것도 있지만, 친절했어요."

"친절?"

솔레다토르의 시선이 다시금 문 앞에 굳어 있는 남자를 향하였다. 노려보는 것이 명백한 그 눈빛에 헤러시가 아부하는 듯한 미소를 지어 보였다.

"지금부터라도 열심히 하면 저도 도움이 될 수 있을 거라고 말해줬습니다."

솔레다토르도 아리에스도 생쥐의 공부에 대한 기대치는 무척 낮았다. 그냥 하고 싶다니까 시켜주는 정도일 뿐, 성과를 바라는 것은 아니었다. 그래서 헤러시의 대단하다느니, 늦지 않았으니 공부하면 된다는 둥의 말이 단순한 말뿐일지라도 기쁘게 다가왔다.

"그래서 마음에 든다는 거냐."

"네."

애를 짧은 시간 사이에 잘도 꼬셔놓았다.

그런 의미가 담긴 눈길 속에서 헤러시는 열심히 생글거렸다. 웃는 얼굴에 칼 박지는 않겠지.

"……일단은 받아들이지."

"감사합니다."

겨우 떨어진 허락에 헤러시가 한숨을 토하듯 감사를 표했다. 일단 한고비는 넘긴 셈이다.

"부족한 점이 보인다면 바로 쫓아내겠다."

"명심하겠습니다."

쫓아만 내고 만다니 차라리 기꺼웠다.

세 사람은, 요정들을 포함해 다섯은 뒤쪽 공터로 나갔다. 돌로 된 바닥을 발로 툭툭 차본 헤러시가 생쥐와 솔레다토르를 돌아보았다.

"별로 좋은 환경은 아니군요. 바닥이 너무 단단합니다. 실전에서야 환경을 가릴 수 없겠지만 수업은 흙이 깔린 편이 여러모로 안전하죠. 기사들의 연변장도 보통 흙바닥이니까요."

연습이나 대련을 하다 보면 넘어지고 구를 일이 종종 생길 수밖에 없다. 그게 아니더라도 오래 뛰고 걷는 데에는 흙바닥보다 돌바닥이 발목이나 무릎에 무리가 더 가기 마련이었다.

"좁긴 하지만 정원의 빈 공간에서……."

"케이어스."

솔레다토르의 나직한 부름에 기다렸다는 듯이 검은 드레이크가 나타났다. 드래곤에 비할 바는 못 되었지만 충분히 위압적인 그 거대한 모습에 헤러시가 무심코 마른침을 삼켰다.

"돌을 적당히 걷어내라."

명령이 떨어지기가 무섭게 드레이크의 발톱이 땅을 향해 세워졌다. 단단하게 파묻힌 바위들이 푸딩 속의 과일처럼 매끄럽게 꺼내어진다. 이어 울퉁불퉁해진 바닥을 기다란 꼬리가 가볍게 쓸고 눌러 평평히 다졌다. 공터의 삼분의 일에 가까운 너른 돌바닥이 흙바닥으로 변모하는 것은 잠깐 사이의 일이었다.

"이제 됐겠지."

"……아, 네."

헤러시는 한숨을 삼키며 인간의 모습으로 변해 자리를 떠나는 드레이크를 힐끔거렸다. 기죽일 의도였다면 무척이나 성공적이다. 그는 아리에스에 대한 원망이 새록새록 솟아나는 것을 느끼며 다시 학생과 학부형을 향해 고개를 돌렸다.

"……그럼 우선, 간단한 테스트부터 해보죠. 능력 이상으로 무리하다가 다치기라도 하면 안 되니까요."

헤러시의 말에 생쥐가 앞으로 나섰다. 막 파 뒤집어져 부드럽고 촉촉한 흙 위에 선 그녀를 헤러시가 내려다보았다.

"자, 저쪽 끝에서 여기까지 최대한 빠르게 달려보세요."

"네!"

생쥐는 의욕 가득한 표정으로 힘차게 대답했다.

"직접 답장하셔야 할 것들이에요."

아리에스가 작은 상자에 담긴 서신들을 이카르의 책상 위에 내려놓았다. 수호룡에 대한 사람들의 관심은 여전히 줄어들 줄을 몰랐다. 그러나 모나르카궁으로 보내진 선물과 편지는 외궁을 통과하질 못하였다. 그 사실을 알게 된 자들이 이번에는 황제에게 매달리기 시작한 것이었다.

"생각보다 적군요."

상자 안을 힐끔 들여다본 이카르가 말했다. 안에 든 편지는 고작해야 열 통도 안 되어 보였다.

"거를 거 다 걸러냈으니까요."

아리에스가 방긋 웃으며 말했다. 수호룡과 관련된 서신은 우선적으로 그녀의 손을 거치고 있었다. 수호룡의 유일한 후궁과 의 깊은 자매이자 수호룡과도 친분이 있다는 사실을 내세웠기에 월권행위라 할 수 있음에도 반발은 거의 없었다. 오히려 혹 아리에스의 도움을 받을 수 있을까 싶어 그녀를 위한 선물도 함께 들어오곤 하였다.

"게다가 대부분의 실세들은 아직 관망 중이니까요. 그래서 거기 있는 편지의 반수 이상이 타국발이랍니다."

금물을 적셔 테를 두른 얇은 가죽 편지를 꺼내 들며 그녀가 말을 이었다.

"주변국들 대부분이 불안해하고 있으니 잘 달래주세요."

"그렇잖아도 각국 대사들을 초청해놓았습니다."

편지를 받아 든 이카르가 옅게 미소 지었다.

"그래도 생각보다 평화로워서 한숨 돌렸습니다."

"확실히 그렇죠? 특히 카얄룬 공작이 조용한 게 다행스럽기도 하고 걱정스럽기도 하네요. 도움을 준 것이 많으니 분명 이것저것 요구해오리라 생각했었는데."

그렇게 말하며 아리에스가 고개를 갸웃 기울였다. 최근의 공작은 궁정 출입조차 전혀 하질 않고 있었다. 예전처럼 아들인 드베르 카얄룬을 대리로 내세우고 있어 은퇴하려는 것이 아닌가 하는 소문까지 도는 중이었다.

"저도 꽤 의아하기는 합니다. 수호룡에 관한 회의 때 발목을 붙잡아와 무언가 원하는 것이 있지 싶었는데…… 이상하리만치 조용하군요."

"간섭해오는 것보다는 낫겠지만, 괜히 불안해져요."

두 연인은 동시에 걱정스러운 표정을 지었다. 그러나 걱정한다고 해서 중앙귀족의 거두를 상대로 무언가 뾰족한 방법이 생기는 것은 아니었다. 그저 갑작스럽게 뒤통수를 얻어맞지 않도록 항시 주시하고 있는 수밖에 없었다.

"그건 그렇고…… 헤러시 시종장을 내궁에 들여보낸 게 잘한 일인지 모르겠습니다. 아무래도 화내실 거 같아요."

"화내시겠죠."

이카르의 말에 아리에스가 어깨를 으쓱하며 대수롭지 않게 대답했다.

"그래도 제일 걸맞은 상대예요. 무엇보다 헤러시 오빠는 능력은 뛰어난데 야망이 없거든요. 그러면서 가족에 대한 정은 깊죠. 정말이지 부려먹기 너무너무 좋은 성격이라니까요."

푸른색 두 눈이 탐욕스럽게 번득이는 것에 이카르가 조금 질린 얼굴을 했다.

"부려먹기 좋다니요, 그래도 외사촌인데."

"이카도 참. 혈연은 이럴 때 쓰라고 있는 거라고요. 생각해보세요, 얼마나 믿음직스럽나요. 물론 부모 자식 간이라 해도 경쟁하는 관계라면 절대 방심할 수 없지만 같은 배에 오르기만 하면 그보다 더 든든할 수가 없죠. 그러니 어서 빨리 후궁을 들이세요."

아리에스의 마지막 말에 이카르가 당황하며 시선을 피했다.

"……아니 왜 거기서 그 이야기가 나옵니까."

"든든한 처가를 얻으시라는 거죠. 언제는 후궁 들이실 거라더니."

"그, 그때야……. 아무튼 싫습니다. 든든한 처가 같은 거 없어도 괜찮아요. 제게는 양부님이 계시니까요."

이카르의 말에 아리에스가 짧게 고개를 끄덕였다.

"하기야 지금은 솔레다토르만 꽉 붙잡고 있어도 되긴 하겠지만요. 열 처가 안 부럽죠."

황권이 불안정하던 예전에는 뒷받침해줄 세력이 필요했고 그걸 위한 가장 쉽고 빠른 방법이 바로 결혼이었다. 그러나 지금은 그 누구도 수호룡의 보호를 받는 황제를 위협할 수 없었다.

"그래도 솔레다토르께서 폐하의 양부라는 사실은 극소수만이 알고 있잖아요. 공표할 생각도 없으시죠?"

슬쩍 떠보는 아리에스의 말에 이카르가 쓴웃음을 지었다.

"아주 없는 건 아니었습니다만."

"정말요?"

"그 사실을 발표하면 아버지께 향한 관심의 일부라도 제게 향하지 않을까 싶어서요."

그러면 그렇지. 혹시나 했던 아리에스의 표정이 역시나로 바뀌었다. 하긴 이카르가 솔레다토르를 이용하려 들 리가 없었다.

'아이가 생기면 조금은 변할까.'

보호를 필요로 하는 어린 자식들이 생긴다면 이카르도 달라지지 않을까. 아리에스는 잡생각을 흘려보내며 화제를 돌렸다.

"생쥐 주최의 연회는 일단 다과회 정도의 가벼운 것으로 시작해볼까 해요. 정식 연회는 이른 봄쯤이 괜찮겠지요."

그쯤이면 생쥐의 수업도 진도가 많이 나갔을 터였다.

"다과회는 가능한 한 믿을 만한 귀족 영애를 소수 초청할 생각입니다. 이참에 친구 같은 것도 생겼으면 싶지만, 어떨지 모르겠어요."

든든한 보호자가 버티고 있는 이상 초대받은 귀족 영애들 모두 시키지 않아도 생쥐에게 혀 위의 초콜릿처럼 달게 굴 것이다. 그러니 그중에서 생쥐의 마음에 드는 사람이 한 명쯤은 생길 수도 있었다.

"교류할 또래가 생기는 건 좋은 일이지만 친구의 이름으로 욕심을 부리려 들지 않을지."

바로 그게 문제였다. 자칫하면 생쥐가 마음에 상처를 입게 될 수도 있을 테니까. 아리에스의 말에 이카르가 고개를 약간 기울였다.

"음, 하지만 앞으로 계속 사교활동을 할 생각이라면 그런 경험을 해보는 것도 괜찮겠지요."

"……그건 그렇지만요."

아리에스가 조금 떨떠름하게 끄덕였다.

"그리고, 솔직히 제가 보기엔 두 사람이 너무 과하게 생쥐를 걱정하는 듯합니다."

두 사람이라 함은 당연히 아리에스와 솔레다토르를 뜻했다. 그 말에 아리에스의 눈이 살짝 가늘어졌다.

"과하다니요? 그건 아니죠, 생쥐는ㅡ."

"뒷골목 빈민가의 고아였지요."

이카르가 씁쓸한 어조로 말을 이었다.

"아리에스 당신은 물론이고 저보다도 목숨의 위협을 더 많이 받았을 겁니다. 언뜻 들은 것만 해도 얼어 죽을 뻔한 적도, 굶어 죽을 뻔한 적도, 들개에게 쫓기기도 하고 병이 들어도 치료도 받지 못하고 이유 없는 폭력에도 여러 번 노출되었다고 했으니까요."

"……."

아리에스의 꽉 다물린 입매가 삐뚜름해졌다.

"겉보기에는 여려 보이지만 그 속에서 홀로 살아남았다는 것만으로도 충분히 강하다고 생각합니다. 궁정에 제대로 적응만 한다면 어쩌면 저보다 더 잘해낼지도 몰라요. 저야 꽤나 과보호를 받아왔으니 말입니다."

실상 예전 생쥐가 살던 곳보다는 이 궁정이 훨씬 나은 환경이었다. 말실수 하나, 서툰 행동 하나로 뒷말이 나오고 모함을 받고 누명을 덮어쓰게 될 수도 있다. 하지만 고작 그것뿐이다. 심지어 그녀에게는 어지간한 문제쯤은 가볍게 해결해줄 수 있는 든든한 보호자도 붙어 있지 않은가. 카얄룬 공작 정도가 해코지하려고 나서지 않는 한 걱정할 만한 일은 거의 없을 터였다.

"……하긴 생각해보면 폐하보다는 생쥐가 더 믿음직할지도요."

"아니, 그건 좀……."

아리에스가 후우 하고 길게 한숨을 내쉬었다.

"확실히 제가 생쥐를 너무 얕보고 있었던 것 같긴 합니다. 따지고 보면 제가 훨씬 더 곱게 살아왔는데 말이에요."

그저 환경의 차이일 뿐이다. 만약 아리에스와 생쥐의 위치가 뒤바뀐다면 어떠할까. 귀족 소녀가 아무런 보호 장치 없이 평민 고아가 되어 빈민가에 떨어진다면 채 하루를 무사히 넘기기 힘들 것이다. 다른 환경과 입장에서까지 항상 아리에스가 생쥐보다 낫다곤 할 수 없었다.

"그래도요. 견딜 수 있는 상처라 해도 가능한 한 입지 않기를 바라니까요."

"그건 물론입니다."

아무런 문제도, 사건도 없이 평화로운 나날이 이어질 수만 있다면 더 바랄 게 없을 것이다.

모나르카궁 내궁에 드나든 며칠 사이, 수호룡에 대한 헤러시의 생각은 상당 부분 바뀌게 되었다. 일단 솔레다토르가 좀 만만해졌다. 정확히 말해서는 그가 자신의 힘을 별 이유 없이 휘두르지 않을 것이라는 확신이 들게 되었다. 다른 드래곤들도 그런지는 모르겠지만 수호룡에게는 강자로서의 여유가 있었다.

그에게 있어 인간의 힘이란 것은 보잘것없었기에 소소한 일쯤은 그냥 무관심하게 지나쳐버리는 것이었다. 바닥을 기어 다니는 벌레들쯤 살갗에 달라붙어 귀찮게 굴지 않는 이상 신경 쓸 가치가 없다는 태도에 가까웠다.

그러나 동시에 초월자에게는 어울리지 않는 신경질적인 면 또한 가지고 있었다. 제국에 묶여 있는 긴 세월 동안 쌓이고 쌓인 짜증과 울분이 이따금 드러날 때면 헤러시로서는 간담이 서늘해지지 않을 수가 없었다. 혹여 수호룡이 화풀이라도 하고 싶어진다면 바로 앞에 있는 그가 덮어쓰게 될 확률이 높았기 때문이다.

그럴 때를 제외한다면 솔레다토르는 생각 외로 상대하기 어렵지 않았다. 그냥 기본적인 예의만 지키고 쓸데없는 욕심을 부리지만 않으면 됐다. 다른 귀족이라면 모를까 별다른 야망이 없는 그로서는 쉬운 일이었다. 하지만 그렇다고 하여 걱정거리가 완전히 사라진 것은 아니었다. 그가 내궁까지 떠밀려 들어가게 된 근본적인 문제가 아직 남아 있었다.

'설마 싫었는데 정말로 손대지 않았다니.'

헤러시는 내궁과 이어지는 문 쪽으로 걸어가며 한숨을 삼켰다. 아리에스는 그에게 생쥐와 솔레다토르의 사이가 좀 더 깊어지게 부추겨달라고만 말했었다. 살타토르가의 입지를 다지는 데 있어 반드시 필요한 일이라며 눈을 반짝이면서, 수호룡의 후궁이 이름만 후궁일 뿐이라는 사실은 입도 벙긋하질 않았던 것이다.

'그걸 말 안 해주면 어쩌라고.'

아리에스는 그런 중요한 사실을 의구심을 느낀 헤러시가 그녀를 찾아가 직접적으로 캐물어볼 때까지 말해주질 않았다. 그뿐만 아니라 혹여 그 사실이 새어 나가기라도 한다면 대가를 단단히 치러야 할 거라는 협박까지 덧붙였다. 그 말인즉 만에 하나 엉뚱한 사람이 가십거리 삼아 거짓 소문을 퍼뜨리기라도 한다면 자신에게까지 불똥이 튈 수도 있다는 뜻이었다. 정말이지 한숨이 연거푸 나오지 않을 수 없는 상황이었다.

'진짜 너무하네.'

불만을 넘어서 원망까지 들 만했지만 그래도 어쩌겠는가. 집안을 생각해서라도 입 다물고 따르는 수밖에. 그나마 위안이 되는 점은 생쥐의 온순하고 착실한 성격이었다. 차근히 친분을 쌓아둔다면 여차했을 땐 매달려볼 수도 있을 것이다. 물론 잘못 매달렸다간 무시무시한 보호자가 가만두지 않겠지만.

"안녕하세요, 헤러시 시종장."

초록색 눈망울을 반짝거리는 소녀가 언제나처럼 반갑게 헤러시를 맞았다. 예쁘장하긴 하지만 눈에 띄게 아름답지도, 그 밖의 특별한 매력이 있는 것도 아닌 평범한 소녀다. 수호룡과 예비 황후의 애정 어린 과보호를 받는 것이 의아하게 느껴질 정도였다. 그냥 흔히 볼 수 있는 여자아이일 뿐인데.

"오늘은 어제보다 햇살이 따뜻하네요."

헤러시의 말에 생쥐가 크게 고개를 끄덕였다.

"네. 그래도 겨울인 건 여전하지만요. 하루빨리 봄이 찾아왔으면 좋겠어요. 그러면 솔이랑 같이 잘 수, 앗, 아니요."

이런 말은 하면 안 된다고 했다. 헤러시는 짧게 고개 젓는 생쥐를 내려다보았다. 꽤 귀엽기는 했다. 단순히 귀엽기만 해서 문제였지.

'솔레다토르께서 마음이 없으신 건 아닌 듯한데.'

누가 봐도 수호룡이 이 소녀를 아끼는 것은 분명했다. 다만 그게 남자로서인지 보호자, 그러니까 부친으로서인지는 애매했다. 헤러시는 주위를 힐끔 살피며 목소리를 낮추어 말했다.

"후궁마마께서는 솔레다토르를 많이 좋아하시지요?"

"네!"

그녀는 자신 있는 목소리로 외쳤다. 정말 많이 좋아하는 티가 뚜렷하게 나는, 처음 볼 때부터 느꼈던 그대로의 답이었다. 이러니 생쥐를 아끼는 아리에스가 답답해할 만하다고 생각하며 헤러시가 쓴웃음을 머금었다.

"마마께서는 음, 진짜 후궁이 되고 싶어 하신다지요."

그는 약간 머뭇거리며 말했다. 아리에스와 동갑이라고 하지만 그녀보다 더 어려 보이는 생쥐를 두고 이런 이야기를 한다는 게 껄끄러웠기 때문이었다.

"네, 저도 하루빨리…… 아, 이런 이야기는……."

"알고 있으니 괜찮습니다."

"그래요?"

"예비 황후마마께서 말씀해주셨거든요."

정확히는 그가 먼저 눈치채고 물어본 것이었지만.

"예비 황후마마의 말이 나와서 말입니다만, 그분께서는 그러니까…… 폐하께 무척이나 적극적으로 다가가셨다고 하더군요."

"아리에스 언니가 더 적극적이기는 했어요."

생쥐는 예전 일들을 떠올리며 말했다. 아리에스에 비해 훨씬 미적지근한 반응을 보였던 이카르의 모습이 생각나자 그녀의 인상이 살짝 찌푸려졌다. 역시 언니가 훨씬 더 아까웠다.

"보통은 그 반대이나 이따금 그런 경우가 있긴 하지요. 남자보다 여자 쪽이 더 적극적인 경우가요. 그리고 외람된 말씀이오나 솔레다토르께서도 그런 경우가 아닌가 합니다."

"솔이요?"

"예."

지금 이 대화가 솔레다토르의 귀에 들어간다면 어쩌지, 하는 걱정을 하면서도 헤러시는 말을 이었다. 이래 죽으나 저래 죽으나. 사실 아리에스보다 솔레다토르가 조금 더 만만하긴 했다.

"물론 폐하와는 다른 이유에서라고 생각합니다. 그러니까, 솔레다토르께서는 오랜 세월을 살아오셨지요. 인간이 아닌 드래곤이시긴 하지만 수백 년의 시간은 여러 가지로 무뎌지시기에 충분했을 겁니다. 연애 같은 것도 말이지요."

"연애요?"

생쥐가 고개를 갸웃 기울였다.

"연애라면, 어……."

"남녀 간에 애정을 바탕으로 사귀는 거 말입니다. ……후궁마마?"

헤러시는 정원을 가로지르던 발걸음을 멈추었다. 생쥐가 빨개진 얼굴로 우뚝 선 채 굳어버렸기 때문이었다.

"그, 그런 건 생각해본 적 없어요!"

"……예?"

"저는, 어, 후궁이긴 하지만……."

결혼하기는 했다지만 애정이 아닌 필요에 의한 결과물일 뿐이었다. 지금도 마찬가지였다. 솔레다토르에게 도움이 되고 싶다. 요정들이 그에게 아이가 필요하다고 했으니까 그러니까…….

"물론 저는, 솔을 좋아하지만요…… 그렇지만, 사귀다니…… 그러니까 그건, 서로 좋아하는 거잖아요……?"

촉촉하게 젖어 발그레해진 눈이 헤러시를 올려다보았다. 어찌할 바를 모르는, 길 잃은 어린애 같은 표정이었다.

"……그렇죠, 보통은."

"하지만, 하지만……."

머릿속이 엉망으로 헝클어졌다. 생쥐는 두 손을 꼭 맞잡은 채 더듬거렸다.

"그건, 그럴 수는······."

 연애라는 걸 모르는 건 아니다. 그러나 감히 솔레다토르를 상대로 그런 상상을 해본 적은 없었다. 아니, 다른 어느 누구, 어떤 상대든 마찬가지였다.

 연애도 사랑도 사치스러운 것이다. 따뜻하고 포근한 새털 이불이 덮인 침대와 갓 조리된 음식이 가득한 테이블과도 같이 꿈에서도 잘 나타나지 않는 먼 것이었는데. 침대도 테이블도 지금은 매일같이 접하는 현실이 되었지만······.

"저, 저기······ 어떻게 해야 해요······?"

"어떻게라고 해도······."

 헤러시 또한 당혹스러운 표정이 되었다. 그는 생쥐가 당연히 솔레다토르를 짝사랑하고 있다고 생각했기 때문이다. 그런데 이제 와서 엉뚱한 소리라니.

"······후궁마마께서는 솔레다토르를 사랑하시고 계신 게 아니셨습니까?"

"······네? 사랑이요? 어, 많이 좋아는 하는데······."

 단순히 많이 좋아함의 사랑이 아닌 남녀 간의 사랑은 잘 모르겠다. 정말 많이 좋아하는데, 계속 곁에 있고 싶고 도움도 되고 싶고 또, 자신을 봐주길 바라기도 했다.

"······얼마나 많이 좋아해야 사랑이에요? 아님, 어떤 식으로 좋아해야 사랑인가요?"

"글……쎄요. 사실 후궁마마께서는 이미 솔레다토르를 사랑하시는 것 같기도 합니다만……."

헤러시가 자신 없는 목소리로 말했다. 솔레다토르만 보면 눈빛도 표정도 더없이 환해지는 생쥐의 모습을 사랑에 빠진 소녀의 것이라고 생각했었다. 그런데 당사자가 잘 모르겠다 말하니 그로서도 확답을 해줄 수가 없었다.

"……예비 황후마마께 상담해보는 게 어떻겠습니까."

"언니에게요?"

"예. 경험자이기도 하시고 후궁마마에 대해 잘 알고 계시기도 하니까요."

헤러시의 말에 생쥐가 얼른 고개를 끄덕였다.

"네, 그래요!"

"그럼 오늘 수업은 쉬고 예비 황후마마께 다녀오겠습니다."

헤러시는 꾸벅 인사하고는 도망치듯 자리를 떠나갔다. 홀로 남은 생쥐는 아직 붉은 기가 남은 뺨을 문지르다가 한숨을 포옥 내쉬었다.

'……사랑 같은 거 잘 알지도 못하고…….'

연애 같은 것도 잘 모른다. 어쩌다보니 결혼을 했지만, 후궁이 되었지만 솔레다토르와 자신이 사귄다는 생각은 해본 적 없었다. 그냥 필요에 의해 결혼한 것뿐이니까. 그러니까 여전히 자신과는 관련 없는 이야기들인데.

그런데도 가슴이 두근거렸다. 혹시나 하는, 만약에 하는 바보 같은 상상이 떠올라버렸다. 생쥐는 추운 줄도 모르고 달콤하고 헛된 망상 속으로 빠져들었다.

생쥐가 돌아오질 않는다. 여느 때처럼 생쥐의 수업을 참관하기 위해 기다리고 있던 솔레다토르의 미간에 골이 팼다. 내궁에서 외궁 입구까지는 몇 발 되지도 않는 거리건만 한참 동안이나 소식이 없었다. 혹 무슨 일이라도 생겼나 싶어 내궁의 기척을 살피자, 어째서인지 생쥐 혼자 정원에 서 있는 것이 느껴졌다. 정원을 가로지르는 길 중간쯤에서 꼼짝도 않는 움직임에 솔레다토르는 더 참지 못하고 자리에서 일어났다.

"어디 가신대?"

"생쥐 데리러 가나 보지."

"바로 코앞인데?"

솔레다토르는 요정들의 종알거림을 흘려 넘기며 방을 빠져나갔다. 건물 밖으로 나가자 오도카니 서 있는 생쥐의 모습이 바로 눈에 들어왔다. 쌀쌀한 날씨 때문인지 하얗던 볼이 발가니 붉어진 것에 그의 발걸음이 조금 더 빨라졌다.

"여기서 뭐 하는 거냐."

솔레다토르가 바로 앞에 올 때까지 멍하니 넋을 놓고 있던 생쥐가 화들짝 놀라며 숙였던 고개를 들어 올렸다. 연녹색 눈이 두어 번 깜박거리다가 동그랗게 커진다.

"아, 아뇨! 아무것도 아니에요!"

"뭐?"

"저기, 저 별 생각 안 했습니다!"

생쥐는 도리도리 고갯짓을 하며 뒷걸음질 쳤다. 이해할 수 없는 그녀의 태도에 솔레다토르의 눈가가 조금 찌푸려졌다.

"무슨 소릴 하는 거냐. 그놈은 아직 안 온 건가?"

"네? 어, 아! 시종장은 아리에스 언니를 만나러 갔어요. 오늘 수업은 쉬기로 했는데……."

"아리에스를?"

그 말인 즉 시종장과 마주치기는 했다는 뜻이다. 둘 사이에 무슨 일이 있었기에 생쥐가 이러고 있는 것일까. 그렇게 생각한 솔레다토르가 재차 물었다.

"이유가 뭐지."

"……네?"

"그놈이 네게 무슨 말을 한 거냐."

"말……은…… 어……."

생쥐는 크게 당황하며 맞닿은 제 손가락들을 꼼지락거렸다. 무슨 이야기를 했느냐면, 사랑에 대해 말하였다. 하지만 그걸 솔레다토르의 앞에서 솔직하게 털어놓을 수가 없었다.

"그러니까요, 그게요……."

그렇다고 말재간 좋게 다른 핑계를 댈 능력을 가진 것도 아니었기에 생쥐는 어쩔 줄 몰라 하며 더듬거리기만 했다. 수상하기 그지없는 그녀의 모습에 솔레다토르의 표정이 희미하게 굳어졌다.

"무슨 일이 있었던 거지."

"그, 그게, 그냥……."

생쥐의 얼굴이 귀 끝까지 붉게 달아오른다. 멍하니 서서 했던 상상을 무심코 다시 떠올리자, 심장이 두근거리다 못해 밖으로 튀어나와 버릴 것만 같아 생쥐는 깊게 심호흡을 했다. 이런 주제넘은 망상, 빨리 지워버려야 하는데.

"벼, 별 이야기 없었어요."

"……."

거짓말인 게 분명한 생쥐의 대답에 솔레다토르는 속이 뒤틀리는 것을 느꼈다. 다른 사람도 아닌 생쥐다. 그의 말이라면 죽는 시늉은 물론이요 목숨까지 바치겠다고 하던 소녀가 그를 속이려 들고 있었다. 솔레다토르는 치솟는 노기를 억누르며 다시 한 번 더 물었다.

"별것 아니라 해도 말해라. 무슨 대화를 나눈 거냐."

화를 내리눌렀다 해도 목소리에서 다 감추지 못한 불쾌감이 묻어 나왔다. 그것을 느낀 생쥐가 흠칫 어깨를 움츠리며 입술을 달싹거렸다.

"그냥……."

"그냥?"

말해야 하나. 그러나 솔레다토르를 상대로 연애 운운한 것이 부끄럽기도 하고 죄스럽기도 해 차마 목소리가 나오질 않았다. 생쥐는 망설임 끝에 고개를 푹 숙이며 말을 이었다.

"……사랑 이야기요."

"사랑?"

"네. 어, 저는…… 그런 거 잘 모르니까요. 그래서 아리에스 언니에게…… 대신 물어봐주기로 했습니다."

솔레다토르에 대한 것만 빠졌지 거짓말은 아니다. 생쥐의 대답에 잔뜩 일그러졌던 금빛 눈동자가 미묘한 기색을 머금었다.

"사랑 이야기를 했다고? 그놈과?"

"네. 그냥 대화하다가, 그러다가 나온 거예요. 그것뿐입니다."

믿어달라고 간절히 호소하는 시선에 솔레다토르는 더 묻지 않고 입을 다물었다. 하지만 생쥐의 말을 정말로 믿는 것은 아니었다. 단순히 사랑이 뭔지 모르겠다는 질문 때문에 헤러시가 수업까지 그만두고 아리에스를 찾아갈 리가 없었다. 그러니 생쥐가 솔직하게 털어놓은 것은 아니다. 그렇지만 동시에.

'……거짓말을 하는 것 같지는 않으니.'

헤러시와 사랑에 대한 이야기를 한 것은 사실일 것이다. 자신에게 털어놓기 곤란한, 속 깊숙한 이야기를. 여기서 더 캐물을 수도 있겠지만 솔레다토르는 어금니만 잘근 사리물었다. 젊은 남녀의 사랑 이야기다. 자세히 들어봐야 달가운 내용은 결코 아닐 터였다. 솔직히 그 내용에 대해 상상하는 것만으로도 불쾌해진다. 그렇기에 더는 묻지 않고 속으로 삼키는 그를 생쥐가 주눅 든 눈빛으로 바라보았다.

'……역시 안 좋아하시는 걸까, 이런 이야기.'

돌이켜보면 솔레다토르는 여자에게 별로 관심이 없었다. 그뿐만 아니라 사람들과 엮이는 걸 귀찮아했으니 연애 같은 건 더더욱 질색일 가능성이 높았다. 생쥐는 솔직하게 말하지 않기를 잘했다 생각하며 안도의 한숨과 섭섭함을 함께 가슴 안쪽으로 밀어 넣었다. 지금 이대로도 충분하다. 너무 많은 것을 바라지 말자.

"추운데 이만 들어가요."

생쥐는 아무렇지도 않은 척 방긋 웃으며 솔레다토르의 팔을 살짝 붙잡아 당겼다.

"마침 잘 왔어, 그렇잖아도 부르려고 했는데."

아리에스는 갑자기 찾아온 헤러시를 반갑게 맞이하며 귀족 영애들의 인적사항이 적힌 명단을 꺼내 들었다.

"우리 후궁마마께서 주최할 첫 번째 다과회의 초대자 명단이야. 초대장은 생쥐가 직접 써야 하니까 잘 전해줘."

아리에스가 직접 나이와 성격, 집안을 살펴 골라낸 영애들이었다. 명단에는 각 영애의 가문에 따른 초대장 작성 방법과 예시문도 상세히 적혀 있었다. 헤러시는 명단을 받아 들며 그녀를 찾아온 용건을 꺼냈다.

"그 후궁마마 말입니다만."

"참, 지금 수업 시간 아니야? 그렇게 안 봤는데 불성실하네. 잘라버릴까 보다."

"그래주신다면 감사하죠."

헤러시가 한숨을 섞어 끊어진 말을 이었다.

"솔레다토르를 짝사랑하는 거 아니었습니까?"

"짝사랑 좋지. 폐하께서 나에게 팔자에도 없는 짝사랑을 하게 만드신 게 생각나네. 오늘 밤에는 좀 괴롭혀드려야겠어."

"말 돌리지 마시고요."

"나도 잘 몰라."

아리에스가 귀찮은 벌레 쫓듯 손을 휘휘 내저으며 말했다.

"그 애가 솔레다토르를 무척이나 많이 좋아하고 있는 건 틀림없는 사실이지만, 그걸 남녀 간의 애정이라고 단정 지을 수는 없지. 생쥐가 제일 좋아하는 사람은 한때 나였기도 했으니까."

지금은 솔레다토르에게 밀려버리고 말았지만. 아리에스는 속내를 파고드는 날카로운 눈빛으로 앞에 서 있는 남자를 바라보았다.

"시종장이 보기엔 어떠하였지."

"어떠하냐고 하셔도…… 제 감상도 별반 다를 바 없습니다."

"솔레다토르 쪽은 어때?"

"그분도 애매하시죠. 이대로 두면 끝까지 애매한 채로 끝날지도 모릅니다."

지금 이대로 별다른 진전 없이. 아리에스는 옅게 한숨 흘리며 긴 의자에 걸터앉았다. 치렁하고 섬세한 레이스가 가죽 커버 위로 흘러내린다.

"사실 나는, 생쥐가 다른 남자를 사랑하게 되는 것도 괜찮다고 생각해."

"다른 남자를요? 하지만……."

"그 앤 후궁이지. 다만 지금은 선황제가 아닌 수호룡의 후궁이야.

뭐랄까, 정상적인 위치는 아니라고 해야 하나. 수호룡의 후궁이라는 건 전례가 없었으니까. 수호룡이자 선황제라는 이유로 후궁이라 칭하고는 있지만, 만약 수호룡을 더 앞세운다면 후궁의 자리가 붕 뜨게 되는 거지. 그러니 솔레다토르께서 생쥐의 보호자나 후견인으로 나서면서 그녀에게 손대지 않았음을 확실시하면 연애든 결혼이든 자유롭게 할 수 있게 될 거야."

이전과는 상황이 달라졌다. 생쥐가 솔레다토르에게만 묶여 있어야 할 이유가 없어진 것이다.

"솔직히 그랬으면 싶기도 하고."

눈썹을 살짝 가운데로 모으며 아리에스가 말했다. 이러니저러니 해도 솔레다토르는 인간이 아니다. 영원에 가까운 시간을 살아가는 드래곤이기에 생쥐 홀로 나이를 먹고 노쇠하여 죽음에 다다르게 될 것이었다.

"……인간은 인간과. 그게 맞는 거잖아? 물론 생쥐가 원한다면 용이든 도마뱀이든 응원해주겠지만."

"뭐 지금 당장은 절대 떨어질 생각이 없어 보이던데요."

헤러시는 틈만 나면 솔레다토르의 곁에 바싹 달라붙던 생쥐의 모습을 떠올리며 말했다. 아리에스 또한 그의 말에 동의하며 고개를 끄덕였다.

"그러니까 둘을 잘 부추겨보라는 거야. 아니면, 아예 생쥐의 연인 후보로 들어가보는 건 어때?"

"제 목숨은 하나뿐입니다만."

그가 정색하며 거절했다. 보호자도 무서웠거니와 조그만 소녀가 여자로 느껴지지도 않았다.

"솔레다토르는 그럴 분 아니라니까. 아니면 혹시, 생쥐가 마음에 들지 않는 건가?"

"그럴 리가요. 귀엽고 사랑스러운 아가씨인걸요."

"그렇게 생각한다면 드래곤 정도는 당당히 물리쳐줘야지! 백마 탄 기사님이 되는 거야!"

"아뇨, 전 승마에는 익숙지가 않아서요. 백마도 없습니다."

백마에 날카로운 창을 들었다 해도 드래곤을 향해 돌격하는 무모한 짓은 절대 하고 싶지 않다. 이쯤에서 봐달라는 헤러시의 눈빛에 아리에스가 입술을 삐죽거렸다.

"겁쟁이."

"예, 맞습니다. 그렇고말고요."

"됐어. 사교활동만 시작하면 남자야 얼마든지 만날 수 있으니까 넌 필요 없어. 다과회 준비나 잘하라고."

"최선을 다하겠습니다."

"생쥐도 참여시켜서. 아직은 사람을 부려가며 전체적인 지휘를 하는 건 무리겠지만."

차근히 경험을 쌓아가면 간단한 다과회 정도는 생쥐 스스로 열 수 있게 될 것이다.

"새 드레스는 내가 직접 맞춰줘야지. 모나르카궁 시종장으로 집안 사람을 밀어 넣은 것 때문에 눈치가 보여서 쉽게 만나러 갈 수가 없다니까. 수호룡과 연줄 만들고 싶다고 다들 어찌나 떽떽거려대는지. 그나마 다과회를 열 거라는 소식에 잠시 잠잠해졌지만."

"얻으신 게 꽤 있으시겠습니다."

"어머, 그렇게 말하니 내가 꼭 동생 팔아먹는 것처럼 들리잖아. 청탁은 많았지만 받은 건 없어. 무형적인 이득이 아예 없다고는, 말할 수 없겠지만."

아리에스는 곱게 다듬어진 손끝을 살랑살랑 흔들며 미소 지었다. 절로 따라오는 것까지 거절할 필요는 없지 않겠는가.

"한 가지 더 여쭙고 싶은 것이 있습니다만."

다과회 초대 명단을 챙겨 넣으며 헤러시가 입을 열었다.

"사랑에 대해 예비 황후마마의 조언을 얻어 가기로 하였거든요."

"응? 내 조언?"

"예. 나비후궁마마가 사랑에 대해 잘 모르겠다고 해서 말입니다. 저라고 해서 딱히 아는 것도 없고, 무엇보다 예비 황후마마께서는 경험자이시니까요."

"경험자이기는 하지."

아리에스는 조금 못마땅한 표정을 지었다가 다시금 입술 양끝을 끌어 올렸다.

"사람마다 다르겠지만 내 경우에는 말이야, 독점욕이 강했지.

게도 절대 양보할 수 없는 내 거. 손안에서 결코 놓고 ~~은~~ 귀엽고 예쁘고 사랑스러운 사람. 만약 황족이 아니었더 ~~라~~ 집으로 데려가서 가둬놓았을지도 몰라. 물렁물렁하니 쉬운 ~~녀~~자니까 불안해서 어디 내보내겠느냐고."

이카르에게 후궁을 들이라고 말은 하였지만 솔직히 내키지는 않았다. 내 건데. 양부인 수호룡과도 나누기 싫었건만 알지도 못하는 다른 여자라니, 상상만으로도 속이 뒤집혔다.

"솔레다토르께서도 독점욕은 꽤 있어 보이시던데요."

"그렇긴 한데, 폐하 상대로도 그러셨거든. 내가 빼앗아 가는 것을 엄청 탐탁잖아 하셨지. 그래서 헷갈려."

아리에스가 이카르와 사귀는 것을 허락해줘 놓고서 툭하면 언짢은 눈길을 보내며 투덜대기 일쑤였다. 양자 상대로도 그러하였으니 이카르와 비슷한 위치랄 수 있는 생쥐를 향한 독점욕 또한 연심이라 단정할 수가 없었다.

"그러니까 열심히 부추기고 떠보라고. 특히 솔레다토르 말이야. 영 가망이 없어 보인다면 얼른 선 자리라도 마련해야지. 드래곤과 달리 인간 소녀의 시간은 빠르니까."

"……노력은 해보겠습니다."

"자신 없는 표정 짓지 말고!"

"예예."

헤러시는 맥없이 고개를 끄덕거렸다.

꿈을 꿨다. 생쥐는 베갯잇에 푹 파묻힌 머리를 뒤척였다. 반쯤 뜨인 두 눈이 아직 몽롱하다. 그녀는 느릿하게 몸을 일으켜 앉아 손등으로 눈가를 비볐다.

'……기분이 이상해.'

솔레다토르가 나오는 꿈을 처음 꾼 것은 아니었다. 하지만 이번에는 평소와 조금 달랐다. 생쥐는 침대 위에 웅크리고 앉아 한숨을 포옥 내쉬었다. 일어나야지, 하고 생각하면서도 자꾸만 미적거려진다. 결국 그렇게 한참을 이불을 휘감은 채 앉아 있다가 요정들이 먼저 일어나서야 겨우 침대에서 벗어났다.

"생쥐 너 힘이 없어 보인다?"

"어디 아픈가?"

"감기야?"

"아뇨, 아니에요."

생쥐는 고개를 저으며 씻기 위해 욕실로 들어갔다. 준비되어 있던 따뜻한 물로 세수를 하자 멍하던 머릿속이 조금쯤 맑아졌다.

"……사지, 라지."

"응?"

"왜?"

"사랑한다는 거요, 어떤 걸까요?"

얼굴의 물기를 닦아내고 드레스 룸으로 향하며 생쥐가 물었다. 그녀의 말에 사지예가 팔짱을 끼며 대답했다.

"재미있는 거야."

"재미요?"

"그래, 같이 있으면 즐겁고 재미있는 거."

"잘 맞아야 하고! 우리처럼~."

같이 있으면 즐겁고 재밌고 서로 잘 맞는다라. 생쥐는 고개를 갸웃 기울였다. 솔레다토르의 곁에 있으면 즐겁기는 했다. 하지만 재밌거나 잘 맞는다고는 할 수 없었다.

"그럼요, 상대에게 잘 맞춰주고 즐겁고 재밌게 해주면 사랑하는 게 되는 걸까요?"

"해주는 건 아니지. 자연스럽게 되어야지."

"평생 같이 사는 거라고~ 한쪽만 맞춰주면 어떻게 살아."

"금방 지치고 말지! 몇 년 못 버틸걸?"

"그냥 딱 잘 맞아야 해! 그래야 평생 잘 살거든."

"같이 하면 뭘 하든 재밌으니까 얼마나 좋아!"

생쥐는 죽이 착착 맞는 요정들을 부러운 듯 바라보았다. 저렇게나 서로 잘 맞아야 한다니.

'……역시 난 안 돼.'

궁정의 다른 사람들의 수준에도 따라가기 벅찬데 솔레다토르 상대라니, 불가능한 일이었다. 그 무엇 하나라도 그와 대등해질 자신이 없었다. 그저 곁에서 일말의 도움이라도 되고자 발버둥 치는 것이 전부였다. 그 도움이라는 것도 누구든지 대신할 수 있는 사소한 일들뿐이었다. 생쥐는 잔뜩 의기소침해진 채 옷을 갈아입었다.

오늘은 검술 수업 외 다른 수업이 없는 날이었기에 아침을 먹고 운동을 한 뒤 공중정원으로 올라갔다.

그사이 온실도 외부의 정원도 많이 바뀌어 있었다. 대부분의 식물들이 솔레다드 산맥에서만 찾아 볼 수 있는 희귀한 품종들로 교체되어 철저히 관리된 궁정의 정원이라기보다는 야생의 산 한 자락을 떼어놓은 듯한 풍경이었다.

생쥐는 온실 안으로 들어가 물뿌리개에 물을 채웠다. 온실에는 화산과 온천 근처에 자생하는 식물들이 심어져 있었다. 그중 온천 식물들은 수분을 많이 필요로 하였기에 매일 물을 줘야 했다. 물을 주고 마른 나뭇잎을 떼어내고 햇살이 들어오는 방향을 따라 화분을 옮겼다.

일을 마치고 점심을 먹고 수업을 위해 헤러시를 마중 나가야 할 때였다.

"나도 가마."

"……네?"

평소와 달리 따라나서겠다는 솔레다토르의 말에 생쥐가 당황했다.

아리에스 언니의 조언을 전해 듣기로 했는데, 그의 앞에서는 대화하기가 곤란했다. 그런 생쥐의 태도에 솔레다토르의 미간이 약간 찌푸려졌다.

"싫은 건가."

"아뇨, 아니에요!"

생쥐는 얼른 고개를 저었다. 궁금하긴 해도 꼭 오늘 들어야 할 필요는 없다. 수업은 일주일에 다섯 번이나 되고 외궁에도 자주 방문하니 기회야 많았다.

"조금도 싫지 않습니다. 좋아요."

그 대답에 만족한 듯 생쥐를 향해 손이 내밀어졌다.

'……내가 뭐 실수한 게 있었던가.'

헤러시는 속으로 한탄하며 내궁으로 통하는 문 너머에 서 있는 두 사람을 바라보았다. 왜 둘이지. 솔레다토르가 별 이유 없이 여기까지 나왔을 가능성은 낮았다. 혹시 어제 생쥐와의 대화가 그의 귀에 들어간 것일까. 그렇게 생각하자 등골이 서늘해졌다. 그간 좀 만만해졌다고 해도 상대는 감히 범접할 수 없는 힘을 지닌 드래곤이다. 최대한 거슬리지 않는 것이 최선이었다.

"여기까지 걸음을 하시다니, 몸 둘 바를 모르겠습니다."

과장되게 허리를 굽혀 인사하는 헤러시를 금색 눈동자가 차갑게 쳐다보았다. 그 서늘한 시선 속에서 감히 입을 벙긋댈 수가 없어 헤러시는 묵묵히 뒤쪽 공터로 걸음을 옮겼다. 생쥐 또한 솔레다토르의 눈치를 살피느라 조용했다.

"음, 후궁마마께서 주최하시기로 한 다과회의 초대 명단이 나왔습니다."

공터에 도착한 헤러시가 조심스럽게 아리에스에게 받은 명단을 꺼내 들었다.

돈은 많을수록 좋다. 아리에스는 솔레다토르에게 혼례 예물용 금괴 열 상자에 더해 황후로서의 자리매김을 위한 준비자금이라는 명목으로 열 상자를 더 뜯어냈다. 덕분에 그녀는 어지간한 거부 못지않게 재력을 뽐낼 수가 있었다. 물론 살타토르가의 재산 규모를 의심받지 않을 정도의 자제력은 발휘하였다. 아직 황후 자리에 오르기 전이니 괜한 구설에 휘말릴 필요는 없었으니까.

 "알겠니, 내 아가씨. 다과회 날엔 그곳에서는 물론이요 제국 전체에서 가장 화려하고 아름답게 치장해야 한단다."

 아리에스가 옆에 앉은 생쥐에게 다정하게 말했다. 결혼식과 황후 간택일 외엔 궁정에서 정식으로 모습을 나타낸 적이 없는 생쥐다. 그렇기에 이번 다과회는 중요했다. 수호룡의 하나뿐인 후궁이 얼마나 사랑받고 아낌을 받는지 귀족 영애들에게 확실하게 보여줄 기회였기 때문이다. 그리고 집으로 돌아간 그녀들은 자신이 본 것을 열심히 퍼뜨려줄 것이다.

 "이번 겨울에는 표범 가죽이 유행입니다. 주로 어깨를 가리는 정도의 짧은 모피 숄을 만들지요. 작년의 털 망토 같은 건 아무도 입지 않습니다. 답답하고 둔해 보이거든요."

 유명 의상실의 마담이 상냥한 미소와 함께 하얀 표범 가죽을 들어 보였다.

"노출은 없되 날씬하게! 허리를 조이고 레이스는 뒤쪽으로만 풍성하게 모으는 거죠. 겹겹의 레이스에 가슴과 치마 밑단에는 정교한 자수를 놓습니다. 주로 금색과 붉은색을 사용해서요. 이 수의 정교함과 화려함에 따라 드레스의 격이 정해진답니다."

"무조건 최고로 하거라."

 아리에스가 딱 잘라 말했다. 돈은 얼마가 들어도 좋다는 그 태도에 마담의 미소가 좀 더 짙어졌다.

"순백색 최고급 레이스 사이사이에 연분홍빛 진주를 엮고 허리 장식으로는 루비를 쓴다면 나비후궁마마의 눈동자와 무척이나 잘 어울릴 것으로 생각됩니다."

"장식에 쓸 루비는 내가 준비해주마."

 솔레다토르에게 시중에서 찾아보기 힘든 최상품 루비 한둘 정도는 있을 것이다. 귀여운 후궁을 위해 그 정도는 내어놓아주셔야지. 이왕이면 그 이상을, 앞으로도 계속해서.

 메인이 될 드레스 외에도 몇 벌의 드레스를 더 맞추고 신발과 비단 양말, 목걸이, 귀걸이, 향수 등도 고르고 나니 한나절이 순식간에 지나갔다. 아리에스와 생쥐는 이른 저녁식사를 먹고 다과를 앞에 둔 채 이런저런 이야기를 나누었다.

"결혼식 전에 아이가 들어서면 곤란해지기는 한데, 그렇다고 밤을 혼자 보낼 수는 없잖니? 젊은 연인에겐 참기 힘든 일이라고."

아리에스가 호호호 웃으며 말했다. 사실 정식으로 식을 올리기 전에 임신한다고 해서 크게 문제 될 일은 없었다. 한 번뿐인 결혼식에 배 나온 드레스를 입어야 한다는 지극히 개인적인 곤란함 정도뿐이다. 생쥐는 연인이라는 단어를 쉬이 입에 담는 아리에스를 부러운 듯 바라보았다.

"저는 결혼을 했으니까요, 만약에 아기가 생겨도 곤란한 일은 없겠죠?"

"으음, 그렇겠지."

대답하는 어투가 조금 애매했다. 아리에스는 한숨을 내뱉는 대신 차를 한 모금 마셨다. 문제없을 거라고 말은 했지만 사실 생쥐의 임신은 문제가 좀 많았다. 예전에는 선황제의 아이였지만 지금은 수호룡의 아이다. 용혈이 짙게 흐르는 아이라니, 그 혈통이 궁정에 얼마나 큰 파란을 몰고 올지는 상상키 어렵지 않았다. 그러나 그렇다고 해서 생쥐에게 임신하는 건 안 돼, 라고 말할 수는 없었다.

'뭐어, 꼭 나쁜 점만 있으리란 법은 없고.'

뭐든지 이용하기 나름이다. 아리에스는 약간 좁아졌던 미간을 다시 펴며 미소 지었다.

"하지만 그전에 솔레다토르와 진짜 부부 사이가 되는 게 먼저겠지?"

"……네."

생쥐가 힘없이 대답했다.

"자신은 없지만요……."

"왜? 요즘 솔레다토르가 섭섭하게 대하기라도 하니?"

"아뇨."

생쥐는 작게 고개 젓곤 이어 말했다.

"같이 안 자는 거 빼고는 똑같아요."

"같이 안 자는 게 문제구나."

"그건, 겨울에만 그러기로 했으니까요. 겨울에는 방해된다고 하셔서……."

"그래?"

아리에스의 눈꼬리가 살짝 치켜 올라갔다. 방해라.

"생쥐야."

"네?"

"사랑에 대해 잘 모르겠다고 했었지?"

"네."

아리에스는 상체를 생쥐 쪽으로 바싹 당기며 말을 이었다.

"그럼 만약에 말이야, 솔레다토르 말고 다른 남자를 만난다면 어떨까?"

"다른…… 남자요?"

연녹색 눈이 동그랗게 커졌다. 한 번도 생각해본 적 없는 일이라는 표정이었다.

"저는, 솔의 것인데요? 결혼도 했고요."

"이제는 상황이 바뀌었으니까 취소할 수 있어. 새로운 사람을 만나서 사귀고 결혼할 수도 있다는 거지."

"어…… 그럼, 그럼……."

취소할 수 있다. 그 한마디가 생쥐의 머릿속을 크게 울렸다. 변하지 않을 거라고 생각했는데. 이대로 쭉 솔레다토르의 곁에 머물 수 있을 거라고 생각했는데. 아무것도 바뀌지 않고, 지금 이대로…….

"……생쥐야?"

순식간에 뺨이 젖어들었다. 두 눈 가득 눈물이 흘러넘쳤다. 생쥐는 자신이 울고 있다는 걸 채 자각하지도 못하고서 끅끅 서러운 소리를 토해냈다.

"그럼, 흑, 그러면, 흐윽, 흐으, 흐어어엉!"

"새, 생쥐야!"

당황한 아리에스가 벌떡 일어나 생쥐를 품에 안고 다독였다.

"아니야, 취소 안 해! 그냥 만약이야, 만약!"

"흐끅, 으흑……."

생쥐는 훌쩍거리며 고개를 들어 아리에스를 올려다보았다. 가슴이 꽉 막힌 듯 무겁게 아파져 울음을 쉽게 멈출 수가 없었다. 슬프기도 하고 두렵기도 하고, 또 어째서인지 분하기도 하였다.

"괜찮아, 괜찮아. 네가 원하는 대로 해줄 테니 그만 울렴."

"흐윽, 언니……."

"그래, 그래."

"혹시 솔이, 결혼한 거 취소할 수 있으니까, 끄흡, 혹시 절 내보내려고 하면……."

"아냐, 그럴 일 없어."

"하지만……."

"절대 그럴 일 없으니 걱정하지 마. 솔레다토르가 얼마나 독점욕이 강한데. 한번 손에 들어온 사람은 쉽게 안 내놓는다고. 이카만 해도 그랬잖아. 생쥐 네가 먼저 다른 사람과 사랑에 빠져서 결혼하겠다고 나서지 않는 이상 절대로 내보내주지 않을 거야."

"……그럴까요?"

"물론이지! 장담해."

생쥐는 젖은 눈을 느릿하게 깜박였다. 정말로 괜찮은 걸까. 지금 이 순간만큼은 아리에스의 말조차 곧이곧대로 믿기 힘들었다. 심장이 아직까지도 팔딱팔딱 거칠게 뛰었다.

"생쥐야."

따스한 손길이 연회색 머리칼을 부드럽게 쓸어내린다.

"그렇게나 솔레다토르의 곁에 있고 싶어?"

"……네."

"그래, 그럼. 어떻게든 그 인간, 아니 용을 넘어뜨리자."

"네?"

넘어뜨리자니, 대체 무슨 말인 건가 하는 생쥐를 향해 아리에스가 후후후 웃어 보였다.

"남자가 적극적이지 못하니 어쩌겠어, 먼저 덮치기라도 해야지."

"덮쳐요?"

"아니면 유혹한다거나. 음, 잘 통할 거 같지는 않지만."

아직 소녀에 가까운 생쥐도 문제지만 솔레다토르 또한 유혹이라는 게 쉬이 통할 상대가 아니다. 수백 년을 궁정에서 살아왔고 무수한 미녀들을 보아왔을 테니까. 그 미녀들 중에 수호룡에게 적극적인 관심을 보낸 아가씨도 제법 있었을 것이고. 그럼에도 수호룡의 여자는 아직 생쥐 외엔 없었다. 그만큼 딱딱한 상대라는 뜻이었다.

"일단 생쥐 넌 솔레다토르를 사랑하잖아."

"사랑 안 해요."

"응? 사랑에 대해 잘 모르겠다며? 내가 보기엔 사랑이 맞는 것 같아."

헤어진다는 생각만으로도 눈물을 펑펑 흘리는데 어디 보통 감정이겠는가. 그러나 생쥐는 고집스럽게 고개를 저었다.

"사랑 아니에요. 아니어야 합니다."

"아니어야 한다니?"

"자신이 없어요. 어려울 거 같아요."

생쥐가 진지하게 말했다. 솔레다토르를 향한 사랑이라는 것을, 자신은 감당할 수 없을 거 같았다. 요정들의 이야기도 그렇고 아리에스를 보아도 그렇다. 그들처럼 상대방과 대등해지는 건 절대로 불가능했다.

"어렵다니. 그냥, 자연스러운 거야."

아리에스가 상냥한 목소리로 속삭였다.

"누구나 다 할 수 있는걸. 물론 생쥐 너도."

"하지만 저는 안 돼요. 못 하겠어요. 조금…… 무섭기도 합니다."

어깨를 움츠리는 생쥐의 모습에 아리에스가 곤란한 표정을 지었다. 아무래도 조금 전의 충격이 큰 모양이었다. 그뿐만 아니라 생쥐의 자존감이 낮은 이유도 있을 것이었다.

"……그래. 천천히 생각해보렴."

지금은 일단 넘어가자. 사교계에 발 들여 모두에게 떠받들어지며 자신감을 가지게 되면 차차 나아질 테니까. 아리에스는 그렇게 생각하며 다시 의자로 가 앉았다.

"다과회 준비는 어떠니? 초대장 쓰는 건 어렵지 않아?"

"네. 글씨가…… 별로 예쁘진 않지만요."

글을 배우기 시작한 지 얼마 안 되었다 보니 철자를 틀리지 않도록 신경 쓰는 것만으로도 버거웠다.

"괜찮아. 악필은 흔하니까 신경 쓰지 말렴. 알아볼 수만 있으면 된단다. 계속 연습하면 더 나아지기도 할 거야. 나도 어릴 때는 삐뚤

삐뚤했거든."

"언니도요?"

"그럼, 물론이지. 처음부터 완벽한 사람이 어디 있겠니. 다 노력해서 느는 거야."

 타고난 재능으로 인한 차이는 어쩔 수 없이 있겠지만 말이다. 그러나 지금 그런 이야기를 할 필요는 없다. 아리에스는 다정한 미소와 함께 생쥐의 빈 찻잔에 직접 차를 따라주었다.

배울 수 있는 건 다 배우고 싶다. 특히 아리에스와 이카르가 할 수 있는 것들을. 물론 욕심을 다 따라잡을 수는 없었다. 의욕은 넘쳐났지만 생쥐의 시간과 능력은 모자랐다. 예법이나 화술, 미술, 시문학 등은 기초적인 것조차 버거워 배우는 과목을 늘리기는커녕 되레 축소해야 할 지경이었다.

 하지만 몸으로 하는 것에는 생각 이상으로 뛰어난 자질을 보였다. 기본 체력은 여전히 부족한 편이었지만 기술적인 면에서의 배움은 빨랐다. 덕분에 검술은 물론이요 그 밖의 잡기들까지 습득할 수 있었다. 그리고 지금은.

 휘리릭!

 끝에 흐느적거리는 갈고리가 달린 줄이 나뭇가지를 휘감았다. 생쥐는 줄을 당겨 제대로 고정이 되었는지 확인한 뒤 나무를 오르기 시작했다. 가볍고도 재빠른 몸놀림으로 순식간에 나무 위쪽 가지에 올라서는 생쥐의 곁으로 요정들이 다가갔다.

 "잘하네~."

 "그러게 이카보다 나은걸."

라지예의 말에 생쥐가 기쁜 듯 수줍은 듯 웃었다.

"정말요? 이카보다 제가 더 나아요?"

"걔가 나무는 잘 못 올랐거든."

"절벽도!"

"폭포에서 몇 번 떨어지기도 했잖아~."

"맨손으론 못 따라와서 그거 만든 거야."

사지예가 생쥐가 들고 있는 줄을 가리키며 말했다. 과거 요정들과 어울리기 힘겨워하던 어린 이카르를 위해 특별히 만든 벽 타기용 도구였다.

"헤러시 시종장이 제 손재주가 좋다고 했습니다."

생쥐가 자랑스러운 표정으로 말했다. 그런 그녀를 두 남자가 나무에서 약간 떨어진 곳에 서서 지켜보고 있었다.

"의외의 재능을 지니셨군요. 어쩌면 의외가 아닐지도 모르지만요."

헤러시가 나직이 말했다.

생쥐의 저 소질은 어쩌면 부모로부터 비롯되었을지도 모른다. 예를 들어 솜씨 좋은 도둑이나 소매치기 같은 부류 말이다. 뒷골목 출신이니만큼 충분히 가능성 있는 일이었다.

"재능이라고 해도 여기서는 별 쓸모가 없다."

"없는 것보단 낫지 않습니까. 아주 쓸모가 없는 것도 아니고요. 요즘 겨울이라 화재가 잦은 편인데 불이라도 나면 쉽게 도망칠 수 있겠지요."

수호룡이 24시간 붙어 있는 것은 아니니 만일을 대비해 이것저것 배워두는 것도 괜찮을 터다.

"예비 황후마마께서도 저런 류의 탈출 수단 정도는 익히고 계시답니다."

"그 여자가?"

"후계자 수업을 받으셨으니까요. 살아남는 것은 기본 소양이죠."

황위만큼은 아니라 해도 귀족가문의 계승자격 또한 살벌한 경쟁이 뒤따르는 경우가 종종 있었다. 그렇기에 가문의 유력한 후계자는 스스로를 지킬 방법을 필수적으로 배우곤 했다.

"물론 말씀대로 궁정에서 도움이 되는 건 아니지만요. 내일 있을 다과회가 조금 걱정되기는 합니다."

그간 다과회 준비는 순조롭게 진행되어 바로 내일 열릴 예정이었다.

"아리에스가 고른 참석자들이니 별문제는 없겠지."

솔레다토르가 시큰둥하게 말했다. 아리에스를 마음에 들어하진 않았지만 그녀의 능력과 생쥐를 위하는 것만큼은 인정하고 있었다.

"그게 아니더라도 지금 상황에서 생쥐의 기분을 거슬리게 할 사람은 없을 테니."

"그렇긴 합니다만 어린 귀족 영애들이니 말입니다. 무심코 실수할 가능성은 얼마든지 있지요."

내일 있을 다과회 참석자들은 생쥐와 나이가 같거나 한두 살 차이

나는 소녀들이었다. 그러니 머리로는 생쥐에게 잘 보여야 한다고 생각하면서도 감정을 제대로 조절하지 못하고서 실수해버릴지도 몰랐다.

"후계자 교육을 받은 예비 황후마마께서도 울컥하는 면이 제법 있으시잖습니까. 평범한 영애들이야 그보다 더하겠죠."

헤러시의 말에 솔레다토르의 미간이 살짝 찌푸려졌다. 자신의 불안을 일부러 부추기는 꼴이 마음에 들지 않았지만 아주 틀린 소리는 또 아니었다.

"뭐어, 앞으로 계속 사교활동을 하려면 미리 한 번쯤 겪어보는 것도 나쁘진 않겠지만요. 아플수록 성장한다는 말도 있지 않습니까."

"……헛소리."

최소한 생쥐에게는 성장을 위한 아픔 따위 필요 없다. 여느 귀족 소녀들과 비교하면 평생 치라 해도 좋을 고생을 이미 다 겪었지 않은가. 그러니 좀 더 편하게 지내도 될 터인데.

솔레다토르는 불편해진 심정으로 사서 고생 중인 소녀를 바라보았다.

21. 느린 진전

 평소라면 아직 잠들어 있어야 할 시간이다. 겨울이 점점 더 깊어가면서 밀려드는 졸음을 참기 힘들었지만 솔레다토르는 침실이 아닌 발코니에 나와 서 있었다. 생쥐에게 별일 없을 거라고 생각하면서도 자꾸만 걱정이 든 탓이었다.

 '……역시 너무 이른 게 아닐까.'

 빈민가에서 살다가 궁에 들어오게 된 지 채 반년도 지나질 않았다. 궁정문화에 대한 공부는커녕 적응하기에도 빠듯한 시간이다. 그러니 간단한 다과회라 해도 생쥐에겐 버거운 일이 아닐까. 혹 누군가가 날선 말을 던진다 해도 변변한 반박조차 하질 못할 텐데. 빙빙 둘러 비꼬는 말에는 제대로 이해하지 못한 채 멍하니 웃고만 있을지도 모른다.

켜켜이 쌓여가는 근심에 인상을 찌푸리고 있는 그의 곁으로 요정들이 날아왔다.

"생쥐 걱정돼요?"

"하긴 혼자 사람들 사이에 내보낸 적은 없으니까~."

"전엔 우리가 곁에 있었는데."

"지금이라도 가볼까요?"

"멍청한 소리 하지 마라."

사지예의 말에 솔레다토르가 한숨을 섞어 대꾸했다.

"생쥐보다는 네 녀석들이 더 위험하다. 몇 번이나 말했다만 섣불리 밖에 나갈 생각은 하지도 말도록."

생쥐 또한 노리는 자들이 있겠지만 그녀 자체로는 별다른 가치가 없었다. 수호룡의 후궁이자 예비 황후의 동생으로서만 쓸모가 있기에 설사 납치당한다 해도 그쪽에서 먼저 연락을 해올 터였다. 하지만 요정들은 다르다. 본래 모습의 요정은 자신들의 숲을 벗어나는 경우가 거의 없었기에 인간들 사이에서는 무척이나 희귀한, 사로잡기 힘든 고가의 애완동물로 취급되고 있었다. 즉 그 자체로도 위험을 감수할 만한 가치를 지니고 있다는 뜻이었다. 그러니 예전과 달리 변변한 무력을 지니지 못한 지금 조심성 없이 밖을 돌아다녔다간 순식간에 납치당해 팔려가고 말 것이었다. 그렇게 되면 솔레다토르로서도 어떻게 구해줄 방법이 없었다.

"작아진 거 너무 불편해."

"그러게. 심심하기도 하고."

"생쥐만 아니었으면 숲으로 돌아갔을 텐데~."

"생쥐가 밖에서도 사람 많이 사귀면 돌아가야지~."

요정들을 대신할 사람이 생긴다면 굳이 위험을 무릅쓰고 남아 있을 필요는 없었다. 이따금 놀러 오는 정도는 하겠지만. 사지예와 라지예가 떠들어대는 사이에도 솔레다토르의 시선은 외궁을 향해 못 박혀 있었다. 이미 다과회는 시작되었을 것이다. 잘하고 있을까. 좋은 집안에서 부족함 없이 자라난 여자들 사이에서 위축되어 있지는 않을까. 그렇잖아도 자신감이 부족한 생쥐다. 주눅 들어 길을 잃어버린 어린애처럼 안절부절못하고 있는 것은 아닌지, 안 좋은 생각이 연신 솟아났다.

"솔레다토르, 땅 꺼지겠어요."

무심코 내쉰 한숨 소리에 사지예가 혀를 쯧쯧 찼다. 이어 라지예도 한마디 거들었다.

"걱정되면 가보면 되잖아요?"

"그러게 솔레다토르는 나가도 상관없지 않나?"

"바로 코앞인데 그냥 갔다 와요~."

요정들의 재촉 속에 금색 눈동자가 망설임으로 흔들렸다. 외부와의 접촉을 최대한 피할 생각이었지만 다른 곳도 아닌 외궁이다. 모나르카궁을 벗어나는 것도 아니니 그 정도는 괜찮지 않을까.

애초에 외부 출입을 하지 않는 것도 단순히 귀찮은 일을 면하려는 이유일 뿐, 절대 나갈 수 없는 건 아니었다. 그러니 이렇게 고민하고 있을 바에야 조금 귀찮고 마는 편이 낫다.

그렇게 결론 내린 솔레다토르가 몸을 돌렸다. 발코니를 떠나 안으로 들어가는 그의 뒤를 요정들이 팔랑팔랑 따라붙었다.

"가보게요?"

"아니면 그냥 잘 거예요?"

"잠시 확인만 하고 올 거다."

별문제 없는지 잠깐 살펴보기만 할 것이다.

솔레다토르는 그렇게 말하곤 서두르지 않으려 노력하며 발걸음을 옮겨 갔다.

아리에스는 생쥐를 최대한 어른스럽게 꾸미도록 요구했다. 정확히는 생쥐 또래 귀족 영애들과 비슷해 보이게끔 만들라는 것이었다. 그것을 위해 준비된 것은 보정 속옷과 굽 높은 구두였다. 가슴을 좀 더 부풀리고 키를 키우는 것만으로도 두어 살은 더 성숙한 외모가 될 수 있었다. 어린 소녀티를 벗어나지 못한 생쥐였기에 그 차이는 더더욱 뚜렷하게 나타났다.

"신기하네요."

생쥐가 커다란 거울에 비친 자신의 모습을 바라보며 말했다. 유행에 따라 몸매를 드러내는 드레스가 둥글게 솟은 가슴 덕분에 더더욱 늘씬한 선을 그리며 레이스를 흔들리게 하고 있다. 속바지와 속치마 덕에 밋밋하던 엉덩이와 골반 또한 부풀려져 원래의 어린 체형은 흔적조차 찾아볼 수가 없었다. 거기에 구두로 키를 키우고 화장 또한 평소보다 짙게 하자 전과 달리 아리에스의 동생이 아닌 같은 나이대로 보였다.

"움직이기 불편하지는 않으십니까?"

시녀의 물음에 생쥐가 짧게 고개 저었다.

"괜찮아요."

수업 시간에 굽이 있는 신발을 신고 우아하게 걷는 방법 또한 배웠다. 그때보다 굽이 더 높긴 했지만 걷기 어렵지는 않았다. 오래 걷거나 춤을 춰야 한다면 모를까, 대부분 앉아 있을 뿐인 다과회 정도야 문제없다.

"손님들은 도착했나요?"

생쥐는 거울 앞에서 몸을 돌리며 나직하게 물었다.

"입궁하였다 하니 머잖아 도착하지 싶습니다."

"다과의 준비는 끝났나요?"

"예. 모든 준비를 마쳤습니다."

"좋아요."

생쥐는 고개를 살짝 까닥여 만족을 표했다. 겉으로 보이는 모습은 차분했지만 지금 그녀의 머릿속은 바쁘게 돌아가고 있었다. 손놀림, 발놀림, 표정, 어투, 등등 신경 써야 할 것이 너무나도 많다. 다과회의 인사말도 잊어먹지 않도록 몇 번이나 되새겼다. 아리에스도 헤러시도 선생들도 부담은 가지지 말라 했지만 최대한 완벽히 해내고 싶었다.

"주방을 살피고, 다과회장으로 가죠."

목을 세우고 어깨를 펴고서 걸음을 옮겼다. 생쥐의 곁으로 시녀장이 서고 그 뒤쪽으로 시녀들이 따라붙는다. 주방으로 가 준비된 음식들의 상태를 확인하고 가볍게 맛을 보았다.

요리장에게 치하의 말을 몇 마디 건넨 뒤 다과회장으로 향하였다.

겨울이기에 다과회장은 정원을 개방하지 않은 실내였다. 대신 황실 온실에서 가지고 온 꽃을 장식하고 온수 분수를 설치했다. 분수 물에는 향료를 떨어뜨려 꽃향기에 더해 은은하고 달콤한 향이 공기 중에 퍼져 나간다.

생쥐는 다과회장을 둘러본 뒤 만족스럽다는 표정을 지어 보였다. 사실 준비가 잘되었는지 어떤지 판단하기 힘들었지만 아는 척이라도 했다. 그간의 수업 내용 중 하나가 부족한 부분을 겉으로 드러내어선 안 된다는 것이었기 때문이다. 몰라도 티내지 말고 미소로 적당히 넘어가고 항상 자신 있는 태도를 보여라. 생쥐는 교사의 가르침을 열심히 따랐다.

"나비후궁마마, 레자르 백작 영애가 도착하였습니다."

드디어 손님들이 하나둘 도착하기 시작했다. 평범한 귀족 영애보다 생쥐의 지위가 더 높았기에 마중 나가지는 않았다. 잠시 뒤 긴 금발을 구슬을 꿴 듯 땋아 올린 동그란 얼굴의 소녀가 다과회장으로 들어왔다. 그녀는 만면에 붙임성 좋은 미소를 머금은 채 생쥐에게 인사했다.

"어서 오세요, 레자르 백작 영애."

"초대해주셔서 감사합니다, 나비후궁마마. 이렇게 뵙게 되어 무척이나 영광이에요."

이어 다른 레이디들도 앞다투어 다과회장에 들어섰다.

다양한 가문에 다양한 외모에, 나이도 비슷하다곤 해도 열다섯부터 열여덟까지 다양했지만 하나같이 생쥐에 대한 호감을 표현하기 위해 안달이었다.

혹 그녀의 눈에 들면 외궁이 아닌 내궁으로 초대받을 수 있을지도 모른다. 그뿐만 아니라 미래의 황후가 아끼는 동생이기도 하니 생쥐는 사귀어둘 가치가 차고 넘치는 상대였다. 사교활동을 하지 않아 생쥐의 알려진 친구가 없다는 사실 또한 영애들의 경쟁적인 상냥함에 불을 붙이는 데 한몫했다. 처음 사귀는, 혹은 몇 안 되는 소수의 지인이라는 건 보통 큰 의미를 지니기 마련이니까.

"마마께오선 상상보다 훨씬 사랑스러운 분이신 것 같아요."

아르데레 자작 영애가 커다란 밤색 눈동자를 반짝이며 말했다. 긴 테이블의 중앙에 앉은 생쥐가 약간 수줍은 듯 미소했다.

"과찬입니다."

"어머, 아니세요. 여자인 저조차도 눈을 뗄 수가 없는걸요."

"맞아요. 다과회장에 들어선 순간 깜짝 놀라고 말았답니다."

모두들 열심히 아부를 떨려 했지만 비슷한 소리만 반복되고 있었다. 생쥐에 대해 알려진 게 워낙 적다 보니 당장 눈에 띄는 외모 외에는 추켜세울 수 있는 게 없었기 때문이었다. 그렇다고 수호룡에 대해 함부로 떠들 수도 없으니 더더욱 할 말이 줄어들었다.

"이 향은 로젠디의 홍차네요. 달콤하면서도 끝이 상큼하여 좋아하는 홍차랍니다."

세르펜스 백작 영애가 홍차로 슬쩍 주제를 옮겼다. 그녀의 말에 생쥐는 속으로 당황하며 자신의 찻잔을 내려다보았다. 홍차에 대해서는 아는 게 별로 없다. 그냥 있으니까 마시는 것일 뿐 취향이라 할 만한 것도 없었다. 그런 생쥐의 당혹을 재빠르게 눈치챈 레자르 백작 영애가 얼른 입을 열었다.

"초콜릿 쿠키가 무척이나 부드러워요. 마마께오선 어떤 과자를 좋아하시나요?"

과자 이야기에 생쥐가 미소 지었다.

"전부, 아니, 호두가 들어간 것을 좋아한답니다."

과자는 물론이요 음식은 뭐든 다 좋았지만 그렇게 말해선 안 된다고 배웠다. 특별히 좋아하는 것과 적당히 좋아하는 것, 그저 그런 것과 싫어하는 것도 있어야 했다. 그러면서도 좋아하는 티나 싫어하는 티를 과하게 내어서는 안 된다.

"벌꿀과 우유가 들어간 촉촉한 쿠키도 즐기는 편이고요."

"어머, 저도 좋아한답니다."

"저도요."

"견과류 중에서는 역시 호두가 제일이죠."

"맞아요. 어디에나 잘 어울리고 고급스럽지요."

소녀들의 재잘거림 속에서 생쥐는 어색하게 찻잔을 매만졌다. 좋은 집안의 꽃처럼 아름다운 아가씨들이 자신만 바라보며 상냥하게 미소 짓고 온갖 말로 칭찬과 호응을 해준다. 그 낯선 분위기에 기분이 묘해졌다. 반년 전만 해도 자신을 향해 불쌍한 눈길이나 던질 뿐 말 한마디 걸어주지 않았을 이들인데. 아니, 마주칠 일 자체가 아예 없었을 터였다. 그런데 지금은 모두들 다정하고 친절하다. 무심코 우쭐해져버릴 것 같은 환경이었지만.

'내가 잘난 건 절대 아니야.'

어디까지나 솔레다토르와 아리에스가 있기 때문이다. 그 사실을 잊어서는 안 된다. 달콤한 말에 가슴이 설렜지만 넘어가서는 안 되었다.

"나비후궁마마, 혹 불편하지 않으시다면…… 그분에 대해 여쭐 수 있을까요?"

이런저런 담소들이 오가고 분위기가 무르익었다 싶어졌을 즈음, 한 영애가 조심스럽게 말문을 열었다. 수호룡에 대해 함부로 이야기해선 안 된다고 주의를 받았지만 지금과 같이 좋은 기회를 놓칠 수는 없었다. 게다가 생쥐가 다루기 쉬운 순진함을 지니고 있다는 것 정도는 금방 눈치챌 수 있었기에 더더욱 입 다물고 있기가 힘들었다. 다른 소녀들 또한 약간의 긴장과 호기심이 섞인 눈빛을 빛냈다.

"그분이요?"

"예. 후궁마마께서 모시는 분에 대해 조금이나마 듣고 싶습니다."

"물론 마마께오서 괜찮으시다면 말이에요. 마마에 대해 좀 더 알고 싶은 마음일 뿐이오니 크게 신경 쓰지는 말아주세요."

솔레다토르에 대해 듣고 싶다는 말에 생쥐가 망설이며 눈동자를 굴렸다. 아리에스로부터 자세한 이야기는 하지 말되 약간의 껍데기 정도는 던져주어도 괜찮다는 조언은 들었다. 하지만 어디까지 말해도 괜찮은 건지는 감이 잘 오지 않았다. 그뿐만 아니라.

'……말해주고 싶지 않아.'

자신만이, 혹은 소수의 몇몇만이 알고 있는 이야기들을 꺼내고 싶지 않았다. 아리에스처럼 대놓고 독점욕을 드러낼 수는 없었기에 소소한 것이나마 손에 쥐고 싶었다.

머뭇거리는 생쥐의 모습에 영애들의 시선이 이리저리 교차했다. 수호룡에 대한 정보를 흘리지 않으려는 것일까 할 말이 별로 없을 정도로 데면데면한 사이인 것일까. 혹은 또 다른 무언가 이유가 있기에 저렇게 망설이는 것일 터다. 궁금하지만 대놓고 묻지는 못한 채 서로 눈치만 보는 사이 생쥐가 닫혔던 입술을 열었다.

"좋은 분이세요."

"물론 그러시겠지요."

혹여 말이 끊길세라 서두른 맞장구가 들려왔다.

"분명 마마께 상냥하게 대해주셨겠지요?"

"선물 같은 것도 해주시던가요? 당연히 받으셨겠지만요."

"맞아요, 분명 받으셨겠지요. 어떠한 것이었을지, 정말정말 궁금하네요."

"평범한 건 아니었겠지요?"

생쥐가 수호룡에게 있어 얼마만큼의 가치를 지니고 있을까. 오늘의 다과회에서 가장 우선적으로 알아내야 할 정보였다. 수호룡에게 직접적으로 접근할 수는 없으니 주위 사람들에게 선을 대어야 한다. 외궁에 종종 나오는, 앞으로 사교활동을 할 것이라 하는 어린 후궁은 얼마나 중요한 포섭 대상일 것인가. 그 결과에 따라 수많은 귀족가문의 행보가 정해질 터였다. 그러니 조금쯤 과하게라도 캐물어야 했다.

"선물은……."

갑자기 쏟아지는 질문에 생쥐가 당황하며 눈을 깜박였다. 받은 것이야 많다. 잠자리, 옷, 음식, 다양한 교육들. 그리고 그 이상의 감정적인 것들을. 하지만 저들이 원하는 것은 그런 식의 대답이 아닐 터였다. 생쥐가 기쁘게 받은 선물의 대부분을 저 소녀들은 태어나서부터 당연하다는 듯 누려왔을 테니까.

"……최근에는 온실을 받았습니다."

대답하는 생쥐의 목소리가 묵직하게 낮았다. 갑자기 여기 있기가 싫어진 탓이었다. 돌아가고 싶다.

계속 기대해왔던 다과회인데 생각보다 훨씬 즐겁지 않았다. 다들 좋은 말만 해주었지만 처음에만 기뻤을 뿐 금방 허무해졌다. 어차피 진심 없는, 노리는 것이 따로 있는 아부일 뿐이다. 달기만 하고 영양가 없는 수십 마디보단 말없이 머리를 쓰다듬어주는 손길 한 번이 더 좋았다.

눈에 띄게 시무룩해진 생쥐의 태도에 그녀 주위를 오가는 눈길들이 더욱 바빠졌다. 그다지 사랑받지 못하는 것일까. 이름만 후궁일 뿐일지도. 소리 없는 소곤거림 속에서 란체아 후작 영애가 도발적으로 입을 열었다.

"무례한 질문입니다만, 여자들뿐이니까요. 후궁마마, 밤에는 어떠신가요? 수호룡께서 마마를 자주 찾으시나요?"

도를 넘긴 질문인지라 몇몇의 얼굴 위로 우려가 떠올랐다. 하지만 생쥐가 예상보다 수호룡의 호감을 사지 못한 것으로 생각되는 지금으로선 해볼 만한 질문이기도 했다. 란체아 후작 영애의 말대로 여자들만 있을 때면 종종 나오는 이야기이기도 하였고.

"전에는…… 항상 같은 침실을 썼습니다."

생쥐가 어물거리며 대답했다. 관계가 없었을 뿐이지 거짓말은 아니다. 항상 같은 침실이라는 말에 영애들의 기세가 한풀 꺾여들었.

"전에는이라면, 요즘은 조금 뜸하신가 봐요."

"그럴 때가 있죠. 흔하다더군요."

"맞아요. 항상 같을 순 없다고 들었거든요."

예전만 못하다고 해도 관계가 계속 지속되고 있다면 충분히 쓸모 있을 것이다. 그렇게 생각한 영애들이 다시 생쥐를 칭찬하는 것으로 화제를 틀었다. 물론 여전히 레퍼토리는 몇 없었다. 눈 색이 예쁘다, 피부가 희고 곱다, 목소리가 맑다 따위만 빙글빙글 맴돌았다. 모양이 다른 톱니바퀴처럼 서로 맞물리지 못한 채 각각이

어긋나 도는 모양새였다. 귀족 소녀들도 그러하였지만 생쥐 또한 그녀들을 이해할 수가 없었다.

생쥐 또래가 아닌 나이 들고 노련한 상대였더라면 되레 나았을 것이다. 생쥐의 관심사를 자연스럽게 끌어내어 그에 대해 이야기하고 맞장구를 쳐주었을 테니까. 그러나 이곳에 있는 소녀들은 생쥐를 자신들과 같은 귀족 영애로 단정 짓고 자신들이 좋아하는 주제를 꺼내 들었다. 그래도 생쥐의 관심을 끌기 위해 이런저런 다양한 이야기를 하였지만 살아온 환경이 너무나도 다르기에 계속해서 겉돌기만 한 것이었다. 나름 공부를 하고는 있다지만 음악도 미술도 드레스며 장신구, 애완동물, 궁정에 떠도는 소문 등 하나같이 생쥐로서는 따라가기 힘든 이야기였다. 음식에는 관심을 보였지만 그마저도 낯선 재료나 요리, 유명한 주방장이며 식당이 나오면서 어설픈 미소 외에는 내보일 반응이 없어지고 말았다.

생각보다 훨씬 즐겁지 않았다. 아니, 솔직히 지루했다.

생쥐가 열일곱 번째로 돌아가고 싶다고 생각한 그때, 다과회장의 문이 벌컥 열렸다.

내궁으로 통하는 입구를 지키던 기사들은 갑자기 열리는 문에 당황하고, 그 문을 통해 나타난 사람의 모습에 더더욱 크게 당황했다. 솔레다토르가 허둥지둥 머리를 숙이는 그들에게 물었다.

"다과회장은 어느 쪽이지?"

"송구스럽지만 잘 모르겠습니다. 바로 시종장을—."

"됐다. 내가 직접 찾아가마."

솔레다토르는 잠시 멈추었던 걸음을 다시 옮겨 갔다. 도중에 역시나 당황해하는 시녀에게 길을 물은 뒤 다과회장으로 향하였다. 그런 그의 머릿속에도 기사와 시녀처럼 당혹감이 스며들어 있었다.

'……별문제 없을게 뻔하건만.'

지금 그가 생쥐를 찾아가는 것은 마땅한 이유도 없고 쓸모도 없는 짓이다. 그렇게 생각하면서도 복도를 따라가 닫힌 문 앞에 설 때까지 걸음을 멈출 수가 없었다. 솔레다토르는 다과회장의 문을 바라보았다.

결국 여기까지 온 거 더 고민할 필요는 없다. 잠시 보고 돌아가자. 그는 짧게 한숨을 내쉬곤 문에 손을 대었다. 닫힌 문을 밀어

열자 계절과 어울리지 않는 꽃향기가 흘러나온다. 어느샌가 겨울이 지나가고 봄이 온 것이 아닌가 하는 착각이 들 정도로, 뺨에 와 닿는 공기는 따스하고 달콤했다.

그리고 그 온기 속에서.

"솔!"

기쁨으로 가득 찬 목소리가 터져 나왔다. 의자가 넘어질 듯 크게 덜컹이고 진주 달린 레이스가 흔들거린다. 드레스 자락을 움켜쥐고서 뛰어오는 소녀를, 솔레다토르는 곧장 알아보지 못했다. 정확히는 눈에 보이는 모습과 그가 알고 있는 어린애를 연결 짓지 못했다는 것에 가까웠다.

분명 익숙한 목소리와 익숙한 표정인데도.

"여기까지는 어쩐 일이세요?"

순식간에 솔레다토르의 앞으로 다가가 선 생쥐가 반가움으로 눈을 반짝이며 물었다. 그 시선이 시작되는 위치가 평소보다 높다. 그뿐만 아니라 얼굴형도 전과 조금 달랐다. 살이 올라 약간 동그래졌던 얼굴이 화장으로 인해 보기 좋을 만큼 갸름해졌다. 건강하게 혈색이 도는 것처럼 보이기 위해 뺨을 살짝 붉게 칠하고 눈화장 또한 또렷하게 그려져 있다.

하지만 무엇보다 가장 큰 변화는 몸매였다. 날씬하다기보단 그냥 마르기만 했던 몸이 흔히 말하는 들어갈 데 들어가고 나올 데 나온 어른스러운 곡선을 이루고 있었다.

물론 가짜겠지. 아침나절 만에 가슴과 엉덩이가 두 배로 부풀리는 없었으니까. 그렇게 생각하면서도 당혹감은 가라앉질 않았다. 아니, 여기까지 오는 도중의 것과 더해져 되레 커지기만 했다.

"솔?"

아무런 대답이 돌아오지 않자 생쥐가 고개를 갸웃 기울였다. 그러다가 화들짝 손으로 입을 가렸다. 이런 식으로 행동하면 안 되는 건데, 반가움을 주체하지 못하고 말았다. 그녀는 얼른 자세를 바로 하고 한 걸음 뒤로 물러섰다.

"죄송합니다, 솔레다토르."

"……아니다."

솔레다토르는 시선을 옆으로 돌리며 대답했다. 어째서인지 생쥐를 똑바로 쳐다보기가 힘들었다. 변했다고 해도 그저 조금 더 나이 들어 보일 뿐이건만.

"이곳까지 무슨 일로 걸음을 하셨나요."

진정한 생쥐가 공손하고 차분한 어조로 다시 물었다. 솔레다토르의 시선이 천천히 다시 그녀를 향해 움직였다. 괜찮은지, 잘하고 있는지 확인하러 잠시 들렀을 뿐이다. 그러나 그의 입술 밖으로 나온 말은 전혀 다른 내용이었다.

"……마중 나왔다만."

"아, 감사합니다."

자신을 데리러 왔다는 말에 생쥐가 활짝 미소 지었다.

그러곤 뒤로 돌아서서 엉거주춤하게 일어서 있는 귀족 영애들을 바라보았다. 감히 끼어들 생각은 하지 못한 채 둘의 대화가 끝나기만을 이제나저제나 기다리고 있던 그녀들이 일제히 솔레다토르를 향해 머리를 숙였다. 예의를 갖춘 인사말들이 끝나고 생쥐가 입을 열었다.

"이르지만 오늘의 다과회는 이쯤에서 마칠까 합니다. 괜찮을까요?"

그녀의 말에 영애들이 얼른 고개를 끄덕였다.

"네, 물론이에요. 후궁마마."

"수호룡께서 마중 나오셨는데 당연히 마쳐야지요."

"즐거운 시간이었습니다. 언제든지 다시 불러주세요."

"초대해주셔서 감사했습니다. 또다시 이런 기회를 가질 수 있기를 바라며 기다리겠습니다."

영애들은 열과 성을 다해 다과회가 무척이나 즐거웠으며 다음 초대를 바란다는 마음을 가득 드러냈다. 내궁을 벗어나지 않는다던 솔레다토르가 이렇게 마중까지 나오다니, 귀한 정보를 얻었다는 생각에 그녀들의 눈빛이 생생하게 빛났다. 수호룡은 하나뿐인 후궁을 무척이나 아끼고 있다. 상대적으로 다루기 쉬운 어린 후궁을 잘 구슬리기만 하면 내궁에 들어가는 것도 어렵지 않을 것이다. 그렇게 결론 내리고 마지막으로 한마디라도 더 하려고 서로 경쟁했다. 그 예의 바른 아우성 속에서 생쥐는 다시 솔레다토르를 돌아보았다.

다과회가 지루한 탓이었을까, 고작 몇 시간 떨어져 있었을 뿐인데 그가 평소보다 훨씬 더 반갑게 느껴졌다. 자연스럽게 그녀의 얼굴 위로도 그 반가움 섞인 애정이 선명하게 드러났다.

"어서 돌아가요."

생쥐가 조르듯 말했다. 솔레다토르의 손을 잡고 싶은데 지금처럼 보는 눈이 많아서야 불가능했다. 남자 손을 덥석 먼저 붙잡는 것은 예의에 어긋난다고 배웠기 때문이다. 그러니까 얼른 돌아가서 손도 잡고 옆에 바싹 붙거나 품에 안기고 싶다. 그녀의 재촉에 솔레다토르가 작게 고개를 끄덕였다. 그는 눈길이라도 한번 받아보고 싶어 하는 영애들을 제대로 인식하지도 못한 채 몸을 돌렸다.

"이렇게 와주셔서 정말 기뻐요."

다과회장을 벗어나 몇 발짝 걸어가며 생쥐가 소곤대듯 작게 말했다. 목소리만큼은 전과 다름이 없어 무심코 옆을 바라본 솔레다토르가 흠칫 눈길을 돌렸다. 역시 이상하다. 이렇게 반응할 이유가 없는 일이라고 생각하면서도 기분이 너무나 이상했다. 그저 두어 살쯤 더 나이 먹어 보이는 것뿐이건만. 그냥 그뿐이건만.

계속해서 당혹감을 감추지 못하는 그의 태도를 눈치챈 생쥐가 걱정스러운 표정을 지었다.

"왜 그러세요? 혹시 단순히 데리러 온 게 아니라 무슨 일이 있었던 겁니까?"

"아니, 별일 없다."

"하지만, 음…… 좀 불안해 보이세요."

"아니, 그냥 조금……."

솔레다토르는 길게 한숨을 쉬곤 걸음을 멈추어 생쥐를 돌아보았다. 아름답게 치장한, 전보다 훨씬 성숙한 여인에 가까워진 소녀가 그의 앞에 서 있다. 연녹색 두 눈에 간질간질할 정도의 신뢰와 애정을 담은 채.

"조금…… 그러니까, 네 모습이 변해서 조금 놀랐을 뿐이다."

그 말에 생쥐가 자랑스럽게 어깨를 펴 보였다.

"저도 거울을 보고 깜짝 놀랐어요. 이정도면 아리에스 언니와 비슷해 보이지 않나요? 물론 지금은 가짜지만, 지금처럼 성장할 수 있을 거예요. 키랑 가슴만 좀 더 크면 되잖아요?"

그렇지 않으냐는 생쥐의 말에 솔레다토르는 조금 아연해지는 것을 느꼈다. 살이 오르고 키가 컸어도 여전히 어린애라고만 생각하고 있었다. 나이를 먹고 성장하여 어른이 될 거라는 당연한 사실을 알고는 있었지만 곁에 달라붙어 있는 소녀를 보고 있자면 실감이 나질 않았었다. 진지하게 여기지 않던 막연한 미래가 불쑥 눈앞에 튀어나온 듯한 느낌이었다.

그래서일 것이다. 단지 그 때문에 놀랐을 뿐이다.

"솔."

문을 지나 내궁의 정원으로 들어서자 얌전히 걸음만 옮기던 생쥐가 입을 열었다.

"저 말이에요, 예쁩니까?"

여기까지 오는 내내 묻고 싶었다. 가짜지만 동경하는 아리에스만큼 성숙해졌는데, 그녀만큼은 아니더라도 전보다는 더 예뻐 보이지 않을까. 수줍음이 담긴 물음에 솔레다토르의 발걸음이 다시 한 번 멈추었다. 예쁘냐고? 그야…….

"……그래."

"그래요?"

대답을 들었음에도 생쥐의 반응은 시큰둥했다. 그녀는 조금 머뭇거리다가 다시 요구했다.

"좀 더, 자세히 말씀해주시면 안되나요?"

"……자세히?"

"네."

자세히라니. 곤란했지만 기대 어린 눈빛에 묶여 도망칠 수가 없었다.

"그러니까……."

머뭇거리는 그의 모습에 생쥐의 두 눈썹이 삐뚜름히 기울어졌다. 그녀는 짐짓 토라졌다는 표정을 짓고는 입을 열었다.

"그럼 대신 키스해주세요."

"……뭐?"

"키스요. 뺨 말고, 입에다 하는 거요. 그런 키스 정도는 다 한대요."

다과회에서 그렇게들 이야기했다.

키스쯤이야 본격적으로 사귀는 사이가 아니라 해도 가볍게 한다고. 그러니까 자신도 솔레다토르에게 받을 수 있지 않을까. 연인은 아니라지만 결혼까지 한 후궁이니까.

생쥐의 말에 솔레다토르는 무심코 예전 일을 떠올렸다. 황태후가 반란을 일으켰던 날, 생쥐는 기억하지 못하는 충동적인 키스를. 그다지…… 진지한 것은 아니었다. 상대는 어린애니까. 그리고 그날은 여러 가지 이유로 감정적이었기도 하였고. 그냥 그뿐이었다. 지금도 특별한 의미를 부여할 필요는 없다.

그는 한숨을 삼키고 고개를 숙였다. 그날과 같이 입술이 닿기만 하는 가벼운 키스였다. 눈을 감고 발돋움을 하고 목을 쭉 길게 빼고 있던 생쥐가 쑥스러운 듯 어깨를 으쓱했다.

"음, 그렇게 엄청난 건 아니네요. 그러니까, 인사 같은 거랬거든요. 아침에 일어나서나 자기 전에나 그럴 때 한대요."

매일요, 하고 생쥐가 힘주어 말했다. 다시 말해 매일 키스해달라는 소리다. 못 해줄 것은 없다. 딱히 어려운 일도 아니다. 그럼에도 솔레다토르는 곧장 대답하지 못했다. 거절도 허락도 하지 못한 채 미간만 찌푸리고 있는 그의 얼굴을 생쥐가 걱정스럽게 들여다보았다.

"역시 평소보다 좀 이상하신 거 같은데, 정말로 괜찮으세요? 혹시 어디 편찮으시거나 그런 건 아니세요?"

"괜찮다. 그냥 조금……."

조금, 뭐라고 해야 할까. 솔레다토르는 말을 잇지 못한 채 도로 입을 다물었다. 지금 스스로의 상태가 이상한 건 맞긴 맞았다. 그것도 정확한 이유를 알 수 없는 부진이다. 원인이야 생쥐일 터였지만 대체 왜 이런 감정을 불러일으키는지는 짐작조차 가질 않았다.

말을 하다 말고 생각에 잠긴 솔레다토르의 모습에 생쥐가 더더욱 걱정 어린 낯빛을 하였다.

"뭔가 문제가 있으신 거군요. 일단 어서 들어가요!"

따뜻한 안으로 들어가자면서 생쥐가 솔레다토르의 손을 붙잡았다. 그와 거의 동시에 탁 소리가 나게 생쥐의 손이 뿌리쳐졌다.

"……솔?"

생쥐는 깜짝 놀라면서 내밀었던 손을 거두었다. 솔레다토르 또한 자신의 행동에 놀라기는 마찬가지였다. 잠시간 무거운 침묵이 흐르고 생쥐가 빨개진 얼굴로 고개를 숙였다.

"죄, 죄송합니다! 제가 너무 멋대로—."

"아니, 아니야. 이번에는 내가 실수한 거다."

"아니에요, 제가 건방졌습니다. 앞으로는 조심하도록 하겠습니다."

생쥐는 그렇게 말하면서 뒤로 물러섰다. 당황하다 못해 겁까지 집어먹은, 당장 도망이라도 칠 것 같은 그녀의 모습에 이번에는 솔레다토르가 생쥐의 손목을 붙잡았다. 그러곤 자신의 품으로 확 끌어당겼다. 가볍게 끌려온 생쥐가 눈을 동그랗게 떴다.

"어, 솔?"

"그러니까 그런 게 아니라……."

"네?"

"내가, 그러니까…… 조금 피곤한 것 같다. 그래서 실수한 거니 신경 쓰지 마라."

"피곤하세요? 차라도 끓여드릴까요?"

자신에 대한 걱정이 앞서 놀랐던 것도 금방 잊어버린 생쥐의 모습에 솔레다토르는 목 안쪽이 따끔거리는 것을 느꼈다. 그는 품에 안기다시피 해 있던 생쥐를 느릿하게 떼어냈다.

"……아니. 그럴 것 없다. 그냥 좀 쉬고 나면 괜찮아지겠지."

"그럼 제가 잠자리를 준비해드릴게요. 온실에 숙면에 좋은 허브도 있어요. 또……."

"신경 쓸 것 없다 했다."

"하지만—."

길게 실랑이하기 힘들어 솔레다토르는 몸을 돌려 걸음을 옮겨갔다. 큰 보폭에 속도까지 더해지자 생쥐와의 거리가 순식간에 멀어진다. 생쥐는 당황해서 치맛자락을 붙잡고 몇 발 걷다가, 도저히 따라잡을 수 없다는 것을 깨닫곤 뛰기 시작했다. 그러나 뜀박질은 얼마 가지 못했다.

"앗!"

굽 높은 구두에 익숙해졌다 해도 걷는 것에 한해서였다. 서투르게 뛰기 시작하자마자 삐끗 미끄러지며 넘어지고 말았다.

바닥에 주저앉은 생쥐 앞으로 솔레다토르가 급히 다가왔다.

"다친 건가?"

"괜찮아요. 드레스가 받쳐줘서요."

속치마에 겉치마, 레이스까지 겹겹이다 보니 넘어진 것으론 다치지 않았다. 다만 발목을 삐어 몸을 일으키던 생쥐가 크게 비틀거렸다. 그 모습에 솔레다토르의 눈가가 크게 찌푸려졌다.

"괜찮다더니!"

"굽이 높아서 그래요. 걷는 건 괜찮았는데……."

솔레다토르는 화를 내며 절룩이는 생쥐를 안아 들었다.

"굽 높은 구두 따위 두 번 다시 신지 마라!"

"네. 그런데, 피곤하신데 저 안아 드시는 건 좀……. 걸을 수 있어요."

아직 마른 편이라고 해도 그간 살이 많이 쪘는데. 그게 아니더라도 사람 한 명의 무게는 결코 가볍지 않다. 솔레다토르는 생쥐의 말에 대답하지 않고 걸음을 옮겨 갔다. 생쥐의 침실에 도착한 솔레다토르가 그녀를 침대 위에 내려놓았다.

"노체에게 발목을 치료받아라."

"괜찮아요, 그냥 잠깐만 쉬면……."

"일어나지 말고 얌전히 있어!"

침대에서 일어나려던 생쥐가 움찔 엉덩이를 도로 시트 위에 붙였다. 솔레다토르는 길게 한숨을 내쉬고는 침실을 빠져나갔다.

발목을 치료하고 화장을 씻어낸 다음 옷을 갈아입은 생쥐는 다시 원래 나이대의 모습으로 돌아갔다. 노체가 하루 정도 걷지 말고 얌전히 있으라 말했지만 솔레다토르가 걱정된 생쥐는 한참을 뒤척이다가 결국 몸을 일으켰다.

'살짝 확인만 하고 오는 건 괜찮지 않을까.'

 거리가 먼 것도 아니니까. 노체가 지팡이도 주고 갔으니 다친 쪽 발에 최대한 힘을 주지 않고 걸으면 괜찮을 것이다. 생쥐는 그렇게 결론 내리고서 지팡이를 들고 침대를 벗어났다. 요정들이 있었다면 말렸겠지만 그들은 다친 생쥐 대신 온실을 돌보고 있었다.

 생쥐는 지팡이를 짚어가며 천천히 침실을 빠져나가 솔레다토르의 방으로 향했다.

"솔, 주무세요?"

 닫힌 문 앞에 서서 목소리를 높여보았지만 들려오는 대답은 없었다. 주무시는 걸까. 깨우지 말고 돌아가야 하는 게 아닐까 싶었지만 혹 다른 이유에서 조용한 것이면 어쩌나 걱정이 들었다. 드래곤도 병에 걸릴 수 있지 않을까. 잘은 몰랐지만 피로도 느끼니 감기 같은 것도 들 수 있지 싶었다.

생쥐는 망설이다가 문을 열고 안으로 들어섰다. 침실까지 가야 하지 싶었는데, 솔레다토르는 소파에 앉아서 그녀가 들어오는 것을 바라보고 있었다.

"아, 솔. 피곤한 건 어떠세요?"

"얌전히 쉬라고 했건만."

그는 쓸데없이 고집스럽다고 혀를 쯧쯧 차며 생쥐에게 다가갔다. 낮의 이상하던 태도와는 달리 평소 그대로의 모습과 분위기에 생쥐가 안도의 한숨을 내쉬었다.

"괜찮으신 것 같아 다행이에요."

"그러니까 신경 쓸 것 없다고 했지 않나."

솔레다토르는 지팡이를 흘끗 쳐다보곤 생쥐를 안아 들었다. 그녀를 제 침대에 도로 데려다놓은 뒤 쓸데없이 돌아다니지 말라고 단단히 일러둔 뒤 방으로 돌아오자 노체가 스르륵 나타났다. 노부인은 미묘한 미소를 입가에 머금은 채 솔레다드 산맥의 주인을 바라보았다.

"지금은 괜찮아지신 모양이군요."

노체의 말에 솔레다토르가 소파에 걸터앉으며 미간을 찌푸렸다.

"잠깐 이상해졌을 뿐이다. 날씨가 추워진 탓이겠지."

"조금 전에도 말씀드렸습니다만, 작은 아가씨 때문이겠지요."

정원에서의 두 사람의 실랑이를 알고 있는 노체가 좀 더 짙게 미소 지었다. 그녀가 심어져 있는 곳 근처였기에 처음부터 끝까지 모두 지켜보았던 것이다.

"그때의 작은 아가씨는 작다는 말을 붙이기 힘든 모습이더군요."

"그래봤자 어린애다."

"지금은요. 하지만 솔레다토르, 이삼 년은 금방이랍니다. 또한 언제 끝날지도 모르는 수백 년 단위의 기다림보다 훨씬 짧지요. 눈 깜짝할 순간일 거예요."

그 말대로 생쥐가 성장하는 것은 순식간일 터였다. 빠르면 일 년 안팎 만에 낮의 모습처럼 변할 것이다. 그렇게 생각하자 솔레다토르의 표정이 무심코 굳어졌다.

"역시 기분이 이상하시죠?"

"아니, 이건……."

"작은 아가씨는 사랑스러운 소녀예요. 무엇보다도 솔레다토르, 당신에게 온 마음을 쏟아붓고 있죠. 그러니 그 아가씨에게 끌리는 것도 이상한 일이 아니랍니다. 대부분의 사람은 자신을 좋아해주는 사람을 좋아하게 되니까요."

있는 힘을 다해 호감을 표하고 있으니 이쪽에서도 마음이 가지 않을 리가 없다면서 노체가 웃었다. 그러나 솔레다토르는 여전히 탐탁지 않은 기색이었다.

"……단정 짓기에는 한참 이르지 않나. 내가 생쥐를…… 사랑한다고 하기에는. 묶여 있는 계약에도 별다른 변화가 없어."

"계약은 확실하게 반려의 맹세를 해야 풀리는 것이 아니었나요?"

"그렇긴 하지만 어느 정도 반응은 보일 테니까. ……황가에 끌려다닐 때처럼."

그러나 자신에게 걸린 계약은 아무런 반응을 보이지 않았다. 그저 기분만 좀 이상했을 뿐이다. 솔레다토르의 말에 노체가 아쉽다는 표정을 해 보였다.

"말씀대로 아직은 조금 이른가 보군요. 하지만 이대로 감정이 발전할 수 있도록 노력해보는 것도 괜찮지 않을까요? 일 년 정도만 지나도 작은 아가씨가 어린애로 생각되지는 않으실 테니까요."

"……계약에서 풀려나기 위해 사랑에 빠지도록 노력하라는 건가."

"그건 아니죠, 솔레다토르. 노력으로 될 일이라면 여태까지 묶여 계셨겠어요? 어디까지나 가능성이 보이니 드리는 말씀이에요. 솔레다토르를 억지로 사랑에 빠지게 만드는 일은 다들 옛날에 포기했답니다."

계약에서 풀려날 방법이 사랑이니 긴긴 세월 동안 시도해보지 않았을 리 없었다. 그러나 적당한 상대를 찾는 것부터가 문제였다. 솔레다토르에게 있어 주위의 모든 존재가 아래에 위치하여 대등한 짝은 찾을 수가 없었다. 그 격의 차이가 가장 큰 첫 번째 걸림돌이었다. 솔레다드 산맥의 지성체들은 요정족 같은 특이한 성향을 지니지 않고서야 마경의 주인을 향한 경외심을 벗어던지기 힘들었다. 궁정에서도 마찬가지였다.

두려움에 멀리하거나 제 이득을 노리고 접근하는 경우가 대부분이니 순수한 호감이 싹트기가 어려웠다. 또한 수호룡 자체가 접근하기 힘든 상대이기도 하였다.

이에 더해 궁정생활에 치인 솔레다토르가 감정의 교류에 진저리를 내고 말았으니 사랑하는 연인이 생긴다는 것이 거의 불가능한 환경이었다.

"아마 예전이었더라면 작은 아가씨라 해도 별 가능성이 없었을지도 모르지요. 하지만 오랜 시간 궁을 떠나 있었던 이후이지 않습니까. 도련님도 있었고요."

인간과 엮이는 것을 지긋지긋하게 생각하는 솔레다토르다. 그러나 지금은 타인에게 철저히 벽을 쌓았던 과거에 비해 확실히 물러져 있었다. 상처를 치유하기 위한 잠에 빠져 있었다 해도 긴 시간 감옥과 같은 궁을 벗어났었던 데다가 이카르를 돌보면서 정을 주게 된 덕일 터였다.

그러니 지금이라면 가능성이 있다. 노체는 희망을 담아 힘주어 말했다. 솔레다토르가 원래 계획대로 황가가 몰락할 때까지 잠들게 된다면 마경에도 그 영향이 미치게 될 것이다. 가장 강력한 보호자가 사라짐은 물론이요 산맥 전체의 기운이 잠들 듯 약해져 버릴 터였다. 황가에 기약 없이 묶여 있는 것보다야 낫겠지만, 마경의 주민들로선 결코 달가운 일이 아니었다.

"작은 아가씨도 그러길 원하실 테고요."

"……글쎄."

노체의 말에 솔레다토르가 떨떠름한 표정을 지었다.

"물론 내게 도움이 된다 하면 물불 안 가리려 들겠지만."

기뻐하며 뭐든 하겠다고 나설 것임이 분명했다. 이미 여러 번 전적도 있고. 하지만.

"최근에, 시종장에게 관심을 보이는 듯하던데."

"예? 작은 아가씨가요?"

"그놈이 아니더라도 앞으로 사교계 활동을 하다 보면……."

"잠깐만요, 솔레다토르."

노체가 어이없어하며 말을 이었다.

"그러니까 지금 작은 아가씨를 다른 남자에게 보낼 생각을 하고 계셨다는 말씀이신가요?"

"……생쥐에게도 기회는 주어져야 한다는 뜻이다만."

"정말이지 뭐라고 말해야 할지 모르겠군요. 일단 시종장은 신경 쓸 필요 없습니다."

"신경 쓸 필요 없다고?"

"당연하죠. 세상에, 누구든 잠깐만 봐도 눈치챌 거예요. 작은 아가씨의 눈이 누구를 바라보고 있는지를."

물론 수업 중에는 헤러시를 바라보았지만 잠깐만 틈이 나도 생쥐의 시선은 곧장 솔레다토르를 향하였다. 뒤쪽 공터에는 갈 일이 별로 없던 노체도 금방 알아차릴 만큼 확고한 태도였다.

"……그랬던가."

솔레다토르가 멍하게 중얼거렸다. 생쥐가 헤러시를 그리 많이 좋아하는 게 아니었다니. 그렇게 생각하자 가슴 속에 걸려 있던 돌 하나가 툭 빠져나가는 듯했다. 무의식중에 옅게 미소 짓는 그를 노체가 흐뭇하게 바라보았다. 그녀는 물론이요 다른 마경의 주민들에게도 여러모로 반가운 반응이었다. 그러니 좀 더 자극을 가해볼까. 다른 궁에 있는 누군가와 비슷한 생각을 하며 노부인은 소리 없이 웃었다.

평소보다 조금 늦게 잠에서 깨어난 생쥐는 어리둥절한 표정을 지었다. 이렇게 늦잠을 잘 때면 으레 들려와야 할 요란스러운 재잘거림이 없었던 것이다. 그녀는 쥐죽은 듯 조용한 침실에 고개를 갸웃거리며 몸을 일으켰다.
 "사지? 라지?"
 소리 내 불러봐도 대답이 없다. 자신이 깨어나길 기다리다 못해 먼저 아침 먹으러 가버린 걸까. 그렇게 생각하며 침대를 벗어나려는데 요정들이 아닌 노체가 스르륵 나타났다.
 "좋은 아침입니다, 작은 아가씨."
 노부인의 인사에 생쥐가 반사적으로 꾸벅 머리 숙였다.
 "좋은 아침이에요, 노체 부인. 그런데 무슨 일이세요?"
 내궁에서 여러 가지 일을 맡아 하는 노체였지만 이렇게 직접적으로 모습을 드러내는 일은 별로 없었다. 게다가 사지예와 라지예도 보이지 않는다. 평소와 다르다는 것을 느낀 생쥐의 물음에 노체가 미소 지으며 대답했다.
 "요정들은 잠시 심부름을 보냈답니다. 내일쯤 돌아올 거예요."

"그렇군요."

고개를 끄덕이며 침대에서 내려서려는 생쥐를 노체가 말렸다.

"잠시만요, 작은 아가씨."

"네?"

"오늘까지는 지팡이를 사용해주세요."

내밀어오는 지팡이를 받아 들며 생쥐가 의아해했다.

"하루만 조심하면 괜찮다고 하시지 않았나요?"

"보통은요. 하지만 아가씨의 발목은 약한 편이니 하루 정도 더 조심해야 한답니다. 불편해도 조금만 참아요."

"네."

생쥐는 더 묻지 않고 지팡이를 짚으며 일어섰다. 통증이 전혀 없는데도 지팡이를 쓰려니 좀 어색하게 느껴졌다.

"움직이기 불편하실 테니 아침은 가져다드리겠습니다. 오늘 수업은 취소하고요."

"취소할 정도는 아니에요."

"그래도 취소하세요. 솔레다토르께서 걱정하십니다."

"어, 그럼 안 갈게요."

솔레다토르를 핑계로 대자 곧장 받아들이는 생쥐의 태도에 노체가 흐뭇한 눈빛을 했다. 그녀는 생쥐에게 씻고 있으라 말한 뒤 식사를 가져오기 위해 주방으로 향했다.

"조금 곤란하게 되었네요."

점심때에 가까운, 솔레다토르가 일어날 시간쯤 생쥐를 다시 찾아온 노체가 말했다. 노부인은 작게 한숨을 내쉬며 말을 이었다.

"작은 아가씨께서 다치셔서 오늘 공중정원을 돌보는 일은 제가 맡으려 하였건만 다른 볼일이 생겨버렸어요."

"괜찮아요. 제가 할게요."

다쳤다고 해도 솔직히 멀쩡한 거나 마찬가지였다. 생쥐의 말에 노체가 고개를 절레절레 저었다.

"오늘은 손볼 것이 많답니다. 분갈이도 해야 하고 가지를 쳐내야 하는 나무도 있어요."

"수업도 취소되었으니까 천천히 하면 돼요."

"하지만 작은 아가씨의 손은 닿지 않는 높은 가지인걸요. 그러니까…… 솔레다토르의 도움을 받는 게 어떨까요?"

솔레다토르의 도움을 받으라는 말에 생쥐의 인상이 대번에 찌푸려졌다.

"솔을 귀찮게 할 수는 없어요. 그렇잖아도 피곤하다고 하셨는걸요."

단호한 대답에 노체의 입가에 드리워진 미소가 더욱 짙어졌다. 그녀는 부드러운 어조로 생쥐를 설득했다.

"솔레다토르께서 피곤하신 건 너무 안 움직여서 그런 것일지도 모른답니다."

"……안 움직이는데도 피곤해져요?"

"네. 적당한 운동은 건강에 필수적이거든요."

물론 평범한 인간에게나 통용되는 말일뿐 겨울잠을 자는 드래곤에게는 해당되지 않았다. 그러나 그 사실을 모르는 생쥐는 진지하게 노체의 이야기를 들었다.

"하루 종일 가만히 누워만 있으면 몸도 마음도 축 처지게 되지요. 그러니 조금쯤은 움직여주는 게 좋아요."

"그렇군요."

생쥐가 크게 고개를 끄덕거렸다. 하긴 예전과 달리 별다른 일을 하지 않는 솔레다토르가 갑자기 피곤해하는 게 이상하긴 했다. 아무 일을 하지 않는데도 도리어 지칠 수도 있는 것이었구나.

"……그래도 솔이 귀찮아하지 않을까요?"

"전혀요. 가서 여쭈어보면 되잖아요? 자, 어서요."

노체의 부추김에 생쥐는 머뭇거리면서도 솔레다토르의 방으로 향했다. 그녀가 노체와 함께 나타나자 솔레다토르의 미간이 조금 찌푸려졌다.

"무슨 일이지."

보아하니 노체에게 무언가 꿍꿍이가 있음이 분명했다. 솔레다토르의 퉁명스러운 반응에 기가 죽어버린 생쥐 대신 노체가 입을 열었다.

"오늘 하루 작은 아가씨를 도와주셨으면 해서요."

"생쥐를?"

"네, 솔레다토르. 보시다시피 아직 발목도 다 낫지 않았기에 혼자 공중정원을 돌보는 건 무리예요."

"아프진 않아요!"

생쥐가 얼른 말했다.

"그러니까, 혼자서도 할 수 있지만……."

"안 돼요, 작은 아가씨. 손도 닿지 않고 힘도 모자라는걸요."

노부인은 그렇게 말하며 솔레다토르를 향해 눈짓했다. 얼른 도와주겠노라 허락하라는 신호였다.

"……도와주마."

노체의 참견이 마음에 들진 않았지만 솔레다토르는 고개를 끄덕이고 말았다. 만약 거절한다면 생쥐는 혼자서라도 일을 하려 들게 분명했기 때문이었다. 설사 억지로 막는다 해도 그리하면 노체가 가만히 있지 않을 터였다. 생쥐를 돌봐주고는 있지만 노체에게 중요한 것은 솔레다토르와 마경이다. 목적을 위해서라면 생쥐에게 손을 댈 가능성도 배제할 수 없었다. 그렇다고 그녀를 마경으로 돌려보내기에는 대신할 만한 사람이 마땅치가 않았다. 게다가 케이어스나 요정들도 노체에게 동조할 확률이 높은 것도 문제였다.

그러니 차라리 적당히 어울려주는 편이 낫다.

"공중정원만 정리하면 되는 건가."

"예, 솔레다토르. 잘 부탁드리겠습니다."

노체는 부드럽게 미소 짓고는 방해하지 않겠다는 듯 사라졌다. 짧게 한숨을 내쉰 솔레다토르가 우물쭈물하고 있는 생쥐를 바라보았다. 정말 도움을 받아도 괜찮은 건지 모르겠다는 얼굴이었다. 그는 손을 뻗어 연회색 머리칼을 쓰다듬었다.

"가자."

"네!"

대답한 생쥐가 앞서 걸어가려다 말고 다시 솔레다토르를 돌아보았다.

"걷는 데에는 아무런 문제도 없습니다. 하나도 안 아파요. 그러니 신경 쓰지 말아주세요."

어제처럼 안아 들어줄 필요는 없다며, 생쥐가 선수 쳐 말했다. 그녀가 짚고 있는 지팡이를 신경 쓰지 않기 힘들었지만 솔레다토르는 고개를 끄덕여주었다. 그러나 그것도 계단 앞까지만이었다. 아무리 아프지 않다고 해도 지팡이로 계단을 오르는 모습까지는 입 다물고 봐줄 수가 없었다.

"솔! 정말로 괜찮—."

"가만히 있어라."

달랑 안겨 들린 생쥐가 지팡이를 꼭 붙잡은 채 불만 어린 표정을 지었다. 괜찮은데.

"진짜 하나도 안 아파요. 그냥 노체 부인이 지팡이를 쓰라고 해서, 그래서 시킨 대로 하는 것뿐입니다. 저 멀쩡해요."

"그래."

솔레다토르는 생쥐의 투덜거림에 건성으로 대답했다. 사실 멀쩡하다는 그녀의 말이 맞긴 할 것이다. 십중팔구 노체가 자신의 반응을 끌어내기 위해 일부러 지팡이를 쥐여준 것일 테지만, 그렇다고 해도 상관없었다. 단지 눈에 비치는 광경이 마음에 들지 않아서일 뿐이다. 꾸며낸 모습이라 해도 거슬리니 안아 드는 수밖에.

결국 계단을 다 오르고 나서야 풀려난 생쥐가 입술을 조금 삐죽거렸다.

"정말로 멀쩡합니다."

"그래."

"내려갈 때는 제가 걸어 내려가겠습니다."

"알겠다."

일단 대답은 원하는 대로 해주었다. 생쥐는 온실 문을 열고 안으로 들어가 한쪽에 걸려 있던 앞치마를 걸쳤다.

"옷이 흙투성이가 될 수도 있어서요."

이어 작업용 장갑까지 끼는 모양새가 꽤 본격적이었다.

"노체 부인은 도와달라고 말하셨지만 그냥 보고만 계세요. 옷도 그렇지만 손에도 흙이 묻습니다."

"묻어도 상관없다만."

"제가 상관이 많아요. 그냥 음, 산책이라도 하시는 게 어떨까요?"

움직이긴 해야 하니까. 솔레다토르는 나가 있으라는 생쥐의 말을 무시하고 온실을 살펴보았다. 긴 세월을 살아오긴 했지만 화초 가꾸는 취미는 가져본 적 없었다.

"뭘 하면 되는 거지."

"하실 필요 없습니다."

딱 잘라 말한 생쥐가 꽃나무용으로 크기가 작은 전지가위를 들었다. 그리곤 파르스름한 가지를 지닌 나무 앞으로 다가갔다.

"그건 무슨 나무지?"

푸른빛을 발하는 게 제법 신기해 보인 솔레다토르가 물었다. 생쥐는 지팡이를 옆에 세워놓고 나무의 가지 중 옅게 붉어진 것만 잘라내며 대답했다.

"만디아예요. 잘 말려서 곱게 갈면 예쁜 빛을 내는 가루를 얻을 수 있다고 합니다. 솔레다드 산맥에선 흔한 식물이래요."

"……산맥을 살펴볼 일이 별로 없어서."

명색이 마경의 주인이건만 자생하는 식물은 물론이요 동물도 지성체가 아니고선 잘 몰랐다. 수호룡이 된 이후에는 솔레다드 산맥에 머물러 있을 일 자체가 별로 없었기 때문이었다. 계약을 물려받기 전이야 자유로웠지만 그때는 마경을 관리할 의무도 없었기에 주위에 별다른 관심을 가지지 않았다.

모른다는 뜻의 말에 생쥐의 눈빛이 살짝 빛났다. 그녀는 만디아 가지를 정리한 뒤 옆의 나무를 가리켰다.

"이건 애프티히아 귤나무예요. 열매가 무척이나 신데 진통 효과가 뛰어나대요. 마경 밖에서는 구하기 힘들어서 비싸게 팔린다고 합니다."

솔레다토르의 시선이 나뭇가지에 달린 조그맣고 둥근 열매에가 닿았다.

"노체가 쓰는 걸 본 적 있다."

"제가 다쳤을 때도 사용했대요. 다른 것과 섞어서 약에서 엄청 신맛은 나지 않았지만요. 약간 시큼한 정도였어요."

생쥐는 그 밖의 다양한 나무와 꽃, 열매, 풀들을 열심히 설명했다. 솔레다토르가 모르는 것을 가르쳐준다는 게 무척이나 신난다는 표정이었다.

"여기 이 세 그루는 분갈이를 해줘야 합니다. 새 화분도 흙도 준비되어 있어요."

모종삽과 그보다 조금 더 큰 삽을 찾아 들며 생쥐가 말했다.

"이 레뉴 꽃은 열흘 간격으로 새 흙으로 갈아줘야 해요. 그러지 않으면 밤에 화분을 빠져나와 다른 식물의 영양분을 갈취하거든요. 키우기 번거롭지만 달마다 피는 꽃은 무척이나 크고 아름답다고 해요."

"잘 아는군."

"열심히 배웠거든요."

생쥐는 쑥스러워하며 새 흙이 담긴 양동이를 들어 올리려 했다. 그러나 그보다 솔레다토르의 손이 더 빨랐다.

"얼마나 부으면 되지."

"어, 전 무거워서 삽으로 퍼서 하는데요……. 제가 할게요!"

"그래서 어느 세월에 끝내려고. 말해."

"……일단 이 정도쯤 채우고 나서 꽃을 옮기고 비료를 깐 다음에, 근데 제가─."

생쥐의 말을 가로막듯이 흙이 빈 화분 속으로 쏟아져 내렸다. 모종삽이 가리켰던 부분까지 정확히 채운 뒤 흙의 비가 뚝 그친다. 그것을 멍하게 바라보고 있던 생쥐가 허겁지겁 비료를 꺼내 들었다.

"이건 제가 할게요! 조금만 퍼 넣으면 되거든요. 그러니까─."

"그래."

"네!"

생쥐는 얼른 모종삽으로 비료를 퍼내어 화분의 흙 위에 깔았다. 이어 옮겨 심을 꽃을 조심스럽게 파낸 뒤 비료 위에 세웠다.

"레늄은 뿌리가 비료에 바로 닿도록 심어야 해요. 뿌리와 줄기가 다치지 않도록 흙을 살살 덮어줘야 하니 제가 할게요."

그렇게 말했으나 이번에도 솔레다토르의 행동이 조금 더 빨랐다. 흙은 무거운 양동이로 들이붓는 것이라고는 생각할 수 없을 정도로 부드럽게 떨어져 내렸다. 생쥐는 허둥거리다가 모종삽으로 화분 맨 위에서 약간 아랫부분을 가리켰다.

"여, 여기까지요. 여기까지 채우면 됩니다."

이번에도 정확하게 가리킨 부분까지 흙이 채워졌다. 생쥐는 흙을 눌러 다듬은 뒤 물을 주었다. 두 번째 화분갈이도, 흙을 붓거나 화분을 옮기는 등의 힘쓰는 일은 솔레다토르가 맡아 하였다. 그렇게 마지막까지 모두 분갈이를 마치고 굽혔던 허리를 편 생쥐가 미안함에 몸 둘 바를 몰라 하며 솔레다토르를 올려다보았다.

"옷에 흙이 묻으셨어요. 손에도요……."

"나중에 갈아입고 씻으면 돼."

"하지만……."

"이보다 더 심한 적도 있으니 신경 쓰지 마라."

"더 심한 적이요?"

"옛날에."

솔레다토르는 길게 이야기하기 싫다는 듯 입을 닫았다. 손에 묻은 흙을 툭툭 털어내는 그를 바라보던 생쥐가 장갑을 벗으며 말했다.

"이제 다 끝났습니다."

"밖의 정원은?"

"거기는 할 일이 없어요."

생쥐의 말에 솔레다토르가 입꼬리를 올려 미소했다.

"노체는 분명 네 손이 닿지 않는다고 말했다만. 온실이 아닌 밖의 큰 나무도 손봐야 한다는 뜻이겠지."

"그, 그게……."

거짓말이 순식간에 들통나버렸다. 생쥐는 당황하다 못해 볼까지 붉히며 고개를 끄덕였다.

"……네. 돌봐야 할 나무가 몇 그루 있어요. 하지만 꼭 오늘 해야 하는 건 아니에요."

"하룻밤 만에 네 키가 가지치기를 할 만큼 자라지는 않겠지. 어느 나무냐, 안내해."

"아뇨, 사다리나 발 받침대를 쓰면 됩니다. 있어요, 받침대."

"지팡이 짚고 다니는 주제에 말도 안 되는 소리 하지 말고 안내나 하거라."

"내일이면 완전히 나을 거예요. 지금도 별문제는 없어요."

솔레다토르는 대답 대신 팔짱을 끼고 그녀를 지그시 바라보았다. 발목이 멀쩡하다고 해도 생쥐에게 사다리를 오르게 할 생각은 없었다. 위험한 짓은 검술 수업으로도 충분하다. 진짜 괜찮은데, 하고 몇 마디 우물거리던 생쥐가 결국 다시 장갑을 끼고 이번에는 큼직한 전지가위를 들었다. 크기만큼이나 무거웠기에 지팡이를 짚느라 한쪽으로만 가위를 든 손이 미세하게 떨렸다. 그것을 본 솔레다토르가 곧장 가위를 빼앗아 들었다.

"내가 할 테니 말로 지시만 해라."

"네? 소, 솔에게 지시라뇨?"

"그냥 가르쳐주는 것일 뿐이야."

솔레다토르는 가위를 들고 먼저 밖으로 나갔다. 생쥐도 얼른 그 뒤를 따라갔다. 온실과 달리 차가운 바람이 두 사람을 덮쳐들었다.

"날이 추운데 그냥 들어가는 게 어떨까요?"

"추우면 대충 가르쳐주고 먼저 들어가라."

"……저는 이 정도는 별로 안 춥습니다."

그만둘 생각이 절대 없어 보였다. 생쥐는 부담감에 휩싸인 채 가지가 무성한 나무 아래로 다가갔다.

"미가목에는 흰벌나무가 기생해 있어요. 흰벌나무를 죽이면 미가목을 파고든 뿌리에서 독기를 흘려 미가목까지 죽어버리니 흰벌나무 가지만 적당히 잘라주면 되는데요……."

말하다 말고 솔레다토르의 눈치를 살피던 생쥐가 몸을 휙 돌려 정원 한쪽 구석을 향해 빠르게 걸어갔다.

"맨 윗가지는 가위가 안 닿을 테니 제가 발 받침대를—!"

가져다 드리려고 했는데. 이번에도 그녀는 솔레다토르를 이길 수 없었다. 생쥐는 자신보다 한발 앞서 발 받침대를 들어 올리며 웃는 솔레다토르의 모습에 어깨를 축 늘어뜨렸다.

"제가…… 가지고 오려고 했는데……."

"지팡이 짚는 동안은 안 돼."

솔레다토르는 받침대를 나무 아래에 놓으며 말했다. 물론 이번에도 지팡이는 핑계일 뿐이다.

"이 덩굴 같은 가지가 흰별나무인가?"

"네. 죽을 수도 있으니까 너무 많이 잘라도 안 돼요. 주로 위쪽의 햇빛을 가리는 가지 위주로 잘라주시면 됩니다."

결국 몸을 움직여 일하는 것은 포기한 생쥐가 열심히 손짓발짓을 해가며 설명을 시작했다.

"그 옆의 가지까지만 잘라주시면 될 거 같아요."

"이거?"

"네, 맞아요. 완벽해요!"

그렇게 두 그루의 나무를 더 가지치기 해주고 나머지 나무들도 필요한 부분을 돌봐준 뒤 두 사람은 다시 온실로 돌아왔다.

"매일 이렇게 일하는 건가?"

장갑과 앞치마를 벗어 원래 자리에 놓아두는 생쥐에게 솔레다토르가 물었다. 생쥐가 미소 지으며 고개를 저었다.

"아뇨, 매일은 아니에요. 분갈이나 가지치기는 자주 하지 않거든요. 평소에는 물을 주고 이상이 없나 살피는 정도만 합니다."

"그런가."

솔레다토르는 초록이 무성한 온실을 바라보았다. 그리 넓진 않았지만 생쥐 혼자 물을 주는 것이 그리 쉬워 보이지는 않았다. 게다가 비가 드문 겨울에는 바깥의 정원까지 물을 줄 필요가 있을 터였다.

"나도 같이 할까 싶은데."

"네?"

"공중정원을 돌보는 것 말이다."

그의 말에 생쥐가 깜짝 놀라며 눈을 깜박였다.

"같이, 하신다고요?"

"그래. 취미 정도로. 어차피 요즘은 할 일도 없으니까. 싫은가?"

"아, 아뇨! 물론 하시고 싶으시면 얼마든지 하셔도 되지만요!"

생쥐는 잔뜩 당황한 채로 고개를 끄덕였다. 솔레다토르가 자신과 같이 정원 가꾸는 일을 하겠다니. 예상치 못한 일이라 난감했지만 동시에 살짝 기쁘기도 했다.

"노체 부인도 조금은 움직이시는 게 좋다고 했고요. 그러니까, 저는 좋아요."

오늘은 여러 번 당황해했었지만 그건 솔레다토르가 일을 도와주는 것이었기 때문이다. 일방적으로 도움이 아닌, 같이 하는 것이라면 괜찮았다.

"그럼…… 내일부터요?"

"그러지."

"네!"

생쥐는 힘차게 대답하곤 온실을 나섰다.

"얼른 씻으셔야겠어요. 옷도 갈아입고요. 옷에 풀물까지 들었어요."

원예용 앞치마를 입고 있었던 생쥐와 달리 솔레다토르의 옷은 엉망이었다. 흙은 물론이요 가지치기를 하느라 떨어진 이파리에

나무 진액 따위까지 묻어 있었다. 솔레다토르는 자신의 손과 소매춤을 바라보곤 계단으로 시선을 돌렸다.

"안아들면 드레스가 더러워지겠군."

"저 멀쩡하다니까요. 그리고 더러워지는 건 상관없습니다. 안아달라는 게 아니라요, 그런 거 전혀 신경 안 쓴다는 뜻이에요. 지금보다 훨씬 더 심한 상태라 해도 안아주시면 기쁠 거예요."

물론 여기서는 아니고요, 하고 재차 덧붙이며 웃는다. 그 미소를 보며 솔레다토르가 무심코 연회색 머리칼을 향해 손을 뻗다가 흠칫 굳었다. 도중에 멈춘 흙투성이 손을 향해 생쥐가 제 머리를 들이밀었다.

"저도 씻을 겁니다."

멈추었던 손끝이 스스로 다가온 머리칼을 조심스럽게 쓰다듬었다.

"죄송하지만 욕실을 하나밖에 준비 못 했답니다."

아래층으로 내려온 두 사람에게 노체가 미안하다는 듯 말했다. 생쥐는 순수하게 그렇군요 하고 받아들였지만 솔레다토르는 미간을 찌푸렸다.

"……적당히 해라."

"죄송합니다, 솔레다토르. 오늘 하루만 참아주세요."

오늘 하루로 끝내겠다는 소리에 그가 한숨을 삼켰다.

"하루만이다."

"물론이에요. 그저 늙은이가 희망을 놓지 못한다고, 그렇게 생각해주세요."

나무가 천 년을 묵어야만 태어나는 종족이 목령이다. 노체는 그런 목령 중에서도 나이가 많은 편이었기에 마경의 주인치고는 어린 솔레다토르보다 연상이었다. 노부인의 늙은이 타령에 솔레다토르는 길게 탓하지 못하고 고개를 끄덕였다. 나이 때문만이 아니더라도 그는 마경의 주민들에게 일종의 부채감을 지니고 있었다. 긴긴 세월 의무를 제대로 수행하지 못하였으니 이 정도 수작에는 어울려주는 것이 옳을 터다.

"결국 생쥐와 같이 들어가라는 소리겠지."

"맞아요. 괜찮은가요, 작은 아가씨?"

"저야 물론 괜찮아요."

아무런 거리낌 없는 대답에 솔레다토르는 또다시 한숨이 새어 나오는 것을 느꼈다. 이러니저러니 해도 역시 생쥐는 아직 어린애다. 이삼 년쯤 후라면 모를까, 아직은 동요할 필요조차 없는 것이다. 몇 년 후라고 해도 얼마나 바뀌게 될지는 알 수 없는 일이었지만.

"1층에 있는 목욕탕이랍니다. 안내해드리지요."

"……거긴 예전에도 쓰지 않았던 것 같은데."

"걱정 마세요, 아주 깨끗하고 넓답니다."

노체는 자신 있게 말하며 앞장서 갔다. 그녀의 장담대로 1층의 목욕탕은 곧장 들어갈 수 있도록 완벽히 준비되어 있었다.

"갈아입을 옷을 가져오도록 하겠습니다. 두 분께선 씻고 계세요."

노체가 사라지고 생쥐가 솔레다토르를 올려다보았다.

"제가 시중을 들어드리겠습니다. 배웠어요."

"아니 됐…… 잠깐. 배웠다고?"

솔레다토르가 당황하며 되물었다.

"대체 어디서, 누가?!"

"예법 수업 시간에요. 곁다리로 이론 정도만 들었습니다. 후궁이 해야 하는 일도 간단하게 배우고 있거든요."

예법 수업이라는 말에 딱딱하게 굳었던 솔레다토르의 표정이 풀어졌다.

"……쓸데없는 걸 가르치는군."

"그동안 쓸 일이 없기는 했어요."

동침도 하지 않고 식사도 간소하며 외부 출입도 하지 않았으니 말이다. 하지만 드디어 목욕 시중을 들 수 있게 되었다. 생쥐는 의욕을 내보이며 솔레다토르를 향해 손을 뻗었다.

"우선 탈의를 도와드리겠습니다."

"……혼자 할 수 있다만."

"그건 저도 알고 있지만 제가 해드리는 거라고 했어요."

"안 해도 돼. 옷 시중을 받는 건 별로 안 좋아한다."

안 좋아한다는데 억지로 할 수는 없다. 생쥐는 우왕좌왕하다가 이번에는 손바닥을 위로 하여 두 손을 내밀었다.

"그럼 벗은 옷을 받는 것만 할게요. 개어서 잘 놓아두겠습니다."

"어차피 세탁해야 할 텐데."

그렇게 말하면서도 솔레다토르는 더 거절치 않았다. 그러나 막상 옷을 벗으려니 빤히 쳐다보고 있는 시선이 부담스럽게 느껴졌다. 결국 그는 겉옷만 벗고 탈의를 멈추었다.

"……옷 갈아입고 손 정도만 씻어도 된다."

그의 말에 생쥐가 반박했다.

"나뭇잎이 얼굴과 목에도 떨어졌었잖아요. 그리고 은색 리테라 나무 가루도 많이 묻으셨을 거예요. 제대로 씻으셔야 합니다."

"그럼 나중에 따로 씻으마."

"왜요? 뭔가 불편하신 점이라도 있으신가요?"

빤히 쳐다봐오는 시선이 불편하다. 그러나 그렇게 말했다간 죄송하고 미안해할 생쥐의 반응이 불 보듯 뻔해 솔레다토르는 대충 얼버무렸다.

"지금은 별로 씻고 싶지 않아."

"씻기 귀찮으세요? 저도 가끔 그럴 때가 있어요. 옷만 벗고 계시면 제가 수건을 따뜻한 물에 적셔서 깨끗이 닦아드리겠습니다."

그냥 나갈까. 하지만 그랬다가는 이번에는 노체가 귀찮게 굴 것이 틀림없었다. 솔레다토르는 결국 셔츠의 목깃을 풀었다.

"내가 알아서 옷 벗고 씻을 테니 너도 씻기나 해라."

"하지만—."

"그게 편해. 네가 불편하다는 게 아니라 목욕 시중 같은 걸 받는 것 자체를 싫어한다는 뜻이다. 여태껏 봐와서 알겠지만 받은 적도 없어."

부러 길게 변명을 덧붙이자 생쥐가 알겠다는 듯 고개를 끄덕였다.

"제가 할 일이 있다면 언제든지 말씀해주세요."

그러고는 서슴없이 제 옷을 벗기 시작한다. 외투에 이어 겉의 드레스가 발치로 겹겹이 흘러내리고 속치마가 하얗게 드러났다. 속옷마저 망설임 없이 벗으려는 것에 솔레다토르가 더 참지 못하고 입을 열었다.

"옷을 함부로 벗지 말라는 건 배우지 못한 거냐."

"그건 예전에 아리에스 언니의 집에서 배웠습니다. 다른 사람 앞에서는 함부로 안 벗어요. 다른 남자가 있을 때는 특히 더 조심하라고 했고요."

"……배웠다기에는 이카가 있을 때도 벗으려 했었다만."

"그땐 너무 급했거든요. 그 뒤로는 실수한 적 없는 거 같은데요……. 음…….."

생쥐는 웃옷을 반쯤 벗다 만 채 생각에 잠겼다. 애초에 이카르 외에는 외간 남자를 만날 일이 없기는 했다. 지금은 한 명 더 늘어났지만.

"아무튼 솔 앞이니까요. 괜찮아요."

그러면서 옷을 마저 벗는 모습에 솔레다토르는 시선을 슬쩍 옆으로 돌렸다. 예의범절은 그렇다 쳐도 수치심은 배울 수 없는 걸까. 이제 곧 해가 지나면 열일곱 살이 되는 생쥐다. 열일곱이면 어린애에서는 완전히 벗어난 나이였다. 열여섯 살도 그리 어린 편은 아니었지만 한층 더 어른에 가까워지는 것이다.

"……알몸을 보이는 걸 조금쯤은 부끄러워해라."

"그런 것도 배웠어요. 적절할 때에 부끄러워하고 수줍어하고, 그래야 한다더라고요."

후궁은 기본적으로 얌전하게, 목소리를 죽이고 움츠러들어야 한다고 배웠다. 생쥐는 상체를 벌거벗은 채로 솔레다토르를 바라보았다.

"지금도 부끄러워해야 할까요?"

"……보통은 그렇지."

"그럼, 음…….."

어떻게 해야 할까. 생쥐는 그간 배운 것들을 머릿속에 떠올렸다. 그러니까…….

"잠깐······!"

솔레다토르는 갑자기 달라붙어 오는 생쥐의 행동에 놀라 뒷걸음질 쳤다. 부끄러워 하랬더니 왜 되레 옆구리에 붙으려 한단 말인가.

"뭐 하는 거냐!"

"부채가 없어서요."

"······뭐?"

"부끄러워하려고 해도 얼굴을 붉히는 건 불가능합니다. 그래서 보통 얼굴을 살짝 가리고 부끄러운 척을 해야 해요. 부채나 그 비슷한 걸 주로 쓰는데, 지금은 아무것도 없으니까 솔의 뒤로 숨는 수밖에요. 연인이나 남편의 옆에 바싹 붙어 얼굴을 가려도 되거든요."

생쥐가 차분히 설명했다.

"다만 스무 살을 넘기면 표현 방법이 또 달라진다고 합니다. 성숙한 여인은 감정을 크게 드러내서는 안 되기에, 부끄러워하는 것도 적당히 해야 하거든요. 전 아직 배우지 않았어요."

"······그런 것 말고 평범하게 부끄러워할 수는 없는 건가."

"평범하게요?"

"그래, 평범하게."

솔레다토르의 말에 생쥐는 멍하게 생각에 잠겼다가 두 손으로 얼굴을 가리며 또박또박 말했다.

"부끄럽습니다."

감정이라곤 한 스푼도 담겨 있지 않은 딱딱한 말투에, 솔레다토르는 어이없어하다가 피식 웃음을 흘렸다. 웃음소리를 들은 생쥐가 얼굴을 가린 손을 스르륵 내렸다.

"이것도 아닌가요?"

"맞다고 치자."

그의 대답에 생쥐도 덩달아 웃었다.

너른 욕실은 물이 넘쳐 홈이 팬 부분까지 바닥에 얕게 고여 있는 특이한 형태를 취하고 있었다. 바닥에 깔린 돌은 평범한 것이 아닌지 얕은 물 아래에서 햇살을 받은 듯 반짝반짝 빛이 났다. 덕분에 천장이 있는 실내건만 마치 야외의 냇가처럼도 보였다. 주위의 벽이 자연암석으로 이루어져 그런 느낌을 더더욱 강하게 만들었다.

"이상하게 생긴 욕실이네요."

찰박찰박 물소리를 내며 걸어가며 생쥐가 말했다. 그녀는 완전히 벌거벗지 않고 얇은 가운을 걸치고 있었다. 다 벗으려는 것을 솔레다토르가 말렸기 때문이다. 솔레다토르 또한 비슷한 차림새였다.

"그 여자의 취향이다."

"그 여자요?"

"여기 예전 주인인, 내 어머니."

"그렇군요."

역시나 반짝거리는 욕조 안으로 들어가며 생쥐가 말을 이었다.

"저는 부모님에 대한 기억이 하나도 없습니다. 예전에는 아무

생각도 들지 않았는데 지금은 어떤 분들이셨을지 가끔 궁금해져요."

"나도 아버지에 대한 기억은 없다."

"아버지면, 초대황제 폐하 말씀이시죠?"

"그래."

솔레다토르는 욕조 물을 조금 떠 손의 흙을 씻어내며 끄덕였다.

"내가 태어나기 전에 돌아가셨으니 뵌 적도 없어."

"태어나기 전에요?"

"정확히는 알에서 깨어나기 전이지. 부화에 오랜 시간이 걸렸거든."

드래곤의 알이 부화하는 데에는 보통 긴 시간이 걸리긴 했지만 솔레다토르의 경우 모친의 보살핌을 제대로 받지 못했기에 더욱 늦게 깨어났다. 그의 말에 욕조에 들어앉은 생쥐가 심각한 표정을 지었다.

"그럼 전 아기를 보지 못하고 죽게 되는 건가요. 조금, 아니 많이 아쉬워요."

"아니, 그건……."

불쑥 튀어나온 아기 이야기에 솔레다토르가 당황하며 말했다.

"그러니까, 상황에 따라 다르다."

"상황에 따라 달라요?"

"그래. 나는 순수한 드래곤으로 태어났지만 내 형제들은 인간에 가까웠기에 열 달의 임신 기간만 채우고 바로 태어났다."

용혈 덕에 평범한 인간보다 긴 수명과 강한 힘을 타고났지만 드래곤으로서의 특징은 거의 없었다. 생쥐는 욕조로 들어온 솔레다토르의 곁으로 다가붙으며 물었다.

"그럼 제 아이는 인간에 가까울까요?"

아이를 낳는다는 게 기정사실이라는 걸 넘어 이미 임신이라도 한 것 같은 진지한 물음이었다.

"……하기 나름이다."

"어떻게 하면 되는데요?"

"내가, 그러니까…… 어느 쪽에 더 가까운 상태로…… 라는 건데."

솔레다토르는 자세히 설명하지 못하고 대충 얼버무렸다. 적당히 넘어갔으면 싶었지만 생쥐는 눈을 초롱초롱 빛내며 더욱 캐물어왔다.

"무슨 상태요? 정확히 말씀해주시면 안될까요?"

"……드래곤과 인간 말이다. 지금의 나는 인간에 더 가까운 상태다. 용의 특징은 눈 외엔 찾아볼 수 없으니까. 이대로……면 인간에 가까운 아이가 태어나는 거지."

"지금 아기를 가지면 평범하게 열 달 뒤에 태어나는 거군요! 그럼 드래곤은, 음, 크기가…… 어떻게 할 수 있을까요?"

"……이상한 상상 하지 마라. 인간화한 상태에서 드래곤의 특징이 드러나는 거다."

그렇게 말하며 솔레다토르가 한쪽 손을 들어보였다.

잠시 뒤 손등에서 비늘이 돋아나기 시작하더니 손톱 또한 날카롭게 변화했다. 인간과 드래곤의 중간쯤 되어 보이는 모양새였다.

"이런 식이지."

"신기해요!"

솔레다토르는 손을 다시 인간의 것으로 바꾸며 짧게 한숨을 내쉬었다.

"용인화는 오래 지속하기가 힘들다. 드래곤을 담기엔 인간의 형체는 너무 작고 약하니까."

그렇기에 인간의 모습을 하고 있을 때에는 드래곤으로서의 권능도 거의 사용할 수가 없었다. 물론 평범한 인간과는 비교할 수 없는 힘을 기본적으로 지니고 있기는 하였지만.

"그럼 솔은 용의 모습일 때가 더 편하신가요?"

"……아마도 그래야겠지만, 모르겠다."

그가 씁쓸하게 대답했다. 황궁과 엮이지 않았더라면 인간의 모습을 취할 일 자체가 별로 없었을 것이다. 마경의 주인으로서 대부분의 시간을 솔레다드 산맥에 머물러 있었을 테니까. 그러나 그는 이미 너무 오랜 시간을 인간으로 보내왔다. 어느 쪽이 더 자기 자신의 모습에 가까운지, 헷갈려버릴 정도로.

"저는 어느 쪽이든 다 좋습니다."

자그마한 두 손이 비늘이 돋았던 손을 감싸 쥐었다.

"어느 쪽이든 솔이 좋아요."

꾸밈없이 담담한 목소리였다. 솔레다토르는 자신을 올려다보는 연녹색 두 눈을 마주 들여다보다가 소리 없이 웃었다.

"드래곤이면 이렇게 손을 감싸 잡는 것도 못 할 텐데?"

"어…… 그렇겠네요."

기껏해야 걸치거나 가져다 대는 정도밖에 못 한다. 그뿐만 아니라 품에 안기거나 온기를 나누는 것도 불가능했다. 오늘처럼 같이 정원을 돌보는 것도 할 수 없을 터였다.

"……그럼, 드래곤의 모습도 좋긴 하지만요, 가끔은 인간 모습도 해주셨으면 좋겠습니다."

"어차피 궁에서는 드래곤으로 있을 수도 없어."

그러니 걱정할 것 없다는 말에 생쥐는 조금 수줍게 미소했다.

두 사람은 욕실 밖으로 나와 준비되어 있는 새 옷으로 갈아입었다. 그 직후 기다렸다는 듯이 노체가 나타났다.

"두 분 슬슬 시장하시지요?"

점심 전에 일을 하고 목욕까지 했으니 솔레다토르는 그렇다 쳐도 생쥐는 허기가 질 만했다. 노부인은 사근사근한 어조로 말을 이었다.

"그런데 약간의 문제가 생겼답니다. 케이어스가 자리를 비워 점심 준비가 되질 않았어요."

그 말에 솔레다토르의 미간이 찌푸려졌다.

"케이어스까지 끌어들인 건가."

노체는 대답 대신 미소 지었다.

"다행히 재료는 넉넉히 준비되어 있으니 적당히 만들어 드시면 됩니다. 저는 이만 욕실 청소를 하러 가볼게요."

자기 할 말만 내뱉은 그녀가 이내 사라져갔다. 노체가 사라진 빈자리를 바라보며 생쥐가 걱정스러운 표정을 지었다.

"어쩌죠? 요리를 배우기는 했는데, 사지와 라지가 가르쳐준 건

빵과자 만드는 법뿐이었거든요."

요정들의 주식이 달콤한 과자류다 보니 당연한 결과였다.

"……일단 주방으로 가보자."

자신은 매끼니 꼬박꼬박 챙겨 먹지 않아도 되지만 생쥐를 굶길 수는 없었다. 둘은 주인이 자리를 비운 주방으로 향했다. 완성된 음식은 없었지만 노체의 말대로 재료는 충분히 마련되어 있었다. 개중에는 손질이 모두 끝나 가열만 해주면 되는 것도 보였다.

"빵 굽듯이 구워도 될까요?"

제 팔뚝보다 더 큰 송어를 들어 보이며 생쥐가 말했다.

"그냥 구워도 먹을 수는 있겠지."

간이 전혀 되어 있지 않아 맛은 별로 없을 것이다. 솔레다토르는 주방을 살펴 후추를 베이스로 한 양념이 발라져 있는 갈빗대를 찾아냈다.

"내가 적당히 만들어주마."

"솔이요?"

"요리를 제대로 배우진 않았지만 궁 밖을 돌아다닐 때엔 종종 만들어 먹어야 했다. 먹을 만하게는 만들 수 있어."

이카르를 데리고 다니면서 실전으로 익혔다. 물론 도시나 마을에서는 사 먹었지만 야외에서 노숙을 해야 할 때도 있었기 때문이다.

"그럼 제가 후식을 만들게요!"

이번에는 생쥐가 자신 있게 나섰다.

"만들 수 있는 종류는 몇 없지만 확실하게 배웠습니다."

"요정족이 과자는 잘 만들긴 하지."

"맞아요, 다른 건 엉망이었지만요."

메추리를 설탕에 절이고 초콜릿을 발라서 정말 이상한 음식을 만들어냈다면서 웃는다.

"무조건 달게 만든다니까요. 아, 계란이다."

생쥐는 깨지지 않도록 줄에 하나하나 엮여 매달려 있는 계란을 끌어 내렸다. 이어 그릇도 꺼내어 계란을 솜씨 좋게 깨 흰자와 노른자를 분리해 담는다. 그러는 사이 솔레다토르가 화덕에 불을 붙였다. 서늘하던 주방의 공기가 금세 훈훈히 달아오른다.

"이 햄은 바로 잘라 먹어도 되겠군."

"햄이 있어요? 조금만 잘라주세요."

생쥐의 말에 솔레다토르가 칼을 들었다. 물론 식칼이다.

"얇게, 두껍게."

"얇게요."

잘 갈린 칼날이 선홍빛을 띤 두툼한 햄을 가른다. 비칠 정도로 얇게 잘라진 햄을 생쥐가 받아 갔다. 그리곤 햄을 접어 치즈를 얹고 달콤한 향의 소스를 뿌렸다.

"빵과자만 만들 줄 안다더니."

"이건 간단하잖아요. 케이어스 씨가 만든 걸 보고 따라 하는 거예요. 그리고 이 소스는 사지랑 라지도 쓰는 거거든요."

생쥐는 전채로 쓸 만한 요리를 접시에 잘 담아놓은 뒤 이번에는 모아놓은 흰자로 머랭을 치기 시작했다. 설탕을 넣어가며 거품기를 열심히 휘젓는 모습에 솔레다토르가 손을 내밀었다.

"이리 다오."

"저도 할 수 있어요."

"그거 하나 하고 지칠 꼴이다만."

솔레다토르는 생쥐의 손에서 볼과 거품기를 빼앗았다. 생쥐는 입을 삐죽이면서도 싫지 않은 표정으로 밀가루를 반죽했다.

"그 정도면 됐어요, 충분해요."

볼 안을 힐끔 들여다본 생쥐가 말했다. 자신이 했으면 한참 걸렸을 텐데 금방 완성되었다. 천장에 매달려 있던 채소 바구니가 내려지고 솔레다토르가 감자 두어 개를 불가에 던져 넣었다. 고기 굽는 냄새가 풍기기 시작하고 잠시 후.

"콜록, 콜록, 거기, 연기 구멍이 다 안…… 콜록."

"이런."

자욱이 피어오르는 연기에 생쥐가 기침을 하자 솔레다토르는 얼른 환기를 시켰다. 그사이 고깃덩이에서 떨어진 기름이 불에 닿아 요란한 소리를 낸다. 타닥거리며 주위로 튀고 연기에 벽이 그을린 모양새에 솔레다토르가 조금 곤란한 얼굴을 하였다.

"케이어스가 싫어하겠군."

"그러게요. 주방에선 까다롭잖아요."

"뭐 자리를 비운 게 잘못이지."

그것도 일부러 비운 것이니 말이다. 결국 자업자득인 셈이다.

솔레다토르는 구워진 고기를 꼬챙이로 찔러 들어 올린 뒤 작게 썰어냈다. 칼 솜씨야 나무랄 데가 없었지만 접시에 담겨진 모양새는 대충 쌓아놓은 것 이상도 이하도 아니었다. 케이어스가 봤다면 틀림없이 고기가 아깝다고 투덜거렸을 것이다. 고기와 함께 구운 마늘도 탄 껍질만 벗긴 감자도 통으로 둥근 그대로였다.

"……좀 간소하긴 하군."

평소의 음식에 비해 투박하기 그지없는 모습에 솔레다토르가 멋쩍게 중얼거렸다.

"간소하다니요, 이 정도면 충분하죠."

먹고 남긴 게 아닌 멀쩡하게 양념까지 되어 있는 고기가 있으면 풍성한 식탁이다. 아직 과거의 굶주림을 잊지 않은 생쥐가 말했다.

"여기 이 빵은 구운 지 얼마 안 된 건가 봐요. 아직 부드럽네요. 버터를 바를까요, 치즈를 바를까요?"

"버터."

그렇게 평소보다 초라하지만 있을 건 다 있는 점심이 차려졌다. 생쥐는 싱글벙글거리며 포크로 아직 김이 오르는 감자를 갈랐다. 유독 즐거워 보이는 표정에 솔레다토르가 의아해하며 그녀를 바라보았다.

"꽤나 기분이 좋아 보이는군."

"네, 좋아요."

생쥐는 감자를 얌전히 오물거려 삼키곤 말을 이었다.

"정원 일을 도와주시는 건 좀 부담스러웠지만, 그래도 즐거웠습니다. 같이 목욕도 하고 음식도 하고, 전부 즐거워요."

솔직한 감상에 솔레다토르가 조금 머뭇거리다가 고개를 끄덕였다.

"나도 그런 것 같다."

분명 나쁘진 않았다. 그 역시 솔직하게 말하자면, 즐거웠던 것 같다. 별로 특별한 일을 한 것도 아닌데도.

"……여기는 사람도 별로 없어서 그간 심심했을 듯한데."

"사지랑 라지가 있어서 괜찮았어요. 수업도 갔고 책을 읽거나 정원을 돌보거나 했으니까요."

"다과회는?"

"아, 그건요……."

생쥐가 조금 기죽어하며 접시를 내려다보았다.

"다들 친절했지만, 음…… 생각보다 별로였습니다."

"별로였다고?"

"네. 잘 모르는 이야기만 주로 나온 데다가 조심해야 할 것도 많아서요. 몸가짐도 표정도 말하는 것도 하나하나 신경 써야 해서, 재미없었어요. 그래서 솔이 데리러 와주었을 때 무척이나 기뻤습니다."

"그랬군."

그리고 잠시간 말이 없었다. 마주 앉은 남자의 눈치를 슬금슬금 살피던 생쥐가 다시 입을 열었다.

"저기, 혹시 제가 다과회에 적응하지 못해서 실망하셨나요?"

"아니, 전혀."

솔레다토르는 입꼬리를 올리며 말을 이었다.

"나도 그런 모임은 재미없어."

"정말요?"

"재미없으니 황제일 때도 지금도 전혀 참석하질 않는 거지."

그런 걸 즐겼다면야 당연히 여기저기 찾아 다녔을 것이다. 아니, 가만히 앉아 있어도 초대장이 몰려드니 내키는 대로 골라서 가면 된다. 그의 말에 생쥐가 다시금 환히 웃었다.

"맞아요, 재미없어요. 오늘이 훨씬 더 재미있었습니다."

"재미없으면 다과회 같은 거 억지로 열 필요 없다."

"하지만 아리에스 언니는 제가 사교활동을 했으면 싶어 하는걸요. 그리고 후원금도 받아야 하고요."

다과회는 재미없었지만 그래도 무료급식소는 열고 싶었다.

"그 여자도 네가 싫은 걸 억지로 하길 바라진 않을 거다. 후원금은 그냥 모금을 해."

"그냥요?"

"그래. 자선모금을 한다고 말 정도만 해둬도 돈 내는 놈들이 더러 있을 거다."

정 안 되면 자신이 한 마디쯤 덧붙이면 그만이다. 그러면 필요한 자금쯤이야 순식간에 모일 터였다. 솔레다토르의 말에 생쥐가 고개를 갸웃 기울였다.

"말만 해도 돈을 줄까요?"

"여긴 궁정이니까. 쓸데없는 데 돈 쓰는 놈들이 널렸어."

"음, 그런 거 같긴 해요."

수업 시간에 궁정문화에 대해 배우고는 있었지만 여전히 이해가 안 가는 부분이 많았다. 특히 부유한 티를 내야 하지만 천박하지는 않아야 하며 일정 분야에 일정 이상 돈을 써야 하는 등의 이야기는 아무리 생각해보아도 고개가 저어졌다. 왜 그렇게 복잡하게 사는 걸까.

"아리에스에게 말하면 알아서 처리해줄 거다. 시종장에게 전해 달라고 해."

"네."

"그리고…… 가끔 이렇게 먹는 것도 괜찮겠지."

"저야 좋지만 케이어스 씨가 싫어하지 않을까요."

"별말 안 할 거다."

두 사람이 가까워질 기회라면 케이어스도 싫단 소리는 못 할 것이다. 그 수단이 자신의 주방이라는 사실은 마음에 들지 않아 하겠지만.

식사를 마치고 뒷정리까지 끝내자 아침 일찍부터 사라졌던 요정들이 돌아왔다. 둘은 무언가 불만이 가득한 표정으로, 하지만 털어놓지는 못한 채 생쥐에게 달라붙었다.

"그럼, 솔. 먼저 올라가보겠습니다."

"그래."

솔레다토르는 요정들과 함께 주방을 나서는 생쥐의 뒷모습을 바라보았다. 문이 닫히고 홀로 남게 되자 조금쯤 쓸쓸하다는 생각이 들었다.

낮이 짧은 시기인지라 해가 떨어지는 것은 금방이었다. 어두운 방에 햇빛 대신 등불이 켜졌다. 솔레다토르는 벽난로 앞 소파에 비스듬히 앉아 있었다. 끊임없이 밀려드는 졸음이 이제 곧 눈이 내릴 것이라고 신호를 보내온다. 이렇게 사위가 고요한 밤이면 마경이 그 주인을 부르는 속삭임이 들려오는 듯도 했다. 눈이 쌓이기 전에 돌아오라고.

 그러나 오늘 밤 솔레다토르를 사로잡은 것은 마경이 아니었다. 그는 낮의 일을 떠올리며 그 기억 속에 잠겨 있었다. 만약에, 만약에 그가 어린 소녀를 사랑하게 되어 계약에서 풀려나게 된다면.

 '……모르겠군.'

 그 후의 일을 쉽게 떠올릴 수가 없었다. 계약에서 풀려나는 상상은 여러 번 해보았다. 그러나 사랑에 빠짐으로써 벗어나게 되는 상상은 막연하게나마 떠오르지 않았다. 아니, 막 이름을, 계약을 물려받고 황궁에 들어섰을 때는 해보았을지도 모른다. 그때는 아직 어렸으니까. 실망도 한탄도 원망도 몰랐었다. 문득 오래전 떠나간 자신의 모친이 생각났다. 그녀는 어떠하였을까.

'한 번쯤 물어볼 걸 그랬나.'

 어떻게, 왜 부친과 사랑에 빠졌는지를. 그가 알에서 깨어났을 때 초대 황제는 노사한 지 오래였다. 전대 솔레다토르의 죽은 이에 대한 사랑 또한 식어가고 있을 때였다. 그렇기에 모친은 굳이 이야기하지 않았으며 아들 또한 굳이 묻지 않았다. 다만 부친의 수명에 대해서는 이야기한 적 있었다.

 드래곤의 반려는 스스로의 수명을 따를 수도, 상대의 수명을 따를 수도 있다. 드래곤과 수명을 같이한다면 긴 세월을 늙지 않고 살아갈 수 있는 것이다. 마경과 이어진 드래곤만큼 완벽에 가까운 불사까지는 아니지만 그 보호를 받는 만큼 죽음으로 헤어지는 불상사가 생길 가능성은 극히 낮다. 그러나 초대 황제는 인간으로서 죽었다.

 그가 그러기를 원하였기 때문이었다.

 전대 솔레다토르는 처음에는 그것을 안타까워했으나 마음이 식은 뒤에는 다행이라고 말하였다. 영원한 사랑은 있을 수 없다면서.

 자신은, 그리고 생쥐는 어떨까.

 몸은 잠을 원하고 있었지만 머릿속은 쉽게 졸음을 받아들이지 못하였다. 그렇게 먼 옛날과 바로 오늘 일을 뒤섞고 있는데 작은 노크 소리가 들려왔다. 솔레다토르는 컴컴해진 밖을 힐끗 쳐다본 뒤 문으로 시선을 돌렸다.

 "들어와라."

잠시 뒤 문이 열리며 잠옷 차림으로 베개를 끌어안은 생쥐가 안으로 들어섰다. 무슨 일이냐고 묻는 눈빛에 그녀가 입을 열었다.

"노체 부인이 목욕물을 버리려다가 실수로 제 침실에 쏟아버렸습니다."

"……뭐?"

대체 어떻게 하면 그런 실수를 할 수 있단 말인가. 근처도 아니고 심지어 층수도 다른데. 두 번 생각해볼 것도 없이 고의다. 어이없어하는 솔레다토르의 표정에 생쥐가 쭈뼛거리며 물었다.

"그래서 오늘은 여기서 자라고 했습니다만…… 괜찮을까요? 불편하시면 다른 곳을 찾아볼게요."

"……오늘 하루 정도는 괜찮다."

고의라고 해도 침실이, 침대며 이불이며 죄다 젖어버렸을 텐데 생쥐를 내보낼 수는 없었다. 다른 방을 쓰라고 하기에는 노체가 여분의 이불을 미리 치워버렸을 것이 분명했고 손님방이 준비되어 있는 외궁으로 보내는 것은 내키지가 않았다.

허락이 떨어지자 생쥐가 방긋 웃으며 소파로 달려왔다. 그녀는 솔레다토르의 옆에 바싹 붙어 앉으며 그를 올려다보았다.

"오랜만이네요."

예전에는 종종 밤늦게까지 일하는 솔레다토르의 옆에 앉아 이렇게 그를 바라보거나 혹은 졸거나 했었는데. 생쥐의 말에 대답하듯 커다란 손이 그녀의 머리칼을 매만졌다. 벽난로 불빛의 나른한 온기 속에서 생쥐가 작게 하품했다.

"졸리면 들어가서 자라."

"좀 더 이렇게 있고 싶어요."

생쥐는 솔레다토르의 어깨에 머리를 기대었다.

"잠들면 데리고 들어가줄 테니 억지로 참을 필요는 없다."

"네."

고개를 작게 끄덕이더니 또 작게 웃는다.

"정말 많이 좋아해요."

처음에는 좋아하는 언니를 위해서였는데, 어느 순간인가부터 솔레다토르를 향한 좋아함이 훨씬 더 커져 버렸다. 항상 하고 다니던 나비 머리핀도 이곳에 와서는 잘 하지 않게 되었다. 옷차림을 공부하면서 다양한 장신구를 쓰도록 노력하는 탓도 있지만 예전만큼 중요하게 느껴지지가 않았다.

"……나중에."

옆에 바싹 다가붙은 온기를 느끼며 솔레다토르가 천천히 말을 이었다.

"일 년이나 이 년, 혹은 그 이후에."

"네."

"함께 바다를 보러 가자. 나도 제대로 구경해본 적은, 없으니. 그리고 사막에도."

아나닙시 사막에는 전대 솔레다토르가 있다.

계약에서 풀려난다면 그곳으로 생쥐와 함께 찾아가보고 싶었다. 생쥐를 보여주고, 모친과 좀 더 제대로 이야기를 나눠보고 싶었다.

"그 외에도, 어디든지."

제국 밖으로 나간다면 내내 묶여 있던 자신 역시 생쥐와 다를 바 없이 문외한이다. 마경의 주인이니만큼 긴 시간 떠나 있을 수는 없겠지만 해에 두어 달쯤은 괜찮다. 나직한 목소리의 속삭임에 가까운 말에 생쥐가 고개를 끄덕였다. 눈을 비벼 졸음을 몰아내며 웃었다.

"네, 어디든지요."

어디라도, 언제든지 다 좋다. 솔레다토르는 긴 한숨을 흘리며 졸려하는 소녀를 품에 끌어안았다.

수호룡이 어린 후궁을 무척이나 아낀다는 소문이 퍼져 나가는 데에는 그리 긴 시간이 걸리지 않았다. 모나르카궁 내궁에 들어간 이후 단 한 번도 바깥출입을 하지 않았던 솔레다토르가 후궁을 마중하기 위해 모습을 드러냈다는 이야기에 궁정이 떠들썩해졌다. 그리고 그 뒤를 이어 아리에스 예비 황후가 자신의 동생이 자선모금을 할 계획이라는 말을 흘렸다. 수호룡 또한 이 자선모금에 깊은 관심을 가지고 있다는 소리에 기부를 하겠다는 사람들이 순식간에 줄을 지었다. 모금에 참여하면 솔레다토르까지는 아니더라도 그 후궁 정도는 직접 만나볼 수 있느냐고 묻는 이들도 많았다.

 그런 소란 속에서 카얄룬 공작가는 고요했다. 아니, 겉으로만 차분했을 뿐 그 속에서는 세대교체가 천천히 이루어지고 있었.

 카얄룬 공작의 장자이자 후계자인 마노로스 카얄룬은 층층이 쌓인 서류들을 바라보며 긴 한숨을 내쉬었다. 그 종이 뭉치들은 전부 공작 작위의 계승과 관련된 것들이었다. 단순히 이름만 바꾸어 넣는 것부터 내용을 수정하고 여기저기 보내고 공증과 확인을 받아야 하는 문건 등 거대한 덩치의 가문을 물려받는 일은 책상머리 작업부터가 쉽지 않았다.

'……갑자기 왜 은퇴하시겠다는 것인지.'

물론 나이를 보면 이상한 일은 아니었다. 되레 늦은 감이 있을 정도다. 그러나 현 카얄룬 공작은 얼마 전까지만 하여도 아들에게 자신의 자리를 물려줄 생각이 전혀 없어 보였다. 노쇠를 핑계로 꽤 오래 궁정 출입을 하지 않았었으나 모든 대소사는 그의 손을 거쳐갔으며 허가 없는 일의 진행은 용납지 않았다. 그뿐만 아니라 새로운 황제 즉위 전후로는 직접 활발한 활동을 하기도 했었다.

그렇기에 공작위를 물려받는 데에는 좀 더 시간이 걸릴 것이라 생각하였는데, 무슨 바람이 불었는지 작위 계승을 위한 준비를 시작하라 말해온 것이었다. 오랜 시간을 기다려온 바람이기는 하였지만 마노로스는 마음속 한구석의 찜찜함을 쉽게 떨쳐버릴 수가 없었다.

복잡한 머릿속으로 일을 처리해가던 그는 공작에게 허가를 받아야 하는 서류를 들고 자리에서 일어났다. 드베르 카얄룬의 집무실 앞에는 무장한 기사들이 서 있었다. 공작가의 기사라 하여도 그들은 현 공작의 명령만을 받들었다. 그뿐 아니라 카얄룬 공작가의 주요 가신들 중 대부분이 현 공작만을 따랐다. 그들에게 있어 마노로스 카얄룬은 차기 공작이 아닌 같은 주인을 모시는 동료에 가까웠다. 쓸쓸하다 못해 부친이 원망스러워지는 처지였지만 마노로스로서는 반항할 힘도 상황을 뒤집어놓을 능력도 없었다.

"아버님께서는 안에 계신가."

마노로스의 물음에 기사가 대답했다.

"예, 계십니다. 다만 선객이 있으니 잠시만 기다려주십시오."

"알겠네."

곧 자리를 물려받을 적장자라 하여도 문을 벌컥 열고 들어갈 수는 없었다. 그는 한숨을 삼키며 조용히 기다렸다. 얼마쯤 시간이 지났을까, 문이 열리며 날카로운 눈매의 중년 남자가 밖으로 나왔다. 카얄룬 공작의 심복 중 하나인 그는 마노로스를 향해 꾸벅 인사한 뒤 자리를 떠나갔다. 마노로스는 멀어져 가는 남자를 바라보다가 안으로 들어갔다.

"무슨 일이냐."

긴 소파에 앉아 있던 노인이 자신의 아들을 돌아보며 물었다.

"봐주셔야 할 서류가 있습니다."

마노로스는 소파 앞의 낮은 테이블에 들고 있던 종이 뭉치를 내려놓았다. 주름진 눈이 그것을 잠시 향하였다가 이내 관심을 끊는다.

"최근 궁정이 시끄럽다 하더군."

"예. 수호룡의 정체가 밝혀진 이후로 들뜬 분위기가 쉽게 가라앉질 않고 있었는데 후궁에 대한 관심이 더해지면서 꽤 소란스러워졌습니다."

마노로스의 말에 카얄룬 공작의 입가에 미소가 그려졌다.

"라린 살타토르라고 했던가. 유용하게 쓸 수도 있겠군."

속을 알기 힘든 노인의 흐린 눈빛에 마노로스는 걱정스러운 표정을 지었다.

"수호룡을 건드리는 것은 이미 충분히 하시지 않았습니까."

황태후의 반란과 관련이 있다는 증거는 모두 없앴지만 솔레다토로도 황제도 어느 정도 눈치는 챘을 터였다. 다만 정황상의 추측일 뿐인 데다 반역자인 비고레 대백작을 받아들인지라 문제 삼지 못할 뿐이다. 그런 상황에서 황제도 아닌 드래곤을 건드리는 것은 위험했다. 궁정인들의 시선과 법에 묶여 있는 황제와 달리 수호룡은 황가에 위협이 된다 판단을 내리면 서슴없이 움직일 수가 있다. 그 대상이 공작가라 하여도 예외는 없을 것이다.

"충분히라."

마노로스의 걱정에 카얄룬 공작이 낮은 웃음을 흘렸다.

"충분하다는 말이 나오기에 아직 마무리 짓지 못한 것이 하나 남았다."

"……무엇입니까."

"수호룡의 계약!"

공작의 눈이 나이를 잊고 생생하게 번뜩였다. 수호룡이 계약에서 풀려나는 조건은 그조차도 알 수 없었다. 그러나 풀려날 방법이 있다는 것만큼은 확실했다. 긴 세월 동안 이루어지지 못한 조건이니 쉬운 것은 아닐 테지만, 확실하게 뚫려 있는 구멍을 크기가 작다는 핑계로 못 본 척할 수는 없었다.

"황제를 구슬려 조건을 알아낼 수 있다면 좋겠지만, 그 어린놈은 솔레다토르와 너무 가깝다."

그 무엇을 대가로 내어놓는다 해도, 협박을 한다 해도 절대 입을 열려 들지 않을 것이다.

"심지어 그 태도를 보아 수호룡을 풀어줄 생각을 품고 있을 가능성도 높지."

공작의 말에 마노로스가 미간을 살짝 찌푸렸다.

"하지만 지금의 황제가 수호룡을 잃게 된다면 황위는 물론이요 목숨까지 위태로워지게 될 겁니다."

지금 황제가 별 탈 없이 국정을 돌보는 것은 카얄룬 공작의 도움도 있었지만 그의 뒤에 수호룡이 버티고 있음이 가장 컸다. 그런데 솔레다토르가 떠나가게 된다면 무사하긴 힘들 터였다.

"황제의 호감이 일방적이라면 그럴 것이다. 하지만 솔레다토르 또한 황제를 아끼고 있으니 계약에서 풀려난다 하더라도 현 황제까지는 돌봐주겠지."

그러니 더 늦기 전에 움직여야 한다. 또다시 수호룡을 잃게 되는 불상사가 벌어지지 않도록.

"두 번 다시 같은 일이 반복되어서는 안 된다."

마노로스는 강한 어조로 말하는 부친을 스며드는 불안을 감추지 못한 채 바라보았다.

다음 권에서 이어집니다.

외전. 백 년 하고도 수십 년 전에

카티라 황녀는 모나르카궁의 관리인이었다. 좀 더 정확히 말하자면 수호룡의 시중인이었다. 그녀가 모나르카궁의 관리인이 된 이유는 간단했다. 황후에게서 태어난 유일한 딸이었기 때문이었다. 적장자는 후계자이며 둘째는 만약을 대비한 후보라 하면, 나머지 서자들은 모두 도구였다. 그 무척이나 유용한 도구는 황족만이 될 수 있었기에 황제는 적당히 낮은 출신의 후궁들을 들이고 가능한 한 많은 황족을 낳았다.

모나르카궁의 관리인이라는 것은 무척이나 쉬울 수도, 까다로울 수도 있는 자리였다. 수호룡, 솔레다토르는 바라는 것이 별로 없었다. 정확히는 궁정인들이 자신에게 간섭하지 말고 내버려두기를 원했다. 그러나 궁정에는 수호룡에게 관심을 가지는 자들이 넘쳐 났다. 바로 이 방문객들과 수호룡 사이를 조절하는 것이 관리인의 주된 일이었다.

솔레다토르의 의사를 존중하여 그의 앞을 막아선다면 일은 쌓이고 힘겨워진다. 하지만 그냥 손을 놓아버린다면 피곤한 일은 수호룡과 모나르카궁의 다른 시중인들에게 모두 떠넘겨진다. 이전의 관리인은 후자를 선택했다. 그러나 카티라 황녀는 솔레다토르의 편의를 최선으로 두었다. 그녀는 모나르카궁의 방문자를 가능한 한 줄이고 내궁을 관리하는 것 또한 최소 인원으로 제한하였다. 비록 갇힌 새장 안이나마 드래곤이 편히 쉴 수 있도록 노력하였다.

"목욕물은 준비되었나요?"

"예, 마마. 준비되어 있습니다."

"식지 않도록 계속 데워놓으세요. 모든 창에 커튼을 내리고 복도에 지나다니는 사람이 단 한 명도 없어야 합니다."

카티라는 침실을 점검하고 밖으로 나왔다. 바로 오늘 솔레다토르가 황궁으로 돌아온다. 그녀는 사람들을 물린 뒤 홀로 내궁 뒤쪽 공터 앞에 가 섰다. 아직 이른 아침이었기에 하늘은 옅게 푸르렀다. 오늘 귀궁한다고는 하였지만 정확히 언제 도착할지는 알 수 없었다. 그저 목을 빼고 한없이 기다리는 수밖에.

천천히 시간이 흐르고 정오가 가까워졌다. 오래 서 있기에는 불편한 차림새임에도 카티라 황녀는 동상처럼 미동도 없었다.

그렇게 다시 두어 시간이 지난 뒤였다. 흰 구름만 몇 점 떠다니던 하늘 저편으로 작은 형체가 나타났다. 눈을 가늘게 떠야 겨우 보이던 것이 빠르게 커져 가며 이내 온 하늘을 뒤덮는다. 거대한 날개가 만들어내는 바람에 금빛 머리칼이 헝클어지며 흩날렸다. 카티라는 고개를 한껏 꺾어 공터로 내려오는 흑적색의 드래곤을 올려다보았다. 그녀의 입가에 옅은 미소가 맺혔다가, 스치듯 사라진다.

언제 보아도 가슴이 설레는 광경이었다. 세상 그 무엇보다 강하고 아름다운 생명체의 자태에 카티라는 매번 감탄할 수밖에 없었다. 동시에 슬퍼하며, 감히 그를 동정했다.

"어서 오십시오, 솔레다토르."

꾸벅 머리를 숙여 인사하는 그녀의 앞에서 드래곤의 모습이 젊은 남자로 변하였다. 불쾌감 짙은 금색 눈이 카티라 황녀를 바라보았다. 황녀는 코끝을 찌르는 피비린내에 작게 한숨을 삼켰다.

"씻으실 준비를 해놓았습니다."

대답은 돌아오지 않았다. 그러나 거절 또한 하지 않았기에 카티라는 고개를 들어 미소를 지어 보이곤 앞서 걸어갔다. 그녀는 등 뒤로 따라오는 기척에 신경 쓰며 욕실로 향했다. 미리 명해두었던 대로 가는 길 내내 누구와도 마주치지 않았다.

"솔레다토르께서 도착하셨다."

욕실 앞에 선 카티라가 일부러 목소리를 크게 내어 말했다. 안에서 목욕물이 식지 않도록 데우고 있을 시녀들이 자리를 피하게끔

하기 위해서였다. 그녀는 잠시 기다린 뒤 문 옆으로 비켜섰다.

"식사는 방으로 가져다드리겠습니다."

"……."

솔레다토르는 대답 없이 욕실로 들어갔다. 거절의 뜻이었다. 홀로 남은 카티라는 옅게 남아 있는 피비린내에 한숨을 흘렸다. 솔레다토르의 것은 아니다. 인간의, 적국의 누군가가 흘린 피일 것이다.

본래 수호룡의 계약은 황가를 수호하는 것만이었다. 황가, 황족이 위험한 지경에 빠진 것이 아니라면 나서야 할 이유가 없었다. 그러나 현 황제는 그 조건을 이용해먹었다. 황족의 목숨을 내걸고 수호룡을 위협한다면 그를 부려먹을 수가 있다. 황족 한 명당 단 한 번의 기회였지만 드래곤의 힘을 생각한다면 조금도 아깝지 않았다. 그뿐만 아니라 황족이야 황제에게 문제가 없는 한 계속해서 태어날 수 있는 것이다.

그것을 위해 황제는 천출의 후궁을 여럿 들여 많은 황족을 만들어내었다. 인간사에 얽히고 싶어 하지 않는 수호룡을 억지로 움직이게 하기 위한 유용한 도구로서.

'……이번엔 또 무슨 일이었을까.'

암살이었을 수도, 학살이었을 수도 있다. 아마 며칠 뒤면 황궁까지 소식이 닿을 터였다. 카티라는 재차 긴 한숨을 내쉬며 침실을 다시 한 번 점검하기 위해 발걸음을 옮겼다.

'그나마 다른 마경들이 있어서 다행이야.'

마경의 주인은 다른 마경을 허락 없이 들어갈 수 없다. 아나닙시 사막과 칼라마리 협곡, 무르 군도 등의 마경이 나라와 나라 사이를 가로막고 있었기에 황제가 수호룡을 이용하여 대륙 정복에 나서는 불상사는 다행히도 벌어지지 않았다. 물론 이번처럼 접경의 소국을 압박하는 일은 종종 벌어졌지만.

부디 이번 휴식이 가능한 한 길어질 수 있기를. 황녀라 하나 국정에 대해서는 별다른 권한 없는 카티라가 할 수 있는 것이라곤 그렇게 비는 정도뿐이었다.

아침부터 비가 내렸다. 수분을 머금은 공기가 부드럽게 묵직하다. 카티라 황녀는 우산을 펴 들고 내궁과 이어진 문을 나섰다. 젖은 흙과 풀의 내음이 기분 좋게 다가왔다. 정원을 가로질러 건물로 들어선 그녀는 시녀의 도움을 받아 물기를 닦아내고 솔레다토르의 방으로 향했다. 별다른 간섭이 없는 한 수호룡은 자신의 방에서 나오는 일이 별로 없었다. 그저 조용히, 또는 멍하니 늘어진 채 시간을 죽였다. 말라 죽어가는 오래된 나무처럼.

카티라는 닫힌 문 앞에 서서 입가를 매만졌다. 그리곤 활짝 미소 지으며 문을 열었다.

"일어나셨나요, 솔레다토르."

밝고 활기찬 목소리에 돌아오는 대답은 없었다. 언제나 그렇듯 드래곤은 아무런 반응도 보이질 않았다. 황녀는 소파에 앉아 있는, 자신 쪽을 돌아보지도 않는 남자를 바라보았다. 원래 모습으로 돌아갔었던 탓에 길어진 적갈색 머리카락이 이리저리 어지럽게 흐트러져 있다. 보통은 바로바로 잘라내건만 이번에는 그럴 의욕도 없었던 모양이다.

"비가 내리지만 그래도 포근한 날씨예요."

카티라는 경쾌한 걸음걸이로 거실을 가로질러 가서 늘어진 커튼을 걷었다. 비구름에 가려졌지만 그래도 제법 밝은 햇살이 창문 너머에서 스며든다.

"아침식사를 하시겠어요?"

어제는 아무것도 먹질 않았다. 여전한 묵묵부답에도 그녀는 미소를 잃지 않았다.

"아니면 차라도 끓여오겠습니다. 괜찮으시죠?"

허락은 없지만 거절 또한 없었다. 최소한 싫지는 않다는 뜻이었다. 카티라는 얼른 1층의 다과실로 내려갔다. 솔레다토르의 방 근처에 준비해둔다면 편하겠지만, 그는 자신의 근처에 인간들이 어슬렁거리는 것을 싫어했다.

때문에 대부분의 시설들은 1층에 마련되어 있었다.

원래라면 시녀가 할 일이었지만 황녀는 직접 차를 끓이고 간단한 다과를 준비하여 들고서 다시 솔레다토르에게 돌아갔다. 그는 나갈 때와 변함없는 모습으로 앉아 있었다. 무기력하다 못해 생기마저 없어, 살아 숨 쉬는 게 맞는 건가 의심이 들 정도였다.

"남쪽 섬에서 들여온 차예요. 향이 무척 좋답니다."

카티라는 다과를 테이블에 내려놓고 함께 들고 온 가위를 내보였다.

"괜찮으시다면 머리카락을 잘라드리겠습니다."

영원히 움직이지 않을 것 같던 시선이 천천히 그녀를 올려다보았다. 깊게 가라앉은 그 눈빛에 카티라는 가슴 안쪽이 따끔거리는 것을 느꼈다. 오랜 세월을 벗어날 수 없는 우리에 갇혀, 결국은 포기해버린 체념의 눈동자다. 그 심정이 어떠할지는 감히 상상키 힘들었다. 인간이라면 몇 번이고 수명을 다했을 긴 시간 속에 손짓 한 번으로 쓸어버릴 수 있는 약한 자들에게 묶여, 심지어 지금은 그들의 명령까지 억지로 받아들여야 하는 드래곤.

"……괜찮을까요?"

그녀는 애써 미소를 유지하며 다시 한 번 물었다.

"……그래."

"네, 그럼 잠시만 등을 소파에서 떼어주세요."

길게 늘어진 머리카락을 조심스럽게 정리하여 잘라내는 손놀림은 무척이나 능숙했다. 미리 여러 번 연습해두었기 때문이었다. 카티라는 잘라낸 머리카락을 모아 벽난로에 불을 피운 뒤 바로 태워버렸다. 근거 없는 미신이나 수집욕으로 드래곤의 머리카락을 원하는 이들이 많지만 솔레다토르는 그것을 싫어했기에 보는 눈앞에서 곧장 처리한 것이었다.

"무언가 더 필요한 것은 없으신가요?"

"없다."

"네, 그러면……."

황녀는 작게 한숨을 삼켰다. 언제나 이 순간이 제일 싫었다.

"방문 요청이 들어와 있습니다. 최대한 거절했지만 두 명은 만나주셔야 합니다. 그러니까 그릴로……."

"알고 싶지 않다."

솔레다토르가 딱 잘라 말했다. 귀족들의 이름 따위 들을 가치도, 기억할 이유도 없다.

"언제지."

"사흘 후입니다."

그는 대답 대신 작게 고개를 끄덕였다. 손대지 않은 차가 조용히 식어가고 있었다.

모나르카궁의 관리를 맡고 있다고 해도 황녀로서의 일 또한 방치할 수 없었다. 황가의 유일한 적녀로서 황후와 함께, 또는 황후를 대신하여 주최하고 참석해야 할 행사가 여럿이었다. 오늘도 그런 일들 중 하나를 끝마친 카티라 황녀는 화려한 드레스 차림 그대로 모나르카궁에 들어섰다. 그녀는 자신을 보고 당황해하는 외궁의 시녀들의 태도에 미간을 찌푸렸다.

"무슨 일이지?"

"그것이, 황태자 저하께서 리코든 황자와 함께 내궁으로 들어가셨습니다."

"오라버니께서?!"

　황녀의 얼굴이 순식간에 창백해졌다. 차기 황제인 살릭스 황태자는 현 황제 이상으로 수호룡에 대한 욕심이 컸다. 그는 황제의 명에 순순히 따르지 않는 솔레다토르의 태도를 못마땅하게 여겨 종종 모나르카궁까지 와 행패를 부리곤 했다.

　카티라는 뛰는 가슴을 억누르며 급히 걸음을 옮겼다. 황태자가 혼자도 아닌 다른 황자와 동행해 수호룡을 찾아왔다.

평소의 말로만 거는 시비로 끝내지 않을 심산인 것이다. 그녀는 반쯤 뛰다시피 해 내궁으로 들어섰다. 마음 같아서는 구두를 벗어 던지고 계단을 뛰어오르고 싶었다.

"오라버니!"

반쯤 열린 문 안으로 들어가자 서 있는 세 사람의 모습이 보였다. 솔레다토르와 살릭스 황태자, 그리고 열두세 살 정도의 어린 황자였다. 차갑게 황태자를 노려보고 있던 솔레다토르가 카티라를 바라보았다. 황태자 역시 미소 지으며 그녀를 향해 고개를 돌렸다.

"숨이 턱까지 닿았구나. 불이라도 났느냐."

"아니, 아닙니다. 그보다 여기까지는 무슨 일이신지요."

"내가 오지 못할 곳이라도 왔다는 듯한 표정이로군."

"그럴 리가요."

카티라는 애써 웃어 보였다. 어떻게든 그를 잘 달래어 돌려보내야만 했다.

"국정에 바쁘실 텐데 이곳까지 걸음을 하신 것이 죄송스러워서랍니다. 용건이 있으시다면 직접 움직이실 것 없이 저를 불러주세요."

"별다른 용건은 없다."

황태자가 귀찮다는 듯 그녀를 향해 손을 저었다.

"그저 내 드래곤을 보러왔을 뿐이지."

내 드래곤. 당당하게 제 소유임을 주장하는 말에 솔레다토르의 얼굴이 크게 일그러졌다. 카티라의 표정 또한 딱딱하게 굳었다.

"……네놈의 헛소리는 갈수록 더 심해지는군."

나직한 목소리에 살기가 어려 있었으나 이곳에 있는 세 사람에게는 영향을 주지 못했다. 그것을 안 황태자가 비웃음을 지었다.

"고작해야 이삼 년이다. 머잖아 내가 황제가 된다 이 말이지. 그때는 좀 더 부지런해져야 될 거야. 아직 쓰지 않은 황족들이 많이 남아 있으니."

그렇게 말하며 황태자가 앞으로 한 발 내디뎠다. 그의 접근에 솔레다토르가 반사적으로 뒷걸음질 쳤다. 마치 더럽고 징그러운 것과 마주친 듯한 반응이었다. 그 태도에 황태자의 미간이 찌푸려졌다.

"정말 짜증 나는군. 그냥 고분고분하게 구는 것이 피차 편할 터인데. 또다시 명령이라도 내려야 하는 건가?"

명령이라는 말에 솔레다토르가 어금니를 사리물었다. 그가 지금 이 자리를 피하지 못하는 것이 바로 그 명령, 정확히는 협박 때문이었다. 예전에는 별다른 용건도 없이 찾아오는 황태자를 아예 만나주지도 않았다. 그냥 적당히 숨어버리거나 정 피할 곳이 없으면 하늘로 날아올라버리면 그만이었기 때문이다. 그러나 그것이 마음에 들지 않았던 황태자가 황자 하나를 데리고 와 그 목숨을 걸고 자신을 피하지 않겠다고 약조하기를 요구했다. 황족을 보호해야 하는 수호룡으로서 일정 수준 이하의 협박에는 굴복하는 수밖에 없었다. 결국 지금처럼 끔찍이 싫어하는 황태자를 피하지 못하고 마주 대해야만 하는 것이다.

"오라버니, 그 정도면 충분하신 것 같아요."

눈치를 살피던 카티라가 부드럽게 말했다. 그를 자극하지 않도록 최대한 조심하였으나 황태자는 되레 눈살을 찌푸렸다.

"충분? 저 눈을 보고도 그런 말이 나오는 거냐. 나를 완전히 무시하고 있잖아!"

살릭스 황태자가 버럭 소리쳤다. 드래곤이라고 해도 결국 황가에 묶인 몸이다. 그런데도 수호룡은 단 한 번도 그에게 공손했던 적이 없었다. 처음에는 무시하였고 이후로는 귀찮아하다가 지금은 아예 경멸 어린 시선을 보내고 있었다.

그것이 마음에 들지 않는다. 지금은 이렇게 큰소리 치고 있지만 계약이 없었더라면 결국 자신은 드래곤에게 있어 하찮은 존재에 지나지 않는다는 사실을 알고 있기에, 그렇기에 더더욱 거슬렸다. 제국의 황제라고 해도 영원에 가까운 시간을 살아가는 마경의 주인에게는 그저 짧은 순간을 스쳐 지나가는 미물일 뿐이다. 황태자는 그 사실을 인정하기 싫었다.

"리코든."

황자를 부르는 소리에 솔레다토르와 카티라가 동시에 긴장했다. 황태자는 자신을 경계하는 솔레다토르를 즐겁게 바라보았다. 그래도 지금 이 순간만큼은 우위에 선 자는 바로 자신이다. 황태자의 손짓에 리코든 황자가 담담하게 말했다.

"솔레다토르, 황태자 저하의 명을 듣지 않는다면 자살하겠습니다."

황족의 목숨을 걸어 협박하는 것은 어디까지나 스스로의 의지인 것처럼 보여야만 했다. 다른 자의 명령이라면 수호룡의 분노가 엉뚱하게 될 수도 있기 때문이었다. 그렇기에 소모품인 황족들인 어릴 때부터 철저히 교육을 받았다. 필요할 때 나라를 위해 진심으로 목숨을 걸 수 있도록. 리코든 황자 또한 황태자가 따로 길들여놓은 황자들 중 하나였다.

"내 아우가 이렇게 말하는군."

황태자는 웃으면서 과장되게 두 팔을 벌려 보였다.

"자, 그럼 무엇을 명령해볼까."

아무리 황족의 목숨을 건다고 해도 도를 지나치는 건 불가능했지만, 오만한 드래곤에게 굴욕을 안기는 것 정도는 어렵지 않았다.

"오라버니!"

"시끄럽다, 카티라. 자꾸 귀찮게 굴면 변방으로 쫓아 보내겠다."

퉁명스러운 목소리에 황녀가 울 것 같은 얼굴로 입을 다물었다. 다른 것이야 아무래도 좋았지만 모나르카궁 관리인 자리에서 쫓겨날 수는 없었다. 결국 카티라 황녀는 아무것도 하지 못한 채 그저 두 사람을 지켜만 보았다.

"조금 전 발언에 대해 사과를 받아볼까. 헛소리라고 한 것 말이야. 감히 황태자에게, 예비 황제에게 할 소리가 아니지. 아무렴, 너무 무례해."

황태자는 키득키득 웃으며 솔레다토르에게 한 걸음 더 다가갔다.

"무릎 꿇어라."

"……뭐?"

"무릎 꿇고 머리 숙여 사과하라는 말이다."

공손하게. 황태자의 요구에 솔레다토르의 주먹이 꽉 힘주어 쥐어졌다.

"뭘 멍청히 서 있는 거냐. 당장 무릎 꿇어!"

"황태자 저하의 명에 따라주십시오, 솔레다토르."

노기 어린 눈길이 황태자를 지나 리코든 황자를 향하였다가 이내 힘을 잃는다. 황자의 자살 협박은 진심이었다. 설사 거짓이라고 해도 변하는 것은 없었다. 진심이든 거짓이든 단 한 번만큼은 받아들여야만 했다.

그저 황가를, 혈족을 보호해준다 했을 뿐이건만. 호의에 따른 계약을 악의로 비틀어버렸다. 수호룡으로서 황궁에 머문 긴 시간 동안 계약을 이렇게까지 적극적으로 이용한 황제는 없었다. 목숨으로 협박해온 황족이 전무하였던 것은 아니나 일부러 황족을 만들어내기까지 한 경우는 이번이 처음이었다. 그리고 그것은 황태자로, 그 후손들로 이어지게 될 것이다. 처음은 어려우나 두 번 세 번은 쉬운 법이다. 바닥에서 바닥으로, 끝난 줄 알았던 추락이 이어진다.

언제가 마지막이 될지조차 알 수 없었다. 솔레다토르는 차라리 웃어버리고 싶다고 생각하며 무릎 꿇었다. 원하는 대로 머리도 숙여주었다. 이제는, 아무래도 상관없었다.

"평소에도 이렇게 고분고분하면 편할 것을."

황태자는 솔레다토르의 앞으로 다가가 손을 뻗었다. 머리를 잡고 당기자 아무런 반항 없이 고개를 든다. 인간의 것과 전혀 다른 동공을 지닌 황금색 눈동자가 빛을 잃은 채 흐려져 있다. 이대로 목을 조른다 해도 순순히 받아들일 것만 같은 맥없는 눈빛이다. 그것을 확인하고 황태자는 흡족해했다. 죽어버린 금안이 그 어떤 보석보다 아름답다.

"사과는 기꺼이 받아들이지."

살릭스 황태자는 만족스러워하며 황자를 데리고 자리를 떠났다. 그가 멀어지자마자 카티라 황녀가 아직 무릎 꿇은 채인 솔레다토르에게 황급히 다가갔다.

"솔레다토르, 괜찮으세요? 어서 일어나세요!"

카티라는 그의 팔을 붙잡아 일으켜 세웠다. 솔레다토르는 울먹이는 그녀를 한 번 쳐다보고는 소파로 가 쓰러지듯 몸을 파묻어 앉았다.

"죄송합니다, 오라버니가—!"

"익숙해져야겠지, 이것도."

"……네?"

생각지 못한 말에 카티라가 눈을 커다랗게 치떴다.

"이, 익숙해지다니요! 이런 일은 있어서는 안 됩니다!"

이용하려 드는 일이야 전에도 이따금 있었다지만 선대 황제들은,

황족들은 그래도 수호룡을 존중했다. 수호룡이기 이전에 먼 선조이며 황실의 어른이기 때문이었다. 그러나 현 황제는 그것을 무시했다. 다음 황제가 될 황태자 또한 마찬가지였다.

"이미 벌어진 일은 돌이킬 수 없다."

솔레다토르의 목소리는 담담했다.

"특히나 이득을 보는 입장이라면 양심의 가책 정도는 무시하겠지. 다음 황제도 그다음 황제도, 계속해서."

떨어지기는 쉬워도 올라가기는 힘들다. 그러니 차라리 익숙해지는 편이 나을 터다.

"나는 벗어날 길도 없으니. 죽지도 못해."

그는 눈을 감으며 머리를 등받이에 기대었다. 여태까지도 까마득한 시간이었지만 앞으로는 더더욱 길 것이다.

"……죽음을 생각해보신 적이 있으신 건가요."

묵묵히 듣고 있던 카티라가 입을 열었다. 솔레다토르는 눈을 감은 그대로 대답했다.

"몇 번쯤."

처음에는 괜찮았다. 아니, 꽤 즐거웠다. 하지만 정을 주었던 사람들은 사라져가고 지저분한 일도 수십 수백 차례 겪고, 그리고 지금은 최악이었다.

"하지만 불가능하다."

"드래곤은 불사인 것입니까?"

"마경의 주인은 연결된 마경이 사라지기 전에는 죽지 않아. 솔레다드 산맥이 완전히 파괴되기 전에는 죽을 수 없다는 뜻이지."

마경이 존재하는 한은 불사라 할 수 있었다.

"죽지는 않는다 해도 심각한 부상을 입게 된다면 마경으로 돌아가 치유해야 하겠지만 그마저도 사실상 불가능한 일이다."

"어째서죠? 타인의 공격이나 혹은, 자해 같은 건 가능하지 않습니까?"

"마경의 주인은 마경을 지켜야 할 의무가 있으며 마경에는 그 자신도 포함이 되기 때문이다. 스스로를 해할 수 없으며 자기보호를 포기하는 것도 불가능해."

그러니 인간 중에서 솔레다토르에게 부상을 입힐 수 있는 자는 없을 터였다. 카티라는 입술을 꽉 깨문 채 한참을 망설이다가 다시 말했다.

"만약, 가능하다면 죽음을 선택하실 건가요?"

"멍청한 소리를 하는군."

솔레다토르는 눈을 뜨며 쓴웃음을 머금었다.

"이런 꼴이…… 언제 끝날지 알 수 없다는 거다. 앞으로는 더 심해질지도 모르지. 이미 묶인 몸이다만 황태자 놈이라면 내게 진짜 목줄을 채우고 싶어 할지도."

"그렇군요."

카티라는 드래곤을 바라보며 가만히 고개를 끄덕였다.

황제의 병세가 깊어졌다. 국정은 이미 황태자가 대신하여 맡고 있었다. 그의 장담대로 이삼 년 내에 양위가 이루어질 것이라고 모두들 추측하였다. 대다수의 귀족들은 황태자의 즉위에 우려를 표했다. 수호룡의 존재에 더해 그를 이용하게 됨으로써 황권은 이전보다 강해졌다. 그럼에도 황태자는 황권을 더욱더 굳건히 하길 원하고 있었다. 즉 귀족 세력을 억누르겠다는 뜻이었다. 그렇잖아도 약화된 귀족들은 자신들이 설 자리를 완전히 잃게 되는 것은 아닌가 불안해하였다.
 "오라버니께선 강경책을 즐겨 사용하시는 경향이 있으시죠."
 카티라 황녀가 짐짓 걱정스러운 듯 말했다. 그녀의 맞은편에 앉은 중년 사내는 황후의 동생인 갈렌도 후작이었다. 황후의 친가라곤 하나 황가의 고압적인 태도를 불편해하는 귀족들 중 하나였다.
 "수호룡에 대해서도 폐하보다 더하면 더했지 덜하지는 않으실 겁니다."
 그녀의 말에 후작이 길게 한숨을 내쉬었다.
 "수호룡에 대한 폐하의 처사는 귀족들 사이에서도 말이 많습니다.

솔레다토르께서는 초대황제 폐하의 적장자로 황실의 가장 웃어른이시지 않습니까. 그러하건만 비록 제국을 위한 일이라고 하여도 그분께 과도한 폐를 끼치는 것은, 지켜보고 있기 힘들지요. 사실상 도의를 저버린 것이나 마찬가지입니다. 심지어 솔직히 말씀드리자면……."

갈렌도 후작은 조금 머뭇거리며 목소리를 낮추었다.

"황제 폐하의, 황가의 사사로운 이용……이라고도 볼 수 있으니까요."

단순히 제국을 위해서라면 굳이 협박까지 할 필요는 없다. 어차피 수호룡은 황가를 지켜야만 하였으니까. 그러니 지금의 상황은 황제의 욕심이 너무 과한 것이라 말할 수 있었다. 카티라 황녀는 후작의 조심스러운 말에 고개를 끄덕여 동의했다.

"맞아요. 지금의 폐하께서는 너무 지나치셨지요. 이대로라면 끝없이 독선적으로 나가실 수 있을 겁니다. 다음 대의, 그리고 다음 대의 황제까지도요."

한번 붙잡은 권력을 과연 차기 황제들이 손에서 놓으려 들까. 심지어 안전하고 영원이나 다를 바 없는 힘이다. 카티라의 말이 뜻하는 것에 후작의 얼굴이 어두워졌다.

"하오나 어떻게 막을 방도도 없지 않습니까. 그 누구도 창을 들고 모나르카궁을 향하지는 않을 것입니다."

수호룡이 존재하는 한 속수무책이다.

그저 그늘 뒤에 숨어서 한숨이나 흘릴 따름이었다.
"……만약에 수호룡이 사라진다면."
"예?"
카티라는 의외의 발언에 당황하는 후작을 향해 미소 지어 보였다.
"만약입니다. 만약에 황가가 무방비해진다면, 어찌하시겠습니까."
"어찌하겠냐고 말씀하셔도……. 저희들이 좀 더 편해지겠지요."
"그건 조금, 근시안적이시네요."
황녀의 목소리가 나직하게 이어졌다.
"설사 잠시 사라진다 하여도 수호룡은 다시 돌아올 수밖에 없습니다. 그리고 언제나 역사는 반복되지요. 그것을 기억해두세요."
카티라는 어리둥절해하는 후작을 뒤로한 채 자리에서 일어났다.

비가 잦은 계절이라 오늘도 하늘이 흐렸다. 모나르카궁에 도착하여 내궁 쪽으로 향하던 황녀는 익숙한 얼굴을 발견하고 걸음을 멈추었다. 훤칠한 키의 젊은 청년은 다름 아닌 카얄룬 공작의 장자, 오스트 카얄룬이었다.

"카얄룬 공자, 오랜만에 뵙네요."

카티라의 인사에 오스트가 꾸벅 고개를 숙였다.

"인수인계에 문제가 약간 생겨 방문하였습니다. 온 김에 솔레다토르도 뵙고 싶었는데 황녀께서 자리를 비우셨더군요."

그는 모나르카궁의 전대 시종장이었다. 덕분에 카티라와도 자주 마주쳤었다.

"그럼 함께 가시지요."

황녀가 붙임성 좋게 미소 지으며 말했다.

"솔레다토르께서도 카얄룬 공자는 불편해하지 않으시니까요."

"그렇게 말씀해주시니 감사합니다."

"좋은 시종장이셨지요."

오스트 또한 카티라처럼 수호룡의 편의를 최대한 우선으로 하여 일해주었었다. 반면에 지금의 시종장은 잿밥에만 더 관심이 많았다. 두 사람은 나란히 내궁으로 통하는 문을 향해 걸어갔다.

"공자께서 계실 때는 제 일도 좀 더 편했었지요."

"듣기로 지금의 시종장에게는 내궁 출입을 금하셨다더군요."

"네. 몇 번 솔레다토르의 심기를 거스르는 일이 있었거든요. 혹시 그 때문에 공자를 부른 것인가요?"

"그에 대한 불평도 조금 하기는 하더군요. 황녀께서…… 자신을 너무 차별한다고요. 물론 그러실 분이 아니라고 말해두었습니다."

"번거롭게 굴었네요, 그 사람."

"그래도 덕분에 이렇게 황녀를 뵐 수 있으니까요."

전대 시종장이라고 해도 모나르카궁에 함부로 출입할 수는 없다. 그 말에 카티라가 오스트를 힐끗 쳐다보았다.

"솔레다토르가 아니라요?"

"물론 솔레다토르도 뵙고요. 하지만 저는……."

잠시 말이 끊겼다. 내궁으로 통하는 문이 열리고 오스트가 우산을 펼쳐 들었다. 그가 받쳐 든 우산 아래로 카티라가 들어섰다. 정원을 가로지르는 길을 걸어가며 끊겼던 말이 이어졌다.

"저는 황녀마마를 뵌 것이 더 기쁩니다."

그녀를 좋아한다. 연모하고 있다. 모나르카궁에서의 시간들 속에서 그녀를 보고 겪으며 점차 빠져들게 되었다. 더는 공작가를 떠나 있을 수 없어 시종장 자리에서 물러나게 되었을 때는 가슴이 저릴 정도로 아쉬웠다. 예전에는 거의 매일 마주쳤건만 이제는 오늘 이후 재회까지 또 얼마의 시간이 걸릴지 알 수 없었다.

"만약 황녀께서 허락하신다면."

두 사람의 걸음이 거의 동시에 멈추었다. 오스트는 자신의 옆에 선 여인을 돌아보았다. 아름다운 보랏빛 눈동자가 그를 올려다봐온다.

"황제 폐하께 정식으로 청혼서를 올리고 싶습니다."

"조금…… 갑작스럽네요."

카티라의 입가에 수줍은 듯한 미소가 맺혔다.

"하지만 싫지는 않습니다."

"그럼……!"

"다만 좀 더 시간을 주세요. 말씀드린 대로 갑작스러운 일이라서요."

"그, 그렇지요."

그녀의 말에 오스트의 얼굴이 화악 붉어졌다. 그는 허둥대면서 변명을 꺼내놓았다.

"그게, 이런 식으로 해서는 안 되는 건데, 오랜만에 얼굴을 뵈니 마음이 급해져서…… 죄송합니다! 다시 한 번 제대로 준비할 테니 천천히 생각해주십시오."

"네, 즐겁게 기다리겠습니다."

카티라는 작게 웃으며 다시 걸음을 옮겼다. 혹여 그녀가 비를 맞을세라 오스트가 얼른 우산을 내밀며 곁을 따라붙는다.

"……만약 약혼을 하게 되고, 결혼을 하게 된다 하여도. 저는 가능한 한 오래 모나르카궁의 관리인 자리를 지키고 싶습니다."

황녀의 나직한 말에 오스트가 고개를 끄덕였다. 그녀가 얼마나 솔레다토르를 아끼는지 그간 지켜봐왔기에 잘 알고 있었다.

"저도 모나르카궁의 관리인 자리에는 마마 이상의 적임자를 찾기 힘들다고 생각합니다. 지금 같은 상황에서는…… 더더욱요."

오스트 또한 솔레다토르의 처지를 안타까워하고 있었다. 카티라만큼은 아니었지만 그 역시 수호룡에 대해 애정과 경외를 품고 있었기 때문이다. 황제와 황태자가 어떻게 감히 마경의 주인을 협박할 수 있는 것인지 이해가 가지 않을 정도였다.

"공작가라 하여도 그리 큰 힘은 되지 못하겠지만 최대한 마마를 도와드리고 싶습니다."

중앙귀족의 수장인 카얄룬 공작가였지만 지금의 황가의 힘에는 대항할 수가 없었다. 수호룡을 다룬다는 것은 그만큼이나 강력한 힘이었다.

"감사합니다, 카얄룬 공자."

카티라는 미소 지으며 건물 안으로 들어섰다. 우산을 접고 물기를 떨쳐낸 오스트가 그녀의 뒤를 쫓아왔다.

"솔레다토르께서는…… 음, 안부를 묻는 것은 눈치 없는 짓이겠지요."

좋은 대답이 돌아올 리 없다는 것이 뻔하였으니 말이다.

그의 말에 카티라가 쓴웃음을 머금었다.

"요즈음은 매일같이 제가 황족이라는 사실이 부끄러워집니다."

"하지만 황녀께서는 다르시지 않습니까."

"저도 결국은 황가의 일원입니다."

카티라는 몸을 돌려 오스트를 마주 바라보았다. 실내의 어둑어둑함 속에서 그녀의 표정은 금방이라도 사라질 듯 흐렸다.

"저는 황제 폐하의, 황태자 저하의 명령을 거부할 수 없습니다."

"그건 누구라도 마찬가지입니다."

"네, 그럴지도 모르지요."

고운 입술 사이로 길고도 무거운 한숨이 새어 나온다.

"하지만 기억해주세요, 카얄룬 공자. 이 모든 것은 황가의 죄입니다. 부디 그 사실을 잊지 말아주세요."

마치 유언처럼 무게감을 지닌 그녀의 목소리에 오스트는 이끌리듯 고개를 끄덕였다.

준비는 끝났다.

카티라 황녀는 두근거리는 가슴을 다독이며 드레스의 풍성한 허리 장식에 감추어놓은 단검을 매만졌다. 호신술을 배운다는 명목으로 황실기사에게 한 달에 걸쳐 검술을 배웠다. 바로 앞에 선 상대의 심장을 정확하고 깊게 찌를 수 있는 방법만을. 그에 더해 드래곤의 발톱을 갈아 만든 단검을 황실 보물고에서 꺼내어 왔다. 비늘이나 발톱, 이빨 정도는 긴 세월 동안 적지 않은 수가 쌓여 있었기에 잠시간 빌리는 것은 어렵지 않았다.

그녀는 몇 번 더 심호흡을 한 뒤 모나르카궁의 내궁으로 향하였다. 이후의 일은 갈렌도 후작에게 맡겼다. 황녀의 계획을 들은 그는 처음에는 격렬히 반대하였으나 끈질긴 설득 끝에 결국 받아들이고 말았다. 무엇보다 황제와 황태자의 행보를 보아온 탓이 컸다. 수호룡을 핍박함은 물론이요 황족들을 도구로 키우고 귀족들을 힘으로 억누르는 행태를, 심지어 더 심해져 갈 미래를 두고 볼 수만은 없었던 것이다.

한동안 비가 잦았지만 오늘은 맑았다.

카티라는 새파란 하늘을 잠시 바라보다가 정원을 가로질러 갔다. 이렇게 내궁을 향해 걸어가는 것도 오늘이 마지막이 될 터였다. 내일부터는 더 이상 감옥의 간수 노릇을 할 필요가 없게 된다. 지키고 보살펴야 할 상대가 사라지게 될 테니까.

"솔레다토르, 좋은 아침입니다."

카티라는 평소처럼 밝게 인사하며 솔레다토르의 방에 들어섰다. 날씨가 좋아서일까, 드래곤은 문이 활짝 열린 발코니에 서 있었다. 햇살을 받고 있는 그의 뒷모습을 잠시 바라보던 카티라가 다시 입을 열었다.

"기분은 어떠세요? 오늘은 식사를 하시겠어요?"

경쾌하게 재잘거리는 목소리에 솔레다토르가 몸을 돌려 그녀를 바라보았다. 여전히 기력 없는 모습이었지만 그래도 오늘은 평소보다 조금 나아 보였다. 카티라는 자신을 향해오는 시선에 한껏 미소 지어 보였다.

"한동안은 별다른 일정이 없을 거랍니다. 그러니 조금쯤은 마음 편히 계셔주세요."

"불청객이 없다면 그럴 수도 있겠지."

솔레다토르는 퉁명스럽게 대꾸하며 발코니를 벗어나 안으로 들어왔다. 그가 말하는 불청객이란 다름 아닌 황태자였다. 묶여 있는 신세라 해도 그놈만 보지 않을 수 있다면 훨씬 기분이 나아질 것 같았다.

"그 불청객도 당분간은 찾아오지 않을 거예요."
"그건 반가운 소식이로군."
"네, 솔레다토르."

만면에 부드러운 미소를 띤 채로, 카티라는 천천히 솔레다토르에게 다가갔다. 솔레다토르는 접근해오는 그녀를 조금도 경계하지 않았다. 궁정의 인간들이 지긋지긋해진 지는 오래였으나 황녀는 언제나 그를 성심성의껏 호의를 가지고서 대해왔다. 짧지 않은 시간을 그리 해왔기에 겉으로는 무뚝뚝하게 표현치 않았지만 속으로는 그녀를 신뢰하고 있었다.

그렇기에 카티라 황녀가 바로 앞에 설 때까지 가만히 바라만 보았다. 그녀의 행동에 대해 별다른 의문을 표하지도 않았다. 새삼스럽게 경계하고 의심하기에는 이미 많이 지쳐버린 탓도 컸다.

그리고 황녀는 일말의 살의도 품지 않은 채 허리춤으로 손을 내렸다. 그녀의 눈빛도 표정도 몸짓도 모두 다정한 호의만을 나타내고 있었기에, 솔레다토르는 자신의 심장을 향하는 칼날에 허무하리만치 아무런 반응도 보이질 못했다.

"솔레다토르."

속삭이듯 낮은 목소리는 여전히 따스했다. 그 속삭임 속에서 칼날은 정확히 심장을 파고들었다. 솔레다토르는 어쩐지 몽롱한 기분으로 자신의 가슴을 내려다보았다. 단검이 크게 비틀려 뽑혀나가는 것은 순식간의 일이었지만 무척이나 느리게 느껴졌다.

피가 튀어 오르며 옷이 붉게 젖어든다. 본능에 따른 살의가 치솟았지만 그는 움직이지 않았다. 눈앞에 선 가녀린 여자를 죽이는 것쯤이야 치명상을 입은 지금도 어렵지 않았다. 쓰러지기 전에 손만 한 번 휘두르면 그만이다.

하지만 그냥 내버려두었다. 이미 끝난 일이다. 황녀로부터 살의는 여전히 느껴지지 않았다. 더 공격해올 기색도 없다. 그러니 되었다. 다만 이유가 조금쯤 궁금했다. 그녀가 어째서 자신을 공격하였는지. 죽지 않는다는 것을 알고 있음에도, 어째서. 그러나 의문도 이내 흐려져 가는 의식 사이로 함께 사라져갔다.

카티라 황녀는 팔을 뻗어 쓰러지는 몸을 받쳐 안았다. 그녀의 손이 팔이 드레스가 핏물로 젖어들었다.

"……이만 쉬세요."

힘겹게 떠받든 몸을 조심스럽게 바닥에 눕혔다. 고개를 숙여 마치 잠든 것 같은 창백한 얼굴을 내려다보았다.

"솔레다토르, 황가는 이제 힘을 잃게 될 것입니다."

수호룡을 잃고서 몰락하게 될 것이다. 지난 횡포가 고스란히 돌아와 황권은 긴 제국의 역사 속에서 유례가 없을 정도로 약화되고 말 것이다.

"어쩌면 당신이 돌아오기 전에 사라져버릴지도 모르죠."

그렇게 된다면 마경의 주인은 더 이상 수호룡의 이름을 짊어질 필요가 없어진다. 오랜 굴레를 벗어날 수 있게 되는 것이다.

"당신이 깨어났을 때 아직 황가가 남아 있다 하더라도, 어떻게든 벗어나세요. 틈이 생긴 것을 이용해 무슨 수를 써서라도. 솔레다토르, 당신이 말했듯이 이미 벌어진 일은 돌이킬 수 없습니다. 분명 다시 반복될 테니까, 그러니까 최악의 일들을 기억해주세요."

벗어나기 위해 있는 힘껏 발버둥 칠 수 있도록 나쁜 기억만을 가지고 잠들기를.

"당신은 생각 이상으로 다정하니까요. 자칫하였다간 또다시 정을 주고 말겠지요."

조금 전 무방비하게 심장을 내어주었던 것처럼. 황가에 진저리치면서도 진심으로 내민 손길은 거부하지 못하고 받아들여버리는 사람이다.

카티라 황녀는 천천히 몸을 일으켰다. 짙은 피비린내 속에서 오전의 햇살이 샛노랗게 비쳐들고 있다. 그녀는 그것을 바라보다가 문득 고개를 갸웃 기울였다. 심각한 부상을 입게 되면 치료하기 위해 마경으로, 솔레다드 산맥으로 돌아가야만 한다고 했는데.

"……솔레다토르?"

가사 상태에 빠진 채로 대체 어떻게 돌아갈 수 있는 것일까. 그녀는 당황하며 미동 하나 없는 남자를 내려다보았다. 설마 산맥까지 데려다주어야 하는 건가. 생각해보면 그럴지도 몰랐다. 마경의 주인은 속한 마경을 떠나는 일이 거의 없다고 하였으니까. 그러니 부상을 입는 것도 보통은 마경 내에서의 일일 것이다.

"저기, 솔레다토르? 그, 괜찮으신 건가요?"

의식을 잃은 상대로부터 대답이 돌아올 리 만무했다. 카티라는 자리에 털퍼덕 주저앉으며 피에 젖은 가슴에 손을 올렸다. 심장의 펄떡임도 호흡의 오르내림도 전혀 느껴지지 않는다. 설마 이대로 죽어버리는 건 아니겠지. 자살을 원하였다곤 하지만 그를 살해하는 것은 바라지 않았다.

"……마경이 존재하는 한 불사라 했으니, 괜찮으신 거죠? 네?"

묻는 목소리가 가느다랗게 떨렸다. 불안에 흔들리던 눈동자가 말갛게 젖어들 때였다. 어디선가 검붉은 안개가 스멀스멀 흘러 들어오기 시작했다. 카티라는 젖은 눈을 깜박이며 다가오는 안개를 바라보았다. 제대로 된 형체조차 없는 뿌연 안개였지만 어째서인지 화기 나 있다는 생각이 들었다. 분노와 안타까움과 슬픔, 그런 것들이 그녀에게 전해져 왔다. 그리고.

퍼억!

"악!"

무언가에 강하게 얻어맞은 카티라가 뒤로 나뒹굴어 쓰러졌다. 마치 보이지 않는 거인의 손이 후려쳐낸 것 같았다. 그녀는 끙끙대며 고개를 들어 솔레다토르를 감싸 안는 안개를 바라보았다. 그것이, 아마도 마경에서 비롯된 무언가가 마경의 주인을 조심스럽게 쓰다듬었다. 그 광경에 카티라는 고여 있던 눈물을 왈칵 쏟아냈다.

"……미안해요."

자신들이 빼앗은 것이다. 초대황제의 욕심에서 시작되어 긴긴 세월 동안 지깃으로부터 솔레다토르를 빼앗았다. 이상하리만치 무거운 죄책감이 그녀의 전신을 짓눌렀다. 그러는 사이 안개는 더더욱 짙어져 가고 솔레다토르의 모습은 완전히 파묻혀 보이지 않게 되었다. 카티라는 눈물을 닦아내며 비틀비틀 자리에서 일어났다.

"……안녕히 가세요, 솔레다토르."

두 번 다시는 이곳에 발 들일 일 없기를. 그녀는 마경의 주인을 감싼 채 사라져가는 안개를 향해 깊숙이 고개를 숙였다.

피에 젖은 황녀는 주인을 잃은 방에 한참을 우두커니 서 있었다. 날이 어두워지고 드레스가 검붉게, 뻣뻣하게 굳어버리고 나서야 그녀는 밖으로 나가 몸을 씻고 옷을 갈아입었다. 시녀들은 핏자국에 놀라고 두려워하였으나 굳이 묻지는 않았다.

깨끗하게 단장한 카티라 황녀는 자신의 부친, 황제를 찾아갔다. 담담한 목소리가 수호룡의 실종을 고하자 그렇잖아도 병세가 짙던 황제는 충격을 이기지 못하고 혼절하였다. 잠시 뒤 나타난 황태자는 황녀를 제 궁에 가두라 명한 뒤 입단속을 하기 시작했다.

그러나 소문은 이미 퍼져 나간 뒤였다. 귀족들은 수호룡을 확인시켜달라며 두드려 맞은 벌통처럼 소란을 피워댔고 황제가, 황태자가 내보일 수 있는 것은 없었다.

그렇게 사흘이 지나 살릭스 황태자가 카티라 황녀를 찾아왔다.

"어서 오세요, 오라버니."

장식 없이 검소한 흰 드레스 차림의 황녀가 황태자를 맞이했다. 황태자의 얼굴은 며칠 새 중병이라도 앓은 듯 수척해져 있었다. 그는 분노를 감추지 않은 채 황녀를 노려보았다.

"대체 무슨 미친 짓을 한 거냐."

"이미 모두 말씀드렸습니다만."

카티라는 냉정할 정도로 차분하게 말을 이었다.

"솔레다토르의 심장을 칼로 찔렀습니다. 마경의 주인은 불사에 가깝지만 심각한 부상을 치유하기 위해서는 마경으로 돌아가야만 합니다. 그래서 떠났지요. 언제 다시 돌아올 수 있을지는 모르겠습니다. 수호룡의 귀환까지 어쩌면 수백 년, 수천 년이 걸릴 수도 있겠지요."

그 담담한 태도에 황태자의 목에 핏대가 올랐다. 그는 더 참지 못하고 손을 휘둘렀다.

짜악!

황녀의 몸이 크게 휘청거렸다. 얻어맞은 뺨이 순식간에 붉게 달아오르고 입가에 피가 맺힌다.

그러나 그녀는 아픔이 느껴지지 않는다는 듯 태연하게 꺾인 고개를 바로잡았다.

"네년이 무슨 짓을 저지른 건지 알고 있는 거냐!"

"물론 잘 알고 있답니다."

"네년 때문에 황가가—!"

"솔레다토르는 황가의 것이 아닙니다."

황태자의 말을 자르며 카티라가 단호하게 말했다.

"황가가 몰락한다면, 그것은 모두 그간의 횡포 때문이겠지요. 저질렀던 짓이 다시 돌아오는 것일 뿐입니다."

수호룡의 힘을 억지로 이용하지 않았더라면, 그 위세만 믿고 귀족들을 억압하지 않았더라면 타격은 그리 크지 않을 터였다. 물론 피해가 아주 없지는 않겠지만 수호룡이 언젠가 다시 돌아올 것이라는 사실을 내세우며 적당한 선에서 무마가 가능했을 것이다.

그러나 귀족들은 이를 갈고 있었다. 수호룡을 어떻게 협박하고 부려먹었는지도 이미 다 퍼져 나갔다. 비록 황가가 단숨에 몰락하지는 않는다 해도 그 권위가 반 토막 날 것임은 분명했다. 카티라는 웃음이 슬금슬금 새어 나오는 것을 느꼈다. 잔뜩 일그러진 황태자의 얼굴이 보기 좋았다.

"미리 축하드립니다, 오라버니."

그녀는 있는 힘껏, 더없이 환하게 미소 지으며 말을 이었다.

"드래곤 없이 즉위하는 최초의 황제가 되시겠군요."

"……!"

비수처럼 찔러오는 현실에 황태자의 움켜쥔 주먹이 부들부들 떨린다. 그는 곧 황제가 될 것이나 그 자리는 빈껍데기만 남아 있는 것과 진배없을 터였다. 제국의 역사상 가장 무력하고 수치스러운 황제로 기록되고 말 것이다. 그러니 어찌 아니 웃을 수가 있을까. 결국 소리 내어 웃는 황녀에게 황태자가 이를 갈며 말했다.

"오스트 카얄룬이 네 안부를 묻더군."

웃음소리가 뚝 그쳤다. 카티라는 웃음기를 지우고 길게 한숨을 내쉬었다. 모든 것이 원하는 대로 이루어졌지만 유일하게 마음 한구석에 걸려 있는 것이 바로 그였다.

"그럴 마음이 있으시다면 미안하다고 전해주세요."

"그놈은 네가 억울한 누명을 쓴 것이라고 착각하고 있더군. 수호룡을 해치도록 명령한 진짜 원흉은 나라고 주장하고 있다."

"그렇군요."

그렇게 생각하도록 부러 말을 흘렸었다. 그래서 공작가가, 미래의 공작이 황가를 적대시하기를 바랐다. 계획했던 대로 이루어졌지만 가슴이 조이듯 아파졌다.

"뭐라고 헛소리를 지껄여대든 네가 처형당하는 데에는 변함없겠지만."

"황족은 무슨 일이 있어도 사형은 면할 수 있는 게 아니었나요."

"그 이유가 네년 때문에 사라진 거다."

황족을 보호해야 하는 수호룡이 있기에 사형을 시킬 수 없었던 것이다. 그러나 이제 솔레다토르는 사라지고 없다. 황태자는 황녀를 마지막으로 노려본 뒤 자리를 떠나갔다. 홀로 남은 카티라는 천천히 의자에 기대어 앉았다.

목숨에 미련이 있는 것은 아니었다. 죽음도 예상했었다. 그러나 한 가지 미련이 그녀의 가슴을 슬픔으로 적셨다. 미안하다고, 기뻤다고 그 두 마디를 전해주고 싶었다.

그로부터 열흘 후, 카티라 황녀는 수호룡을 해하여 떠나버리게 만든 죄목으로 법의 제약을 벗어나 황족 중 최초로 사형을 당하였다.

외전 마침.

지은이 후기

드디어 주인공 커플이 조금이나마 진전을 보인 5권이었습니다.

이런 속도라면 한 다섯 권쯤 더 가야 진도를 다 뺄 수 있을 듯싶습니다만 다음 권이 완결이에요.

그러니 용과 생쥐는 속도를 팍팍 올려야만 합니다. 특히 용 쪽이 말이에요. 나이는 제일 많으면서 늦되기는 제일 늦되는 거 같아요. 하긴 그러니까 긴긴 세월 동안 못 빠져나가고 묶여 있던 거겠지만요.

이번 권의 외전으로 과거에 있었던 일은 대충 다 나온 듯합니다. 물론 약간은 남아 있고, 6권에서 모두 마무리 짓게 되겠지요. 깔끔한 마무리를 위해 후기를 쓰고 있는 지금도 노력 중이랍니다.

미처 못 주운 떡밥이 떨어져 있지 않나 앞 권들을 살피면서 말이에요.

그럼 마지막 권에서 다시 뵙기를 바라겠습니다. 언제나 좋은 하루 되세요~.

2017년 3월

303행성